目　　錄

劉序

經過多年來的努力，隨著教育部協助親民工商專科學校第五屆董事會的成立，親民已朝著一個革新朝氣的方向昂步邁進。本人亦於今年暑期起，受命署理校長職務。在這過去的一年半，承教育部借調楊肇政教授出任親民工商專科學校校長，對於楊校長的努力付出，本人由衷地深深感激！同時，亦非常感謝學校教師、行政人員、職工等各位同夤，在這段過渡時期的衷誠合作，共同把學校改善到最好的境地！好讓親民往升格技術學院、科技大學的發展路上傲然邁進，亦好使學校在充滿著朝氣和加倍的活力裡成長！

回首近年，為著配合升格學院的發展，已經不斷地充實、加強學校教師的素質，而且各教學科也逐年不斷提出為數不少的教師研究計劃案、學術演講會及國際性暨校內外學術研討會。即於民國九十一年年七月三日，共同科國文組也舉辦了一個以「國文教學」為主題的國內各大專院校教學互動的學術研討會。並且得幸邀請到多間大學國文教學專家教授們，發表了多篇與國文教學相關的論文；共同科國文組老師亦相繼撰備多篇論文，計有：由語文教育到文學理論，詩文賞析到小說分析，大略都是教學回饋或研究心得。這亦祈使是次學術研討會能發揮校際教學互動，藉著研習校外教授們的論文著作，同時亦能透過聆聽校外教授們精采的評論回應，在在都使得老師們充實了多方教益。

　　爲了充份尊重學術自主，以及提昇、強化本校學術風氣；所以是次學術論文的編審制度暨作業過程，均參照國際性公開學術研討會模式進行，並且敦請資深國文教學專家邱燮友教授擔任是次編審委員會校外召集人。會上發表的學術論文，校外教授暨親民老師共有十五位，論文計共十六篇。由研討會的舉辦到會後《論文集》的出版，先後經過眾多校外學者教授的審查後，才成書面世；平均每篇校內、外的論文，皆具最少三位校外教授審查接受，最後才予刊載。在此，摯意祈祝親民，不論在學校行政、教學、研究等等各方面，都能提昇發展，就像鴻鵠一樣，高飛展翅。即此爲〈序〉。

親民工商專科學校校長

2002. 11. 29.

楊序

　　親民工商專科學校多年來朝著升格學院的路上發展，自民國八十九年教育部接管以來，依據校務改善計劃，積極改善相關行政措施，使得教學正常化，校務行政電腦化；也落實執行會計、採購、經費的稽查制度化，爭取經費補助，積極推動中、長程校務改善暨發展計劃；並盡力延聘博士級專長老師，與及鼓勵在校老師進修博士課程，以期充實師資，加以教學效益。在爭取教育部九十年度獎、補助經費上，已獲得解凍應用；另外，亦獲教育部補助改善無障礙空間經費。在加強電子資訊教育設施外，也不忽視社團活動、體育運動、學生諮詢輔導等項的推展；亦在教學推展上，加強建教、產業等合作項目。又從民國九十年起，不再收取住宿學生伙食費、各教室電費、高爾夫球課費等；又訂定了〈教科書採用辦法〉和在校務會議上通過大幅簡化學生制服模式與數量規定，一律由學生自行購買。以上種種措施，目的在於減輕學生方面的負擔，與及加強教學效益。

　　隨著教育部允許親民工商專科學校第五屆董事會的成立，本人於今年暑期亦得功成身退。這過去的一年半，承教育部借調本人出任親民工商專科學校校長，並得到學校管理委員會的信任和重用，本人由衷地深深感激！同時，亦非常感謝學校教師、行政人員、職工等各位同貪衷誠合作，共同把學校改善到最好的境地！好讓親民往升格技術學院、科技大學的發展路上傲然邁進，亦好使學校在充滿著朝氣和加倍的活力裡成長！

　　回首近年，為著配合升格學院的發展，共同科不但籌擬獨立成一級教學單位，亦已研擬籌組改編成通識教育中心。

亦因這樣，共同科也和各教學科一樣，逐年不斷提出爲數不少的教師研究計劃案、學術演講會及國際性暨校內外學術研討會。今年七月三日，共同科國文組即舉辦以「國文教學」爲主題的國內各大專院校教學互動的學術研討會。

雖然這次研討會是共同科國文組的初試啼聲；得幸邀請到多間大學國文教學專家教授們發表多篇與國文教學相關論文；共同科國文組老師亦相繼撰備多篇論文：由語文教育到文學理論，詩文賞析到小說分析，大略都是教學回饋或研究心得。這亦祈使是次學術研討會能發揮校際教學互動，藉著研習校外教授們的論文著作，同時亦能透過聆聽校外教授們精采的評論回應，在在都使得老師們充實了多方教益。

是次編審委員會校外召集人是由資深國文教學專家邱燮友教授主持。與會發表學術論文的校外教授計有九位，論文共有九篇，發表論文的親民老師亦有六位，論文發表計共七篇；全部論文計共十六篇。會後經過多位學者教授的審查後，並正式出版成書。詳閱這次學術論文集，內容充實、多篇論點精闢與獨到，堪稱精采。今亦借此摯意祈祝親民更上層樓，不論學校行政、教學、研究等等，都能像大鵬展翅一樣，有美好的發展。這本《論文集》付梓在即，索序書前。敬述大概作爲〈序〉。

僑光技術學院校長
前親民工商專科學校校長
2002.10.25.

邱序

壹、科技是人文的一部分

科技與人文，猶如蘋果樹與菩提樹，對人類的生活與文明有莫大的關係。人文思想的提倡，我國先民早有提示，《周易‧賁卦》有云：「觀乎天文，以察時變；觀乎人文，以化成天下。」「人文」一詞，與「天文」並立。人文的範疇，包括人類衣食住行、禮樂典章制度等生活經驗，以及人們創造的文明。近百年來，西方基督教愛智的開發，啓開了科技的文明，因爲科技快速改善人們的物質生活，使人偏愛科技而忽略人文。其實科技不能涵蓋人文，而人文卻可涵蓋科技，曾有學科技的學者認爲：「科技是人文的一部分。」

貳、國文是人文的主體

每一個國家民族都會重視國語文的重要，它代表這一族群在人文上的特色，也是這個族群承先啓後發展的力量。一般大專院校賦有三大使命：一是教學，二是研究，三是服務，三者雖然有別，但彼此之間是息息相關、環環相扣的。早年一般大學開有大一國文、大一英文等課程，近十年來，這些課程已整合成爲通識教育課程，並擴大爲人文與科技的融合，使一名大學生，應具有文史、理工、藝術、生命科學等基本常識，而其中語文一科，仍然是被重視之列。尤其國語文教學是一切學科的基礎，更是人文科

學的主體所在，不宜偏廢。

參、國文教學研討會特色與功能

　　親民工商專科學校爲提升通識教育的品質，配合學校升格爲學院的措施，舉辦 2002 年國文教學研討會，主辦單位由共同科國文組全體教師負責。於是他們分別撰寫論文，熱烈支持這項活動，並推舉廖志強副教授，向校外邀稿，共同參與此項盛舉，以發揮國文教學的功能。經過多個月來的籌備，終於在七月三日在校內舉辦論文發表會，今將這次論文發表的成果與特色，列舉數端如下：

　　（一）提升國文教學的功能：在國文教學研討會中，
　　　　　提共十六篇論文，內容在探討多元化國文教學
　　　　　的可行性，如史記教學、樂府詩教學、詩歌教
　　　　　學等，或與語言文學有關的專題論述，無形中
　　　　　提升了校內國文教學的潛力和功能。
　　（二）凝聚全校國文組師生的向心力：在舉辦一次大
　　　　　型的學術研討會，不僅動員了全校共同科國文
　　　　　組的全體教師，也動員了不少的學生參與此次
　　　　　的盛會，在教師中參與撰寫論文的有六位，參
　　　　　與會務工作的教師共十九位；而參與工作及與
　　　　　會的同學不下數百人，已直接關心國文教學的
　　　　　成效，也凝聚全校師生的向心力，表現了團隊
　　　　　合作的精神。他日校內升格爲學院時，已奠定
　　　　　設置中國語文學系的基礎。
　　（三）結合校外專家學者的助力：舉辦一次學術研討

會，需與校外專家學者結合，一方面增進與外界學術界人士聯絡，交換訊息；另一方面使校內教師的教學研究成果，能與外界交流，增進國文教學實際的效果。在這次教學研討會中，校外參與的教授學者共九位，發表的論文九篇，可謂結合校外專家學者的助力，推動校內國文教學的新動力。

（四）展現國文教學有關的論文成果：在這次國文教學研討會中，結集了十六篇論文，如今將這些論文印成一冊，作爲研討會成果之一，也作爲親民工商專科學校在國文教學上進步的里程碑。

肆、對新世紀國文教學的展望

對新世紀國文教學的展望，不妨依照《周易》哲學的啟示，一易而含三易，即不易、變易、簡易。國文教學不變的原則，是國語文永遠是人文的主體，國家群體的命脈。其次，國文教學應隨時代需要而變化，使國語文成爲國民日常應用的工具。其次，簡易的道理，在以簡馭繁，國文教學的方法是多方面，不外達到認知、能力、陶冶等目標。如此，使國語文教學能與時俱進，成爲教學園地中永續經營的領域。

臺灣師範大學國文系教授

2002.10.20.

《史記》教學舉要

田博元
嘉南藥理科技大學教授

摘要：

「國文」的範圍，非常廣泛；「國文」的教學，亦趨多元化。《史記》是我國第一部紀傳體的通史，也是我國最早的傳記文學總集。因此，在「國文」的選材裡，《史記》的文章，經常被選錄。本文旨在探討《史記》的思想性及其文學表現的手法，俾提供《史記》教學的參考。

《史記》教學時，在思想特性方面，應注意下列幾點：一、記載人類全體的生活。二、保有歷史的真實性。三、遠紹春秋的褒貶大義。四、通古今之變。五、究天人之際；在藝術特色方面，應注意下列幾點：一、主題結構。二、小故事與大場面。三、語言藝術。

總之，《史記》教學，應著重《史記》的思想性及其表現手法，始能掌握史遷撰寫《史記》的微言大意。

關鍵詞： 義法、褒貶、主題結構、語言藝術

壹、前言

「國文」的範圍，非常廣泛；「國文」的教學，隨著時代的變遷，亦趨多元化。《史記》是我國第一部紀傳體

的通史，也是最早的傳記文學總集。[註1] 因此，在「國文」
的選材裡，《史記》的文章，經常被選錄。本文擬從《史
記》的思想性及其藝術表現的手法，舉要探討《史記》的
教學。

　　司馬遷在《史記》一百十三篇中，以十二本紀、三十
世家、七十列傳，分記帝王侯國以及社會各階層有特殊表
現的人物。這樣一部史學的巨著，材料的處理，相當困難
。但是，司馬遷卻能以高度的散文表現技巧，體顯歷史發
展的命脈，刻劃人物特有的個性。從文學的觀點言，《史
記》開創了我國傳記文學的先河。

　　《史記》的教學，首應注意《史記》的思想性，及其
表現的手法。在思想性方面，《史記》的義法殊堪注意。
其理由是：《史記》的義法，豐富了《史記》的思想內涵
；在《史記》的表現手法方面，史遷對人物的傳記，大都
採用主題結構的手法，對人物的思想面貌，常用小故事的
描寫，或大場面的表現。有關語言藝術史遷亦非常重視，
其駕馭語言的能力，已達神而化之，不露痕跡的地步。

　　總之，《史記》不僅是一部偉大的史書，也是一部優
秀的傳記文學的作品。因此，當我們進行《史記》教學時
，必須注意到它的文學特色，才能瞭解整部《史記》的價
值所在。

[註1]　《史記》是中國最早的傳記文學總集，早成學界定論，近年寫成
　　　的《先秦大文學史》（趙明主編，楊樹增等執筆，高雄，麗文出
　　　版社， 1977 年，初版）更強調《史記》不同於先秦「史傳文學
　　　」，《史記》的出現「標誌著中國文學園地裡一種新的文學形式
　　　－傳記文學」的誕生（頁 636）。

貳、《史記》的思想特性

一、 記載人類全體的生活

　　《史記》這部書，是中國歷史上第一部紀傳體的通史，上起軒轅，下終漢武；縱貫上下三千多年的史事，橫及各國各階層的人物。舉凡人類的活動，無不備載。在事則有八書，分記禮儀、禮俗、音樂、曆法、軍事、氣象、財政、經濟、宗廟鬼神、天文地理等事；並以表編排各代同類大事；在人則以十二本紀、三十世家、七十列傳，分記帝王、侯國以及社會各階層有特殊表現的人物，如游俠、如刺客、如滑稽、如貨殖等皆與王公巨卿並列。茲分述如下：

（一）本紀：

　　本紀記載最高政權，發號施令的人物事蹟，共分十二本紀。若敘事有年代可考者則分年，無年代可考者則分代。

　　《史記》十二篇本紀可分為三類：
1、五帝本紀，記夏以前傳說中的五位帝王。
2、以一個朝代為本紀，如夏、商、周、秦本紀。
3、掌最高政權者為本紀，如秦始皇、項羽、漢高祖、呂后、文帝、景帝、五帝本紀。

（二）世家：

世家記載諸侯、王，年封世系，盛衰興亡的事蹟，分別按家記述，共分三十世家。三十世家可分：
1、的同姓諸侯，如吳太伯，魯周公。
2、的異姓功臣，如齊太公。
3、代聖君之後，如陳（舜後）、杞（禹後）、宋微子（湯後）。
4、國新興諸侯，如韓、趙、魏。
5、特殊者，如孔子、陳涉。
6、外戚世家，后妃。
7、漢的同姓諸侯，如楚元王、梁孝王。
8、漢的異姓功臣，如留侯。

（三）列傳：

列傳分類記敘自古至漢社會各階層特殊人物的事跡，及邊疆各國的概況。《史記》七十列傳，若按撰寫性質的不同，可分六類：
1、單傳：即一篇單敘一人。如孟嘗君、信陵君等傳。
2、合傳：即一篇述兩人或兩人以上。或因事蹟關係不可分割而合述一起，如管晏、廉藺等傳；或以時代相隔而其精神相同，遭遇相似亦合述一起，如屈原賈誼列傳。
3、類傳：將許多人物，按其學業、技藝或治術，行為相類，依照先後敘在篇裡。計有：＜刺客列傳＞、＜循吏列傳＞、＜儒林列傳＞、＜酷吏列傳

＞、＜游俠列傳＞、＜佞幸列傳＞、＜滑稽列傳＞、＜日者列傳＞、＜龜策列傳＞、＜貨殖列傳＞、＜扁鵲倉公列傳＞、（＜醫者列傳＞）。

4、附傳：對於同一事跡，或共事的人，或祖孫父子，而下附載此事相關的人，一一類敘或帶敘。因人各一傳，則不勝傳，但若不爲之立傳，則其人又有事可傳，故用附傳之體。亦有祖孫父子無大事可傳，而又不勝傳者，則以子孫附祖父，或祖父附子孫，各視地位輕重大小來決定。如＜李將軍列傳＞，以李廣爲主，下附其子敢（及孫李陵）者即屬之。

5、夷傳：記邊疆各民族的概況，如＜匈奴列傳＞、＜南越列傳＞、＜東越列傳＞、＜西南夷列傳＞、＜大宛列傳＞。

6、太史公自序＞：爲列傳最末一篇，亦即《史記》一書的總序，全文由六個部分組成。敘先德，以明史爲世職是其一。敘先父談及其論學要旨是其二。自敘治學、遊歷、仕履及受父命著史與制事是其三。藉與壺遂問對以發著史之大義是其四。先揭蒙冤不死，忍辱成書之痛，次分一百三十小段，分敘全書一百三十篇，每段文題撰作之故是其五。以論贊一段總結全文是其六。

《史記》有七十列傳，又可按時間順序，分爲五組：
1、先秦人物，如伯夷、管晏。
2、秦代人物，如呂不韋、李斯。
　、楚漢之際人物，如張耳、田橫。
4、漢初人物，如袁盎、賈誼。

5、武帝時人物，如李廣、韓安國。

（四）表：

表以時間為中心，編排各代同類大事。《史記》有十表，可分六類：

1、代遼遠，情事闊略不可考者作世表，如＜三代世表＞。
2、代接近，事蹟清晰者作年表，如＜十二諸侯年表＞、＜六國年表＞。
3、代接近而事蹟變化劇烈者作月表，如＜秦楚之際月表＞。
4、年為經，以國為緯，如＜漢興以來諸侯年表＞，以地為主，所以見天下之大勢。
5、以國為經，以年為緯者，如＜高祖功臣侯者年表＞，以時為主，所以睹一時之得失。
6、以年為經，以事為緯編列者，如＜漢興以來將相名臣年表＞，以大事為主所以見君臣之職分。

（五）書：

書是記載典章制度的體裁。《史記》有八書：

1、＜禮書＞：記禮儀、禮俗。
2、＜樂書＞：記音樂。
3、＜律書＞：記軍事氣象。
4、＜曆書＞：記曆法。
5、＜天官書＞：記天文。
6、＜封禪書＞：記宗廟鬼神。

7、＜河渠書＞：記地理水利。

8、＜平準書＞：記財政經濟。

二、保有歷史的真實性：

　　《史記》是一部歷史的專著，史遷在撰寫《史記》時，態度是忠於歷史的，嚴格而又客觀地記載歷史的事蹟。所以，史實是史遷注意的重點。司馬遷在《史記・伯夷列傳》中說：「夫學者載籍極博，猶考信於六藝。」[註2]歷史的材料是編纂史籍的重要條件，史料愈豐富，史實愈正確。所謂「學者載籍極博」，說明司馬遷撰寫《史記》時，參考了大量的古今典籍，取材極廣，內容相當豐富。但是有了豐富的史料，進一步，須去鑑別史料和考證史實，這是歷史編纂的重要關鍵。而所謂「考信於六藝」，正是司馬遷鑑別史料的原則。茲將《史記》史材的主要來源列述於後，以見《史記》史料的豐富，及史遷忠於歷史的態度。

（一）先秦及當世載籍

　　司馬遷在《史紀・伯夷列傳》中說：「夫學者載籍極博，猶考信於六藝。」可見司馬遷撰寫《史記》時，參考了大量的古今典籍，尤其是當時見存的先秦古籍，無所不採。班固《漢書・司馬遷傳》說：

　　　　司馬遷據《左氏》、《國語》，采《世本》、《戰

[註2] 本文引用《史記》原文，係據北京中華書局標點通行本，1959年，初版。

國策》，述《楚漢春秋》，接其後事，訖于天漢。
司馬遷參考的古籍，實不止此，除經書外，還有諸子、文
、騷、賦等。例如：

　　<五帝本紀>：「予觀《春秋》、《國語》。」

　　<三代世表·序>：「余讀牒記，黃帝以來皆有年
數。稽其歷譜牒終始五德之傳，古文咸不同，……
于是以《五帝系牒》、《尚書集世》，紀黃帝以來
訖共和為世表。」

　　<十二諸侯年表>：「太史公讀春秋歷譜牒，至周
屬王，未嘗不廢書而嘆也。……魯君子左丘明，因
孔子《史記》具論其語，成《左氏春秋》……。」

　　<六國年表·序>：「太史公讀《秦記》。……余
于是因《秦記》，踵《春秋》之后，起周元王，表
六國時事，訖二世。」

　　<樂書>：「余每讀<虞書>……未嘗不流涕也。
」

　　<吳太伯世家>：「余讀春秋古文。」

　　<衛康叔世家>：「余讀《世家》言。」

　　<孔子世家>：「余讀孔氏書，想見其為人。」

　　<管晏列傳>：「吾讀管氏<牧民>、<山高>、
<乘馬>、<輕重>、<九府>及《晏子春秋》，
詳哉其言之也。」

　　<司馬穰苴列傳>：「余讀《司馬兵法》，閎廓深
遠。」

　　<仲尼弟子列傳>：「余以弟子名姓文字悉取《論
語·弟子問》并次為篇，疑者闕焉。」

　　<商君列傳>：「余嘗讀商君《開塞耕戰書》〔即
《商君書》〕。」

＜屈原賈生列傳＞：「余讀＜離騷＞、＜天問＞
、＜招魂＞、＜哀郢＞，悲其志……。讀＜鵬鳥
賦＞。」
＜酈生陸賈列傳＞：「余讀陸生《新語書》十二
篇。」

以上略舉「余讀」的書目，即有十餘種。根據學者的統計
，《史記》引證且寫明書名的就有八十多種，未指出的名
稱尚未計算在內。[註3]可見司馬遷撰寫《史記》時，曾廣泛
搜集參考先秦及當代典籍。

（二）歷代及當代文獻檔案

司馬遷在元封三年繼承父志，正式做了太史令。太史
令的職位不高，主要是掌理天文星曆和占卜祭祀的事情，
同時也兼管文書和記載朝廷大事。司馬遷藉用職務的方便
，可以閱讀和整理漢朝宮廷收藏的文獻檔案和重要史料，
如詔令、法典、記功冊等國家檔案，更是珍貴的第一手材
料。司馬遷在＜太史公自序＞裡說：「遷為太史令，紬『
史記』石室金匱之書。」「石室金匱之書」，即指朝廷所
藏典籍和檔案。而見於《史記》正文中的記載有，＜高祖
功臣侯者年表‧序＞：「余讀高祖侯功臣。」按：「余讀
高祖侯功臣」，即指讀高祖時記載功臣侯者的檔案。＜惠
景間侯者年表‧序＞：「太史公讀列封，至便侯，曰『有
以也夫』。」按：所謂「列封」，即指封侯檔案。

[註3] 據鄭之洪《「史記」文獻研》（成都，巴蜀書社，1997年，初版）
　　統計，載於《史記》中的司馬遷所見書計有 104 種，分別為：「
　　六經及其訓解書」23種、「諸子百家書」50種、「古今歷史書及
　　漢室檔案」24種、「文學書」7種（頁157-170）。

　　餘如<曹相國世家>、<樊噲傳>、<靳歙傳>、詳細記載戰爭時斬殺、搏虜敵人和降城、降卒的數字，亦都是當時戰果捷報，入檔存案的材料。

（三）民間流傳和私藏的古文書傳

　　從戰國以至秦末，歷經兩次焚書禁學的浩劫，先是秦始皇焚燒詩書，後有項羽火燒咸陽，民間和宮廷藏書喪失甚烈，秦始皇更嚴令天下不准藏書。不過，敢冒「黥為城旦」[註4]危險的人，還是把書傳暗藏下來。漢興，廢除藏書的禁令，民間私家收藏的書傳，又重新流傳下來，《史記・六國年表・序》：「詩書所以復見者，多藏人家。」不過，復見的詩書，都是古文。這些用古文字記載的書傳，頗受司馬遷的重視，並被用為撰寫的重要史料。例如：

　　　　<三代世表・序>：「稽其歷譜諜，終始五德之傳，古文咸不同，乖異。」

　　　　<吳太伯世家・贊>：「余讀春秋古文，乃知中國之虞與荊蠻句吳，兄弟也。」

由上所述，可見司馬遷撰寫《史記》時，亦曾參考古文字書傳。《史記・儒林列傳》說：「孔氏有《古文尚書》，而安國以今文讀之……《逸書》得十餘篇。」《漢書・儒林傳》也說：「安國為諫大夫…而司馬遷亦從安國問故。」可見司馬遷曾從孔安國治《古文尚書》。是則司馬遷亦精研古文書傳，並酌用古文書傳的資料撰寫《史記》。

（四）親身采訪和游歷各地得來的材料

註4　見《史記・秦始皇本紀》，宰相李斯議請焚書「令下三十日不燒，黥為城旦。」（頁 255）

　　司馬遷在二十歲時，已經博通經傳史籍，奠定雄厚的
知識基礎。漢武帝元朔三年〔公元前 127 年〕司馬遷開始
到全國各地漫遊。他在＜太史公自序＞中說：

> 二十而游江、淮、上會稽，探禹穴，闚九疑，浮於
> 沅、湘；北涉汶、泗；講業齊、魯之都，觀孔子之
> 遺風，鄉射鄒、嶧；厄困鄱、薛、彭城，過梁、楚
> 以歸。

這是第一次的出遊。元鼎六年〔公元前 111 年〕，司馬遷
奉命出使巴、蜀以南，＜太史公自序＞說：「奉使西征巴
、蜀以南，南略邛、筰、昆明。」這次出使，司馬遷對西
南地區的地理、物產、民情、風俗更有實地的考察與瞭解
，也豐富了撰寫＜西南夷列傳＞、＜貨殖列傳＞等史料。
元封元年〔公元前 110 年〕漢武帝東巡，司馬遷侍漢武帝
至泰山封禪後，沿海北上，先至碣石，次巡遼西，經西河
、五原，北登單于臺，後還祠黃帝於橋山。行程一萬八千
餘里，對北方的情況更加瞭解。從二十歲漫遊開始，後又
扈從封禪，在將近二十年的時間裡，司馬遷足跡遍及各地
，不僅實地考察地理環境，並深入搜集古代遺聞軼事，瞭
解各地風俗民情，這些活的材料，都融合貫通的載入《史
記》裡。例如：

> ＜五帝本紀＞：「余嘗西至空桐，北過涿鹿，東
> 漸于海，南浮江淮矣。至長老皆各往往稱黃帝、
> 堯、舜之處，風教固殊焉，總之不離古文者近是
> 。」
> ＜封禪書＞：「余從巡祭天地諸神名山川而封禪
> 焉。」
> ＜河渠書＞：「余南登廬山，觀禹疏九江，遂至

于會稽太湟，上姑蘇，望五湖，東窺洛汭，大邳，迎河、行淮、泗、濟、漯、洛渠；西瞻蜀之岷山及離碓；北自龍門至于朔方。」

<齊太公世家>：「吾適齊，自泰山屬之琅邪，北被於海……。」

<魏世家>：「吾適故大梁之墟，墟中人曰：秦之破梁，引河溝而灌大梁。」

<孔子世家>：「余適魯，觀仲尼廟堂車服禮器，諸生以時習禮其家，余祇迴留之不能去。」

<伯夷列傳>：「余登箕山，其上蓋有許由冢云。」

<孟嘗君列傳>：「吾嘗過薛，其俗閭里率多暴桀子弟，與鄒、魯殊。」

<魏公子列傳>：「吾過大梁之墟，求問其所謂夷門。」

<春申君列傳>：「吾適楚，觀春申君故城，宮室盛矣哉！」

<屈原列傳>：「余適長沙，觀屈原所自沈淵，未嘗不垂涕，想見其為人。」

<蒙恬列傳>：「吾適北邊，自直道歸，行觀蒙恬所為秦築長城亭障，塹山煙谷，通直道，固輕百姓力矣。」

<淮陰侯列傳>：「吾如淮陰，淮陰人為余言……余視其母冢，良然。」

<樊酈滕灌列傳>：「吾適豐沛，問其遺老，觀故蕭、曹、樊噲、滕公之家，及其素，異哉所聞。」

<龜策列傳>：「余至江南，觀其行事，問其長老……。」

以上所述，都是司馬遷遊歷各地親身采訪記錄。又如：

　　〈項羽本紀〉：「吾聞之周生曰：舜目蓋重瞳子，
　　又聞項羽亦重瞳子，羽豈其苗裔耶？」

　　〈越世家〉：「吾聞馮王孫曰：越王遷，其母倡也
　　。」

　　〈賈誼列傳〉：「孝武皇帝立[註5]，舉賈生之孫二人
　　至郡守，而賈嘉最好學，世其家，與余通書。」

　　〈刺客列傳〉：「始公孫季功、董生與夏無且游，
　　具知其事，為余道之如是。」

　　〈陸賈列傳〉：「平原君子與余善，是以得具論之
　　。」

　　〈田叔列傳〉：「仁與余善，余故并論之。」

　　〈游俠列傳〉：「吾視郭解，狀貌不及中人，言語
　　不足采者。」

　　〈太史公自序〉：「上大夫壺遂曰：昔孔子何為而
　　作春秋哉？太史公曰：余聞董生曰……。」

上列所述，則是司馬遷遊歷各地時，得自當時人口說，及
遊歷時所聞所見。其中，有的是親自采訪所得，有的是得
自訪問父老。這些實地訪問、考察以及口頭傳說的資料，
都是珍貴的活材料，也是《史記》撰寫時的重要材料來源
之一，所以班固推崇《史記》為「實錄」[註6]，的確有其道
理。

註5　「孝武皇帝」四字，依《史記》書寫用辭當為「今上」二字，此係
　　後人傳抄之誤。

註6　《漢書·司馬遷傳·贊》：「自劉向、揚雄博極群書，皆稱遷有良
　　史之，服其善序事理，辨而不華，質而不俚。其文直，其事核，不
　　虛美，不隱惡，故謂之實錄。」北京，中華書局，1959年，初版，
　　頁2738。

三、遠紹春秋的褒貶大義：

司馬遷撰寫《史記》，其作史立言的宗旨，都是一本
孔子的精神；全書義法的所在，亦折衷於夫子。因為這個
緣故，《史記》書中所表現的褒貶義法，也豐富了《史記
》的思想性。

司馬遷在《史記・孔子世家・贊》說：

> 《詩》有之：「高山仰止，景行行止」。雖不能至
> ，然心嚮往之。余讀孔氏書，想見其為人。適魯，
> 觀仲尼廟堂、車服、禮器。諸生以時習禮其家，余
> 祇迴留之，不能去云。

司馬遷的青年時代，已是儒學大盛，所以他父親便也設法
給他受新教育，並且鼓勵他做一個新時代中的大學者。因
此，司馬遷在本質上雖是浪漫的，在思想上也還留有他父
親的黃老之學的遺澤。可是在精神上卻留有一個不可磨滅
的烙印。對儒家人物，尤其是孔子，在了解著，在欣賞著
，在崇拜著。[註7]由「讀孔氏書」，而「想見其為人」，而
「祇迴留之，不能去云」。這種情感的執著，可說是基於
對孔子精神的深刻瞭解。此時此刻，司馬遷似已孕育了繼
承孔子志業的種子。他又說：

> 天下君王至於賢人眾矣，當時則榮，沒則已焉，孔
> 子布衣，傳十餘世，學者宗之。

學術的生命是永恒的，是不朽的；而政治的生命，人亡即
毀，是短暫的，是無常的。對於孔子的學術事業，司馬遷

註7 參李長之《司馬遷之人格與風格》，台北，臺灣開明書店，1992
年，臺十六版，頁44-50。

有著無限的嚮往。事實上，司馬遷自承接了父親偉大遺命以後，一直以典紹孔子之志業爲依歸。＜太史公自序＞說：

> 太史公曰：「先人有言，自周公卒，五百歲而有孔子，孔子卒後至於今五百歲，有能紹明世、正易傳、繼春秋，本詩書禮樂之際，意在斯乎！意在斯乎！小子何敢讓焉！」

在整部《史記》中，司馬遷徵引孔子的地方非常多。例如＜伯夷列傳＞中引孔子的話：

> 「伯夷、叔齊，不念舊惡，怨是用希。」
> 「求仁得仁，又何怨乎？」

他直然以孔子的論斷作自己的論斷，且把孔子當作唯一可以印證的權威，例如說田叔，就用「居是國，必聞其政」。「考信於六藝」是司馬遷所拳拳服膺的，在六藝之中，「折衷於夫子」，尤其是司馬遷所實行著的。＜孔子世家・贊＞：「自天子、王侯，中國言六藝者，折衷於夫子，可謂「至聖」矣！」而〈自序〉又說：「罔羅天下放失舊聞……俟後世聖人君子。」可見太史公隱然以《史記》上比《春秋》。而《史記》的史家義法即是宗自孔子的春秋大義。孔子據魯史作《春秋》，透過褒貶筆法，以表現其春秋大義。而其褒貶則係依據人物的事蹟，應褒則褒，應貶則貶，形成一種歷史道德的制裁力量，所以孟子說：「孔子成《春秋》，而亂臣賊子懼。」

　　《史記》的褒貶義法，史遷多見於太史公曰中，但亦有在篇名中，在取材中，在敘述中，見褒貶大義的。

（一）從太史公曰中見褒貶

　　《史記》一百三十篇中，「太史公曰」、或見篇首，或見篇末，端視立傳的主旨及結構的需要而定。而「太史公曰」的作用，或述褒貶，或補佚事，或記經歷，或言去取。而以述褒貶為主要內容。所謂「太史公」，其實即指司馬遷。然書「太史公」，而不直名「司馬遷」。主要在說明「太史公曰」中有關評論人事的文字，是史家客觀嚴謹的言論，而非一人的評論而已。史遷在《史記》各篇的「太史公曰」中，迭有「豈不繆哉」，「豈不仁哉」，「豈不以哉」，「豈不哀哉」，「豈不偉哉」，「豈不妄也哉」，「悲夫」，「惜哉」的感慨，在這裡，史遷「善善惡惡，賢賢賤不肖」，正所以「貶天子」、「退諸侯」、「討大夫」，以達王室云爾。[註8] 例如：

　　〈孔子世家〉說：「孔子布衣，傳十餘世，學者宗之，自天子王侯，中國言六藝者，折衷於夫子，可謂至聖矣。」

　　〈項羽本紀〉說：「羽非有尺寸，乘勢於壟畝之中，三年，遂將五諸侯滅秦，分裂天下，而封王侯，政由羽出，號為霸王，位雖不終，近古以來，未嘗有也。」

　　〈項羽本紀〉又說：「及羽背關懷楚，放逐義帝而自立，怨王侯叛己，難矣。自矜功伐，奮其私智而不師古，謂霸王之業，欲以力征經營天下，五年卒亡其國，身死東城，尚不覺悟，而不自責，過矣。乃引天亡我，非用兵之罪也，豈不繆哉。」

　　〈魏公子列傳〉說：「天下諸公子亦有喜士者矣，然信陵君之接巖穴隱者，不恥下交，有以也，名冠

註8　《史記‧太史公自序》語，頁 3297。

諸侯，不虛耳。」

（二）從篇名中見褒貶

　　史遷在表現褒貶義法時，亦有在篇名中，見褒貶義法的。以戰國四公子為例，孟嘗、平原、春申及信陵君並列，並以喜士聞名天下。然孟嘗、平原、春申都以封邑系篇名，唯獨＜魏公子列傳＞以「公子」名篇。＜太史公自序＞曰：「能以富貴下貧賤，賢能詘於不肖，唯信陵君為能行之，作＜魏公子列傳＞第十七。」顧璘也說：「孟嘗、平原、春申皆以封邑系，此獨曰『公子』者，蓋尊之以國系也。」[註9] 王世貞也說：「三公之好士也，以自張也；信陵之好士也，以存魏也，烏乎同！」[註10] 李晚芳也說：

> 戰國四君，皆以好士稱，惟信陵之好，出自中心，觀其下交岩穴，深得孟氏不挾之者，蓋其質本仁厚，性復聰慧。聰慧則能知人用人，仁厚則待賢，自有一段惓慕不盡之真意，非勉強矯飾者可比，此賢士所以樂為用也。餘三君，孟嘗但營私耳，平原徒豪舉耳，黃歇愈不足道，類皆好士以自為，而信陵則好士以為國也。[註11]

魏公子的「接岩穴隱者，不恥下交」，意在存魏，非徒豪舉。故其一生的進退生死，關係魏國的安危存亡，並攸關

[註9] 淩稚隆輯校、李光縉增補：《「史記」評林》，天津，天津古籍出版社，1998 年，初版，頁 351。

[註10] 同上，頁 351-352。

[註11] 楊燕起、陳可青、賴長揚編：《歷代名家評「史記」》引，台北，博遠出版社，1990 年，初版。頁 702-703。原載李晚芳《讀史管見》卷二＜信陵君列傳＞。

六國的興廢。史遷於四公子中，獨信陵以「公子」名篇，足見史遷對信陵君的尊重。它如＜李將軍列傳＞，亦不細繫名李廣，＜匈奴列傳＞排序於＜李將軍列傳＞之後，都有褒貶之義。

（三）從類傳中見褒貶

史遷的褒貶大義，也有表現於類傳人物時。如＜酷吏列傳＞中，合述張湯、杜周之流，都是漢初人物。＜太史公自序＞說：

> 民倍本多巧，姦軌弄法，善人不能化，唯一切嚴削為能齊，作＜酷吏列傳＞第六十二。

郭嵩燾也說：

> 史公傳＜循吏＞，皆在春秋之世，其時正政已衰，官司皆失其職，百姓張張焉，日入於非辟而不知，而有一能舉其職者，是即天下所資以為程式者也，鄉力故謂之曰「循吏」。至於戰國，窮兵黷武，嚴刑以劫其民，而能盡職難矣。然其淫刑以逞，一依於國法行之。即商鞅之錄囚，猶國法也，無有極法峻刑播惡以逞其私者。而皆起於漢之盛時。於此可以觀世變矣。史公之傳酷吏，不上及於戰暴秦之時，其旨微哉！

又說：

> 前序論云：『高后時，酷吏獨有侯封，刻轢宗室，侵辱功臣。』贊復引馮當等八人，亦首尾相應見。侯封承呂后之意，以搏擊為能，鉗制天下；嗣是郅都一人，當景帝之世；自寧成以下，則皆武帝所擢用也。史公以被刑自寄其微意，然而武帝用刑之酷

，亦略可見矣。註12

酷吏擾民，各朝代都有的現象，戰國暴秦尤甚。而史遷於
＜酷吏列傳＞中，獨述漢初酷吏，正所以貶刺漢初沿襲秦
法，其法的嚴峻，不近人道。他如＜游俠列傳＞中，敘朱
家、郭解諸人，都是漢代遊俠。所謂「儒以文亂法，俠以
武犯禁」，其中亦有褒貶的深義。

（四）從選材中見褒貶

史遷的褒貶大義，也有表現在敘述人物事蹟時。史遷
在＜項羽本紀＞，記述彭城之戰時，特別詳述漢王在逃遁
路中，推墮孝惠、魯元的事，其中亦有褒貶之義，＜項羽
本紀＞說：

> 漢王乃得與數十騎遁去。欲過沛，收家室而西。楚
> 亦使人追之沛，取漢王家。家皆亡，不與漢王相見
> 。漢王道逢得孝惠、魯元，乃載行。楚騎追漢王，
> 漢王急，推墮孝惠、魯元車下，滕公常下收載之。
> 如是者三。曰：「雖急不可以驅，奈何棄之？」於
> 是遂得脫。

這段文字中，雖僅平鋪直敘，但是滕公「收載之」的動作
，及「雖急，不可以驅，奈何棄之」的話，正所以暴漢王
推墮「孝惠」「魯元」不慈之惡。

四、通古今之變

註12 見郭嵩燾《「史記」札記》卷王下，＜酷吏列傳＞上海，商務印書
館，1957年，初版，頁414、424。

　　趙翼在《二十二史劄記》中說:「司馬遷參酌古,發凡起例,創為全史。」但是,司馬遷撰寫《史記》的目標,不徒在記載歷史的事實。他在〈報任安書〉中說,他寫《史記》的目標在:「究天人之際,通古今之變,成一家之言。」註13 歷史是在「動」中發展的,人類的歷史活動不斷在進行,「變」實是歷史活動的本質。<平準書>說:「物盛而衰,固其變也。歷史不停息的變動流轉中,自有它的軌跡法則可尋。」司馬遷在<報任安書>中說:「近自托于無能之辭,略考其事,綜其終始,稽其成敗興壞之紀。」<太史公自序>也說:「網羅天下放失舊聞,王跡所興,原始察終,見盛觀衰。」司馬遷作《史記》目的,正是想從上下兩千餘年中,種種人事演變的跡象,「原始察終,見盛觀衰」,去闡明歷史發展演變的軌跡,尋找出朝代更替興衰成敗的道理,以作為後世的殷鑑。

五、究天人之際

　　司馬遷作史的目標,不僅在「通古今之變」,而且還要「究天人之際」。但是,「天人之際」的探討,已屬於哲學的範疇。《史記》是一部史書,又如何探究「天人之際」的哲學真諦?事實上,「天人之際」,用學理去詮釋外,以歷史的事蹟,去體現天人之際的真諦,更讓人感到具體而親切。司馬遷正想從古今人士的興壞、存亡、成敗、禍福中,去顯現「天人之際」,建立起歷史道德的準則。史遷在<項羽本紀>中記載項王感慨說:「此天之亡我,非戰之罪也。」又說:「天之亡我,我何渡為。」然司

馬遷在＜太史公曰＞中又說：「乃引天亡我，非用兵之罪
也，豈不謬哉。」司馬遷否定項王天亡之說，認為項王自
取滅亡，至死不悟。項羽所以敗亡的原因，在人不在天。
＜秦楚之際月表序＞說：

> 王跡之興，起於閭巷，合從討伐，軼於三代。鄉秦
> 之禁，適足以資賢者為驅除難耳。故憤發其所為天
> 下雄，安在無土不王。此乃傳之所謂大聖乎？豈非
> 天哉！豈非天哉！非大聖，孰能當此受命而帝者乎
> ？

漢高祖所以「無土而王」，平民革命成功，其因有二，一
在其本人是賢者、是「大聖」，故能憤發為天下雄；一在
客觀的因緣，所謂「鄉秦之禁」──墮壞名城，銷鋒鏑，
鉏豪傑，為驅除難耳。又如〈伯夷列傳〉所說：

> 或曰：「天道無親，常與善人。」若伯夷、叔齊，
> 可謂善人者非耶？積仁絜行如此而餓死！且七十之
> 徒，仲尼獨薦顏淵為好學，然回也屢空，糟糠不厭
> ，而卒蚤夭。天之報施善人，其何如哉？盜蹠日殺
> 不辜，肝人之肉，暴戾恣睢，聚黨數千人，橫行天
> 下，竟以壽終。是遵何德哉？此其尤大彰明較著者
> 也。若至近世，操行不軌，專犯忌諱，而終身逸樂
> 富厚，累世不絕；或擇地而蹈之，時然後出言，行
> 不由徑，非公正不發憤，而遇禍災者，不可勝數也
> 。余甚惑焉，儻所謂天道，是邪？非邪？

司馬遷在此，嚴肅的檢討天人的關係。所謂「天道無親，
常與善人」，這個天道的法則，若是可以成立，那麼，伯
夷叔齊積仁絜行，是善人而餓死；顏回好學，是善人而早
夭；而如盜蹠者，日殺不辜，是壞人，竟以壽終。「儻所

註13 見《漢書·司馬遷傳》，頁2735。

謂天道，是邪？非邪？」所謂天道何在？公理何在？＜伯
夷列傳＞引孔子說：

> 「道不同不相為謀，亦各從其志也。」
>
> 「富貴如可求，雖執鞭之士，吾亦為之；如不可求
> ，從吾所好。」
>
> 「歲寒，然後知松柏之後凋。」

可見司馬遷認為人所應依循的是人道，而非委命於天；天
不可恃，禍福、壽夭，亦非人所追求的目標。積仁潔行，
好學以求道，始是人生的真諦。

參、《史記》的藝術特色

一、主題結構

　　《史記》的人物傳記，其表現的手法，大都採用主題
結構。司馬遷在傳寫人物事蹟時，往往先有一個中心主題
，為求文章藝術上的完美性，凡是適用於這個主題的材料
，就加以運用，不適用這個主題的，便放置在更適當的傳
記中，例如＜管晏列傳＞，史遷所要敘述的是知己的可貴
，所以這篇材料的重點放在管鮑之交與晏子的知人上，管
晏的事功，則以概括的筆法帶過，如＜管晏列傳＞說：「
生我者父母，知我者鮑叔也。」又說：「天下不多管仲之
賢而多鮑叔能知人也。」＜管仲列傳＞重點放在管仲受知
於鮑叔，所以，管鮑之交的事蹟，著墨特多；而＜晏嬰列
傳＞重點放在晏嬰能知人，所以，筆墨用在越石父與御者
上，如＜管晏列傳＞說：

　　越石父賢，在縲紲中。晏子出，遭之塗，解左驂贖
　　之，載歸，弗謝，入閨。久之，越石父請絕。晏子
　　慙然。攝衣冠謝曰：「嬰雖不仁，免子於厄，何子
　　求絕之速也？」石父曰：「不然。吾聞君子詘於不
　　知己而信於知己者。方吾在縲紲中，彼不知我也，
　　夫子既已感寤而贖我，是知己；知己而無禮，固不
　　如在縲紲中。」晏子於是延入為上客。
晏子不僅能知人，更能用人。＜管晏列傳＞說：
　　晏子為齊相，出。其御之妻從門間而窺其夫。其夫
　　為相御，擁大蓋，策駟馬，意氣揚揚，甚自得也。
　　既而歸，其妻請去。夫問其故。妻曰：「晏子長不
　　滿六尺，身相齊國，名顯諸侯。今者妾觀其出，志
　　念深矣，常有以自下者。今子長八尺，乃為人僕御
　　，然子之意自以為足，妾是以求去也。」其後夫自
　　抑損。晏子怪而問之，御以實對。晏子薦以為大夫
　　。

敘述管仲的事功，＜管晏列傳＞說：「管仲既用，任政於
齊，齊桓公以霸，九合諸侯，一匡天下。」寥寥數語，用
以證明管仲的能力，並繳還前文「鮑叔知其賢」句，且為
下文「鮑叔能知人」作證。寫晏子的事功，＜管晏列傳＞
則說：「（晏子）事齊靈公、莊公、景公，以節儉力行重
於齊。」又說：「以此三世顯名於諸侯。」扼要數語，概
括晏子一生的事業，用以說明晏子賢、能知人。

　　史遷撰寫《史記》，是以整部《史記》與讀者見面的
，而史遷也善盡史家的責任。因此，《史記》成為史學的
鉅著。但就《史記》的每一單篇而言，史遷則更像一位藝
術家，史遷在每一單篇中，多有一個中心主題，至如章法

的安排，造字遣詞以及文氣的使用，也都為顯現這個中心主題而立。所謂「三十輻共一轂」[註14]，車輻是圍繞車轂而轉的；文章的中心主題即如車轂，而取材、章法、遣字以及文氣即如車輻，這是《史記》散文表現的藝術手法的特色之一。

二、小故事與大場面

《史記》是紀傳體的史書，所以史遷所要表現的對象是人，在《史記》中所記載的人物有帝王、將相、王侯；有政治家、軍事家、文學家、思想家；有遊俠、刺客、商賈、醫卜。形形色色的人物，遍及社會的各階層。而史遷都能運用高度的藝術手法，表現這些人物的思想面貌以及特有的個性。其中，比較突出而常用的手法，就是小故事的描寫和大場面的表現。例如＜淮陰侯列傳＞中寫韓信布衣時的三件小故事：

> 淮陰侯韓信者，淮陰人也。始為布衣時，貧無行，不得推擇為吏，又不能治生商賈，常從人寄食飲，人多厭之者。常數從其下鄉南昌亭長寄食，數月，亭長妻患之，乃晨炊蓐食。食時信往，不為具食。信亦之其意，怒，竟絕去。

藉南昌亭長寄食事，寫韓信不是沿門乞食之流，以顯韓信的英雄本色。又如：

> 信釣魚城下，諸母漂，有一母見信飢，飯信，竟漂數十日。信喜，為漂母曰：「吾必有以重報母。」
> 母怒曰：「大丈夫不能自食，吾哀王孫而進食，豈

望報乎！」

藉重報漂母事，寫韓信自尊自重，早有王侯大志。又如：

> 淮陰屠中少年有侮信者，曰：「若雖長大，好帶刀
> 劍，中情怯耳。」眾辱之曰：「信能死，刺我；不
> 能死，胯我下。」於是信孰視之，俯出胯下，蒲伏
> 。一市人皆笑信，以為怯。

藉俛出胯下事，寫韓信「寬柔以教，不報無道」的強者本
色。

　　史遷在＜項羽本紀＞中，僅選寫鉅鹿、彭城、廣武和
垓下四場最富有代表性戰爭。這四場戰爭，史遷都用大場
面的筆法鋪敘，以表現項羽率部屬有方、士卒的驍勇善戰
，以及項羽的個人才氣過人、運用兵法的靈活。＜項羽本
紀＞說：

> 項羽已殺卿子冠軍，威震楚國，名聞諸侯。乃遣當
> 陽君、蒲將軍將卒二萬渡河，救鉅鹿。戰少利，陳
> 餘復請兵。項羽乃悉引兵渡河，皆沉船，破釜甑，
> 燒廬舍，持三日糧，以示士卒必死，無一還心。於
> 是至則圍王離，與秦軍遇，九戰，絕其甬道，大破
> 之，殺蘇角，虜王離。涉閒不降楚，自燒殺。當是
> 時，楚兵冠諸侯。諸侯軍救鉅鹿下者十餘壁，莫敢
> 縱兵。及楚擊秦，諸將皆從壁上觀。楚戰士無不一
> 以當十，楚兵呼聲動天，諸侯軍無不人人慄恐。於
> 是已破秦軍，項羽召見諸侯將，入轅門，無不膝行
> 而前，莫敢仰視。項羽由是始為諸侯上將軍，諸侯
> 皆屬焉。

鉅鹿之戰，是項羽經歷七十多場戰爭中，最具關鍵性的戰
役。項羽以寡擊眾，反敗為勝，逐步登上事業的顛峰，完

成了霸業。這場戰爭，史遷側重在寫項羽戰前的佈署，以及戰爭時友軍的動態。藉此，寫項羽的指揮若定，楚軍的驍勇善戰，並寫項羽的氣勢逼人。＜項羽本紀＞又說：

> 春，漢王部五諸侯兵，凡五十六萬人，東伐楚。項王聞之，即令諸將擊齊，而自以精兵三萬人南從魯出胡陵。四月，漢皆已入彭城，收其貨寶美人，日置酒高會。項王乃西從蕭，晨擊漢軍而東，至彭城，日中，大破漢軍。漢軍皆走，相隨入穀、泗水，殺漢卒十餘萬人。漢卒皆南走山，楚又追擊至靈壁東睢水上。漢軍卻為楚所擠，多殺，漢卒十餘萬人皆入水，睢水為之不流。

彭城之戰，是項羽的反攻戰，史遷側重在寫漢軍的潰拜逃散，以突顯楚軍的善戰，與項羽的統帥部卒有方。又如：

> 當此時，彭越數反梁地，絕楚糧食，項王患之。為高俎，置太公其上，告漢王曰：「今不急下，吾烹太公。」漢王曰：「吾與項羽俱北面受命懷王，『約為兄弟』，吾翁即若翁，必欲烹而翁，則幸分我一杯羹。」項王怒，欲殺之。項伯曰：「天下事未可知，且為天下者不顧家，雖殺之無益，只益禍耳。」項王從之。楚漢久相持未決，丁壯苦軍旅，老弱罷轉漕。項王謂漢王曰：「天下匈匈數歲者，徒以吾兩人耳，願與漢王挑戰決雌雄，毋徒苦天下之民父子為也。」漢王笑謝曰：「吾寧鬥智，不能鬥力。」項王令壯士出挑戰。漢有善騎射者樓煩，楚挑戰三合，樓煩輒射殺之。項王大怒，乃自被甲持戟挑戰，樓煩欲射之，項王瞋目叱之，樓煩目不敢視，手不敢發，遂走還入壁，不敢復出。漢王使人間問之，乃項王也。漢王大驚。

廣武之戰，是楚漢兩軍對峙的戰爭，楚漢僵持未下。史遷側重寫漢王的能忍—不孝，以及項羽的未脫武夫習氣。而項王的武勇亦躍然紙上。又如：

> 項王軍壁垓下，兵少食盡，漢軍及諸侯兵圍之數重。夜聞漢軍四面皆楚歌，項王乃大驚曰：「漢皆已得楚乎？是何楚人之多也！」項王則夜起，飲帳中。有美人名虞，常幸從；駿馬名騅，常騎之。於是項王乃悲歌慷慨，自為詩曰：「力拔山兮氣蓋世，時不利兮騅不逝，騅不逝兮可奈何，虞兮虞兮奈若何！」歌數闋，美人和之。項王泣數行下，左右皆泣，莫能仰視。

垓下之戰，則是項王平生最後的一場戰爭，史遷側重在寫項軍的四面楚歌，以寫項軍的氣餒；並透過虞姬的兒女情長，以寫項王的英雄氣短。文末敘述項王的突圍，正寫項王的驍勇能戰。惜項王至死不悟，以至烏江自殺，猶以為「天亡我也，非戰之罪」。是史遷不但能從小處突險人物的性情，又能從大處展現人物的面貌，由此亦可知司馬遷在藝術表現的成就。

三、語言藝術

司馬遷在表現手法上，也重視語言藝術，史公善用人物的說話，表現人物獨特思想、性情、神態和身份，如秦始皇出遊，項羽與劉邦的說話，正表現出三人不同的身份和心理狀態：

> ＜項羽本紀＞：「秦始皇帝遊會稽，渡浙江，梁與籍俱觀。籍曰：『彼可取而代也。』梁掩其口，曰

　　：『毋亡言，族矣！』梁以此奇籍。」

　　＜高帝本紀＞：「高祖常繇咸陽，縱觀，觀秦皇帝

　　，喟然太息曰：『嗟乎，大丈夫當如此也。』」

秦始皇出遊，項羽說：「彼可取而代之。」這種帶有蠻橫
的語氣，正顯示項羽性格的粗獷、草率以及貴族階級伺機
而起的心理狀態；而劉邦說：「大丈夫當如此也。」語氣
含蘊不盡，正顯示劉邦性格的深沉、富有心機以及平民階
層亦欲掌握政權的心態。他如＜淮陰侯列傳＞說：

　　上常從容與信言諸將能不，各有差。上問曰：「如
　　我能將幾何？」信曰：「陛下不過能將十萬。」上
　　曰：「於君何如？」曰：「臣多多而益善耳。」上
　　笑曰：「多多益善，何為為我禽？」信曰：「陛下
　　不能將兵，而善將將，此乃信之所以為陛下禽也。
　　且陛下所謂天授，非人力也。」

劉邦與韓信論「諸將能不」？韓信回答「臣多多而益善耳
」，正寫韓信的志得意滿，神采飛揚；而漢王笑說「多多
益善，何為為我禽？」則有些惱羞成怒，以人主之位逼壓
強臣的威勢；韓信對答以「陛下不能將兵，而善將將」，
則有自嘲的意味。他如＜張丞相列傳＞中，周昌盛怒力諫
時，「期期知其不可」的口吃神情，都說明史遷駕馭語言
的能力已到神而話之，不露痕跡的地步。

肆、結論

　　司馬遷是一位富有悲天憫人的胸懷，以及時代責任感
的學者。當他處在一個文治武功非常鼎盛的時代，便毅然

有傳承文化，捨我其誰的擔當。他既有感於孔子的「我欲載之空言，不如見之於行事之深切著明」的用心。所以撰著《史記》，就有遠紹《春秋》旨義的抱負。所謂「拾遺補闕成一家之言，厥協六經異傳，整齊百家雜語」（〈自序〉）。「欲以就天人之際，通古今之變」（〈報任安書〉），正是他作史的最大目標。而《史記》的文辭，俊逸雄奇，千古傳頌，亦為吾國散文之祖。因此，要想研讀《史記》，瞭解史公的作意，並不是輕易的事。

總之，《史記》不僅具有史學的價值，同時具有文學的特性，它是一部偉大的史書，也是一部優秀的傳記文學作品。而當我們把《史記》看作文學作品時，必須兼顧到它的思想性和藝術性，才能了解整部《史記》文學的價值所在。

綜上所述，《史記》教學，應著重《史記》的義法及筆法。《史記》的義法，透過筆法而顯現；《史記》的筆法，亦因義法而生色。二者之間，表裡相依，互為增輝。

參考文獻

1、《史記》，北京，中華書局標點通行本，1959 年，初版。
2、《漢書》，北京，中華書局，1959 年，初版。
3、郭嵩燾《「史記」札記》，上海，商務印書館，1957 年，初版。
4、趙明主編，楊樹增等執筆《先秦大文學史》，高雄，麗文出版社，1977 年，初版。

5、楊燕起、陳可青、賴長揚編《歷代名家評「史記」》，台北，博遠出版社，1990 年，初版。

6、李長之《司馬遷之人格與風格》，台北，臺灣開明書店，1992 年，臺十六版。

7、鄭之洪《「史記」文獻研》，成都，巴蜀書社，1997 年，初版。

8、淩稚隆輯校、李光縉增補《「史記」評林》，天津，天津古籍出版社，1998 年，初版。

通識教育與樂府詩教學

譚潤生
國立彰化師範大學國文系教授

摘要：

選擇「樂府詩」爲大專院校通識課程中之國文教材，本文重點在論述「教材編選」與「教法運用」兩部分。

教材編選之論述，依序爲〈一〉兩漢樂府、〈二〉曹魏樂府、〈三〉西晉樂府、〈四〉南北朝樂府、〈五〉隋唐五代樂府、〈六〉宋元明清樂府等，分別列舉最具代表性的作品概述之。

教法運用部分，依〈一〉主題教學、〈二〉情意教學、〈三〉修辭教學〈四〉套語教學〈五〉音樂結構教學等五方面論述。

總言，輔導學生瞭解樂府詩之源流、發展、風格、特色，以啓發學生思考能力，培養學生創作能力、表達能力，是我們樂府詩的教學目標。

關鍵詞：樂府詩、教材編選、教法運用、通識課程

壹、前言

國文是各大專院校，通識課程中的共同必修學分。本校的國文課程，安排在大學第一學年，分上下兩學期，共計六學分。至於國文課講授的內容，則是上學期不分學系，一律講授由本系教師共同編訂的《大學國文選》〈五南

圖書出版公司印行〉，下學期講授內容，卻是充分授權各任課教師，由任課教師各依專長，配合各系學生需求，自選教材。

筆者擔任英語系的國文課程，在下學期由任課教師自選教材部分，筆者選擇「樂府詩」做為教材，以下僅就「樂府詩」的教材編選、教法運用兩方面論述。

貳、樂府詩教材編選

「樂府詩」簡稱「樂府」。「樂府」的本義是音樂的官府，最早使用「樂府」這個名稱的，是漢惠帝二年（公元前 193 年），據《漢書・禮樂志二》云：

> 高祖樂楚聲，故〈房中樂〉楚聲也。孝惠二年，
> 使樂府令夏侯寬備其簫管，更名〈安世樂〉。

由此可知，當時設有「樂府令」這項官職，就是樂府長，由夏侯寬擔任，是漢朝朝廷中音樂官府的最高長官，其主要職掌，是配合朝廷 祭禮或典禮所用的樂曲。

到漢武帝時(公元前 140 至前 87 年)，由於配合郊祀之禮，更擴大樂府機構的編制。據《漢書・禮樂志二》記載：

> 至武帝定郊祀之禮，祠太一於甘泉，就乾位也；
> 祭后土於汾陰，澤中方丘也，乃立樂府，采師夜
> 誦，有趙、代、秦、楚之謳。以李延年為協律都
> 尉，多舉司馬相如等數十人造為詩賦，略論律呂

　　，以合八音之調，作〈十九章之歌〉。
由上引資料可知，樂府原是官署的名稱，在漢武帝以前便
有，只不過到漢武帝時加以擴張罷了，它負責「采詩夜誦
」和「造為詩賦，以合八音之調」兩項主要的工作，一是
收集民間歌謠，是俗樂部分，一是樂工文人所作的歌曲，
用於郊廟祭祀的雅樂。這個官署所習唱保存的歌辭稱為「
樂府歌辭」，然而由於時代變遷，漢樂府所習唱保存的樂
府歌辭，其音樂性的曲調逐漸失傳，只留下無法演唱的文
學性的歌辭部分，後世即通稱為「樂府詩」或簡稱「樂府
」。因此，樂府的本義是音樂的官府，它的借代義是民歌
或合樂的詩歌[註1]。「樂府詩」與「古體詩」、「近體詩」
三者，構成我國古典詩歌主要的形態和體裁。

一、兩漢樂府

　　兩漢是辭賦的時代，文人學士都在辭賦上爭奇鬥勝，
而樂府詩則主要來源於民間。最初的樂府詩，為西漢初的
三大樂章：〈安世房中歌十七章〉、〈郊祀歌十九章〉及
〈饒歌二十二曲〉。其內容皆屬貴族之事；其句式則效詩
騷舊體，三言、四言、七言，而以雜言體居多。漢樂府詩
中，對後世影響較深且具文學價值者，則多半來自民間的
歌謠。

　　兩漢民間樂，大部分收錄於宋‧郭茂倩《樂府詩集》
的〈相和歌辭〉部分。其內容豐富，題材廣泛，且真情質
樸的歌辭，多為俚俗的口語，充分表現出社會的形形色色

[註1]　邱燮友、周何、田博元等《國學導讀》，台北，三民書局，1993

，人情之喜怒哀樂，正如胡應麟云：

> 漢樂府歌謠，采撫閭閻，非由潤色，然而質而不俚
> ，淺而能深，近而能遠，天下至文，靡以過之！[註2]

　　如反映民間疾苦之〈病婦吟〉、〈孤兒行〉，是描寫下層民眾的生活。前者敘述病婦景況的淒慘，她終年臥病在床，臨終之前還在為「兩三孤子」的生活擔驚受怕。詩寫她叮嚀丈夫在自己死後，「莫我兒饑且寒，有過慎莫笪笞」，話未出口，「不知淚下一何翩翩」，真是慘不忍睹。〈孤兒行〉敘述一個孤兒，父母死後倍受兄嫂虐待，逼他小小年紀就出門做生意。他終年奔波，「南到九江，東到齊魯」，冬天回家，「不敢自言苦」，一連串的家務又壓了下來。這個孤兒，其實已淪為兄嫂的奴僕，他的生活，也正是漢代普遍存在的奴婢生活的縮影。此類平凡無奇但充滿血淚的題材，對醉心於以宮苑游獵為題材的辭賦家們來說，自然不屑一顧，但也因此更顯示出它們的價值。

　　又如寫棄婦哀怨的〈怨歌行〉，「常恐秋節至，涼飆奪炎熱。棄捐篋笥中，恩情中道絕」，這也是反映漢代社會，隨著百家廢黜，獨尊儒術，確立了所謂「三綱五常」的倫理後，婦女所受的壓迫就日益加深。一方面，「男女授受不親」的戒律禁錮著她們；另一方面，「不順父母去，無子去，淫去，妒去，有惡疾去，多言去，竊盜去」的所謂「七出」之類維護封建夫權的法規，使她們常常被無情的丈夫遺棄。〈怨詩行〉一詩，正是這種黑暗的社會現象，在文學領域裡的投影，她們感嘆自己的命運猶如團扇

　　年，頁 402。
[註2] 胡應麟《詩藪‧內編》卷一，台北，廣文書局，1973 年。

，情辭凄婉。

寫男女愛情悲劇之〈公無渡河〉，〈白頭吟〉等，其中〈白頭吟〉尤為傳誦，這是一首女子寫給負心男子的決絕詞。此篇不像其他棄婦詩那樣充滿了可憐的乞求和無可奈何的哀怨，而對貪愛金錢、另覓新歡的男子作了強烈譴責，顯示出女主人，不甘聽憑他人主宰命運的堅強性格。「願得一心人，白頭不相離」，這是她發自內心的沉痛呼聲，也唱出了千百年來，無數女子夢寐以求的願望。《西京雜記》說：「司馬相如將娶茂陵女為妾，卓文君作〈白頭吟〉以自絕。」故此詩一度被認為是卓文君作。然而卓文君的時代並無產生此類成熟的五言詩的可能。同樣，《樂府詩集》中《怨歌行》題為班婕妤作，也不可信。但這也說明這些詩形象地概括了始受玩弄、終遭遺棄的不幸女子的命運，因而後人很容易用著名女性的遭遇來加以附會[註3]。

刻劃男女戀情之〈有所思〉、〈上邪〉；表現軍人遠征哀怨之〈東光〉；怨恨戰爭之〈戰城南〉；描寫富貴人家奢侈享受之〈相逢行〉；喪歌之〈薤露〉、〈蒿里〉等。皆為通過語言行動、體現人物性格，深刻反映現實且筆端帶有感情的樸素自然之語。

兩漢民間樂府是「感於哀樂，緣事而發」[註4]之作，敘事性是它的主要特點；其中〈陌上桑〉是敘事詩中的一朵

[註3] 王運熙、王國安《樂府詩集導讀》，成都，巴蜀書社出版發行，1999 年，頁 42-43。

[註4] 東漢・班固《漢書・藝文志》，台北，鼎文書局，1990 年。

奇葩，〈孔雀東南飛〉則是我國最早的長篇敘事詩。兩漢民間樂府的風格並不是單一的，或清新明朗，或深情婉轉，或委婉陳辭，或慷慨悲歌，但特徵皆為質樸自然，歌辭絲毫不露斧鑿的痕跡，渾然天成。論其形式，兩漢民間樂府最常用的是雜言和五言，特別是五言詩，對古代詩歌發展有著重要的影響。

此外，《樂府詩集》的〈雜曲歌辭〉中，有十餘首東漢文人的作品，如辛延年的〈羽林郎〉、張衡的〈同聲歌〉、宋子侯的〈董嬌饒〉等。而辛延年的〈羽林郎〉，顯然受到當時樂府民歌〈陌上桑〉的影響。

樂府詩發軔於漢代，開創了一代詩歌的新體制。由於年代久遠，現存漢樂府詩數量已不多，但在文學史上有著極為重要的地位。現存漢樂府詩幾乎全部收錄在《樂府詩集》中，主要見於〈郊廟歌辭〉、〈鼓吹曲辭〉、〈相和歌辭〉和〈雜曲歌辭〉四類；此外，在《琴曲》和《舞曲》中也收有個別漢代歌辭[註5]。

二、曹魏樂府

魏晉以降，無采詩之制，故自然樸實的民間樂府散軼無存，今存樂府詩全是文人作品。曹魏時代的樂府詩，多數是「依前曲改作新歌」，尤數曹操、曹丕最為典型。但他們所作，並非是對漢舊曲的模擬因襲，而是利用漢代現成曲調，特別是相和歌中的清商三調，另鑄新詞而演唱。

[註5] 同註 4，頁 30。

曲調的沿襲，歌辭內容的創新，構成了曹魏一代文人樂府詩的一個重要特色。

　　曹操現存詩二十餘首，全是清一色的樂府詩。曹操樂府詩的政治色彩極其濃烈。「借古樂寫時事，始於曹公」註6，在漢末社會大動亂之時，他以政治家的宏偉氣魄，把一些重大事件攝入筆下，用全新的時事內容賦與樂府舊曲以新的生命。

　　他的〈薤露〉、〈蒿里〉兩首就是寫漢末「董卓之亂」以及隨之而起的軍閥割據混戰的時事名篇。前者敘中平六年(189 年)外戚何進謀誅宦官，密召涼州軍閥董卓提兵入京，謀泄，反遭殺害，董卓趁機廢少帝劉辨，立獻帝劉協燒毀京城洛陽，逼迫朝廷和百姓上百人西遷長安，妄圖篡漢自立。後者述初平元年(190 年)，各地豪強軍閥聯合舉兵討伐董卓，卻又紛紛割據稱王稱帝，爭奪地盤，瘋狂殘殺。這兩首詩不僅對上述史實作了真實的記錄，還傾注了作者對漢室傾覆和生民塗炭的無限感傷，「生民百遺一，念之斷人腸」，筆調沉痛凝重，對無辜百姓確有較深的同情。

　　除記述時事外，抒寫政治理想和追求統一的抱負，也是曹操樂府詩的一個重要內容。他的〈短歌行〉「對酒當歌，人生幾何」一詩，主旨是表達作者求賢若渴的心情和任用人才實現一統天下的宏偉抱負。曹操一心一意要一統天下，但經過半生奮鬥，依然還是魏蜀吳三國鼎立，國家離析，生民塗炭，建功立業受挫，而盛年不再，所以他恨

註6　沈德潛《古詩源》卷五。

人生「去日苦多」，有如朝露，正是人生易老天難老的「憂生之嗟」。這種「憂生之嗟」並非英雄末路之嘆，儘管他胸中有一股梗慨不平之氣，但他還是洋溢著激昂的情緒和奮發有爲的精神的。「青青子衿……鼓瑟吹笙」八句，化用《詩經》之句，表達了詩人求才若渴，尊重賢才的思想感情。

《苦寒行》和《卻東西門行》是曹操反映軍旅生活的兩篇代表作。曹操的樂府詩題材比較多樣，或敘時事、或記亂離、或言志趣、或寫理想。

曹丕的樂府詩擅長吟詠男女情愛和離愁別緒，抒情婉轉，情調悱惻，善用鋪排。如〈善哉行〉：「離鳥夕宿，在彼中洲。延頸鼓翼，悲鳴相求。眷然鼓之，使我心愁。嗟爾昔人，何以忘憂？」描述懷春女子對異性的思慕頗有情致。在其現存作品中，也有些反映動亂社會戍卒遊子厭戰思歸之情的作品。

曹丕的《燕歌行》二首，更是現存最完整的七言古詩，尤其是第一首「秋風蕭瑟天氣涼」，寫一個孤獨的深閨少婦深深地懷念客居異鄉的丈夫，寫的精美和諧，委婉流暢，含蓄不盡，不僅形式新穎，在藝術上也是相當成功的。

樂府詩至曹植時，則一變漢樂府重在敘事的風氣，而爲專用以抒發個人的感情。漢樂府詩以「緣事而發」爲特色，無論數量或質量都以敘事詩擅勝。建安文學內容重點轉向抒情，這在曹操等人的作品中已露端倪，而曹植的作品，除了〈名都篇〉、〈白馬篇〉、〈美女篇〉等少數尚

有漢樂府的意態外，其餘皆「純用己調」堪稱是樂府之變。如〈吁嗟篇〉、〈野田黃雀行〉、〈怨詩行〉等，都形象地反映了他一生的生活和思想狀況。

曹植很重視民間文學，他公開主張：「夫街談巷說，必有可采，擊轅之歌，有應風雅，匹夫之思，未易輕棄也。」[註7]甚至認為「千人唱，萬人和」的民間歌曲實在高出於韶夏之類的宮廷音樂之上。他注意向漢樂府俗曲學習，但又反對亦步亦趨的因襲模仿，提倡大膽突破和勇於創新，由於追求藝術上的推陳出新，加上文學素養，他的樂府詩呈現出新的面貌。

三、西晉樂府

至於西晉樂府，則誠如蕭滌非所云：

> 西晉當三國分崩之後，成統一之局，上承漢魏遺聲，旁採江南新曲。如拂舞、白紵舞、並出吳地。故舞曲較前獨盛耳[註8]。

是時舞曲歌辭空前發達。文人樂府則傅玄、陸機等人之借古題敘古事的故事樂府盛行，如傅玄〈秋胡行〉即詠秋胡戲妻，陸機〈婕妤怨〉就寫秋扇見捐。

另一類西晉的擬古樂府，是用古題與古意，也就是完

[註7] 曹植〈與楊德祖書〉見《古文鑑賞集成》，台北，文史哲出版社，1991年，頁389。

[註8] 蕭滌非《漢魏六朝樂府文學史》，台北，長安出版社，1981年，頁153-154。

全襲用古題或古辭的原意，換掉一些詞彙，改變一些句式，敷衍成篇。此類刻意效顰之作，文多綺麗，但卻不能掩蓋內容的空洞貧乏。

四、南北朝樂府

南北朝的樂府，雖然是同一時代的產物，但由於政治上南北長期對立，且地域不同，遼闊的北方草原不可能產生「春林花多媚，春鳥意多哀」的情歌，江南水鄉也不會有「健兒須快馬，快馬須健兒」的豪語，加上南北經濟條件、社會狀況不同、人民的生活方式、處境、遭遇相異，所以呈現出迥然不同的藝術風貌。

先就南朝樂府民歌而言，宋·郭茂倩《樂府詩集·清商曲辭》卷四十四到卷五十一，是屬於南朝民歌，其中包括〈吳聲歌曲〉和〈西曲歌〉兩大部分。流行在長江中下游及五湖間，歌辭綺靡，內容又絕大部分屬於情歌，風格以清新豔麗和真摯纏綿見長，故有「江南音，一唱值千金」的美譽。形式則以五言四句的小詩為主。部分情歌如〈子夜歌〉、〈子夜四時歌〉、〈前溪歌〉等，其中還有屬於一問一答的男女對唱贈答的歌辭。

除〈吳歌〉、〈西曲〉外，南朝樂府民歌還有別具一格的〈神弦歌〉。〈神弦歌〉可視為〈吳歌〉的一支，但因其內容專門頌述鬼神，與一般民間歌謠相異，故另歸類為〈神弦歌〉。

至於文人樂府，唯有鮑照成就卓著，餘則萎靡不振，

和南朝民歌的生氣蓬勃形成鮮明對照。

再就北朝樂府民歌來探討，北朝民歌主要保存在宋‧郭茂倩《樂府詩集》的〈梁鼓角橫吹曲〉裡，如〈木蘭詩〉等，少數散見在同書的〈雜曲歌辭〉和〈雜歌謠辭〉中，如〈敕勒歌〉等，外加《魏書》的〈李波小妹歌〉共七十九首。其內容題材則不似南朝民歌之局限於道情一項，除了歌詠北地的千姿百態外，亦涵蓋了北地的特殊風情，「樸實剛健、粗獷坦率」，正是北朝民歌風格特色。

北朝民歌的形式，在七十九首中，五言四句的句法形態有四十六首，餘則四言、七言、雜言體，魏晉以來不論是南方或北方，五言小詩的體式已很流行，到南北朝時，五言四句的小詩，已由民間的流行漸次臻於成熟，其間也留下不少絕妙好詩，為唐代五、七言絕句體的形式奠定了基楚礎。

至於北朝文人樂府，其作品極少，唯一傑出的詩人是由南入北的詩人庾信。庾信的作品雄健蒼涼，音調淒楚，充滿著對故國的深沉懷念和對異國面熱心寒的感情；技巧上也更加成熟，把南方文學的華美同北方文學的剛健結合起來，形成了自己獨特的風格。

五、隋唐五代樂府

隋代短短數十年之樂府，卻有迥然不同的兩種風貌。其一，隋初文帝因為「情存古樂，深思雅道。鄭衛淫聲，

魚龍雜戲，樂府之內，盡以除之。」[註9]掃除南朝豔曲，使得擬古樂府大盛，其內容由男女相思變為自由抒寫，形式也變為長篇歌行體。其二，至煬帝時，由於「煬帝矜奢，頗玩淫曲。」[註10] 他以天子之尊倡導香豔樂歌，樂府又一變而為南朝豔曲之天下。至此，漢魏遺音，蕩然無存。

唐代是詩歌的黃金時代，朝野間時有新曲被創作出來，況且唐太宗、玄宗、宣宗等帝王，雅好歌樂，因此，民間歌謠興盛，樂府詩也特別發達，文人仿製民間歌謠的作品也特別多，促成了唐詩的鼎盛現象。唐詩所以有如此輝煌的成就，一方面也是由於民間歌謠做了唐詩繁榮的基石。胡適在《白話文學史》中說得十分貼切，他說：

> 盛唐是詩的黃金時代，但後世講文學史的人，都不能明白盛唐的詩所以特別發展的關鍵在什麼地方。盛唐的詩的關鍵在樂府歌辭。第一步是詩人倣作樂府。第二步是詩人沿用樂府古題自作新辭，但不拘原意，也不拘原聲調。第三步是詩人用古樂府民歌的精神來創作新樂府。在這三步之中，樂府民歌的風趣與文體不知不覺地浸潤了，影響了，改變了詩體的各方面（指內容、形式及風格），遂使這個時代的詩在文學史上大放異彩。[國文系1][註11]

由此可知，樂府詩在唐詩中扮演著舉足輕重的地位，並促使唐代成為詩的極盛時代。

唐代民歌現存的資料，在《樂府詩集》中收錄無名氏

[註9] 唐‧魏徵等《隋書‧卷二‧高祖下》開皇九年十二月詔。

[註10] 唐‧魏徵等《隋書‧音樂志上》，台北，鼎文書局，1990 年。

[註11] 胡適《白話文學史》，台北，東海出版社，頁 187。

的樂府詩有八十一首；《全唐詩》也收錄了無名氏的詩歌一百零三首。清光緒二十五年(1899年)夏天，敦煌千佛崖藏經石室的發現，有敦煌卷兩萬餘卷，其中包括古籍佛典、唐人變文和俚曲小調，後人稱這些俚曲小調爲「敦煌曲」或「敦煌曲子詞」，這些便是唐代到五代間的民歌，今有王重民的《雲謠曲》三十首，任二北的《敦煌曲校錄》，其中收錄了五百四十五首，便是今人研究唐五代民歌的原始資料[註12]。

唐代文人樂府詩作品，保存在《樂府詩集》的卷八十一〈近代曲辭〉，卷八十九〈雜歌謠辭〉，卷九十一至卷一百〈新樂府辭〉中。這些作品可歸爲兩大類：一爲盛唐以前沿舊題樂府所作的樂府詩，如〈長干行〉、〈子夜四時歌〉等。一爲中唐以後白居易、元稹、李紳等所提倡的新題樂府，簡稱「新樂府」，如〈上陽人〉、〈折臂翁〉等。新樂府的精神，在於繼承《詩經》的六義，上接建安風骨的寫實諷諭詩，到初唐陳子昂的「漢魏風骨」，杜甫的「即事名篇」，如〈兵車行〉、〈麗人行〉、〈前出塞〉、〈後出塞〉等社會性寫實詩，而開展爲元和年間，以口語入詩，寫「因事立題」、「歌詩合爲事而作」的新樂府詩。

探討唐代樂府詩，在拙著《唐代樂府詩》書中，仍依「唐詩四期」、「唐詩四季」的分期[註13]，說明唐代樂府詩的興衰，重新給予樂府詩生命的點醒。

[註12] 邱燮友《品詩吟詩》，台北，東大圖書公司，1989年，頁134。
[註13] 南宋‧嚴羽：《滄浪詩話‧詩體》中，將唐詩分爲五體：即初唐體、盛唐體、大曆體、元和體、晚唐體。明‧高棅：《唐詩品彙‧

　　初唐樂府詩，便如一年的春季，在隆冬凋剝之後，啓開一代的新氣象、新生命。

　　盛唐樂府詩，熱情而多樣，像夏花明豔，那王維的自然詩素淨如白蓮，高岑的邊塞詩鮮豔如沙漠中的仙人掌花，浪漫如李白，寫實如杜甫，那該是牡丹、芍藥了，成串成球的點綴盛唐樂府詩壇成花團錦簇。

　　中唐正值安史之亂後，唐室由極盛而中衰，詩人們大都從沉思中覺醒，寫些個人情懷、內斂性的詩歌。到憲宗元和年間，唐室致力中興，於是文士提倡儒家言志載道的文藝思潮，配合時代的需要，在散文方面，有韓愈、柳宗元等的古文運動，在詩歌方面，有李紳、白居易、元稹等的新樂府，他們主張「**文以載道**」，「**文章合為時而著，歌詩合為事而作**」的理論，要求詩文為時事而作，為生民而服務。

　　晚唐樂府詩，有如冬花冷豔、渾圓、凋剝與感傷。當時一批隱逸詩人，他們承中唐白居易新樂府的精神，標榜「正樂府」，仍然表現了寫實和諷諭詩的特色，如皮日休、陸龜蒙、杜荀鶴、聶夷中等，替晚唐的亂離，寫下一些真實生活的記錄[註14]。

總敘》中繼承此說，並略加修正，把大曆和元和合為中唐，於是唐詩四期的說法，為世人所接納，即初唐詩、盛唐詩、中唐詩和晚唐詩。今人吳經熊先生撰寫《唐詩四季》一書，用一年四季來譬喻唐詩四期，說法新穎，也能點出唐詩的特色。

[註14] 見拙著《唐代樂府詩》，台北，黎明文化事業公司，2000 年，頁29-30。

從唐代文人的聲詩，民間的曲子詞，到五代、兩宋的詞，這是一脈相承的，探討唐代樂府詩的全貌和特色，還可以瞭解唐人生活的實情，大眾的心聲，進而瞭解從詩到詞流變的過程，以確定詞的起源，源自於唐曲。

六、宋元明清樂府

郭茂倩《樂府詩集》一百卷，所收錄的樂府詩止於唐五代，羅根澤《樂府文學史》，也介紹到隋唐樂府爲止。因此一般探討樂府詩，總是至唐代便結束，宋以後的樂府詩，範圍漸廣，衍爲長短句的詞、曲，在文體上似乎脫離樂府詩的範疇，但樂府的精神，音樂文學的特色，依然綿延不斷，構成我國韻文的源遠流長。

宋代民間歌謠只極少一部分保留在筆記小說中，如《京本通俗小說·馮玉梅團圓》中的一首民歌：「月子彎彎照幾州，幾家歡樂幾家愁；幾家夫妻同羅帳，幾家飄散在他州。」宋代由於詞調盛行，大部分的民歌也是用詞調表現的，《全宋詞》中的無名氏詞，其中有不少是民間作品。

遼金元時代，明間流行散曲。元代散曲可分前後兩期，前期作家中，以關漢卿、馬致遠爲代表，他們的作品俚俗樸質，與民歌相近，如關漢卿〈四塊玉·閒適〉：
南畝耕，東山臥，世態人情經歷多，閒將往事思量過，賢的是他，愚的是我，爭甚麼？[註15]

註15 朱自立等選注《歷代曲選注》，台北，里仁書局，2001年，三版

後期作家中，以張可九、喬吉爲代表，作品表現出清新婉麗，騷雅蘊藉的風格，如喬吉〈山坡羊‧寓興〉：

> 鵬摶九萬，腰纏十萬，揚州鶴背騎來慣。事間關，
> 景闌珊，黃金不富英雄漢。一片世情天地間，白，
> 也是眼；青，也是眼[註16]。

這些元曲中的散曲已夠俚俗，而這些作家也多半是民間詩人，因此這期間的民歌保存下來的比較少。

明代民歌興盛，流傳下來的數量也相當豐富，如馮夢龍選輯的《山歌》中一首極爲出色情歌：

> 不寫情詞不寫詩，一方素帕寄心知。心知接了顛倒
> 看，橫也絲來豎也絲，這般心事有誰知[註17]

清代民歌大部分保存在乾隆年間，顏自德、王廷紹合編的《霓裳續譜》，以及嘉慶道光年間，華廣生選輯的《白雪遺音》中。

此外，宋以後文人所仿作的樂府詩，沒有單獨成集，都夾雜在《宋詩鈔》、《元詩選》、《明詩綜》、《清詩匯》等詩總集裏。

，頁56。
[註16] 同註15，頁90。
[註17] 同註12，頁138。

參、樂府詩教法運用

教材編選與教法運用，兩者息息相關，相輔相成。有了適當的教材，再靈活運用教學方法，方能達到「相得益彰」之效。茲將樂府詩教法運用略述如下：

一、主題教學

文學作品是時代的產物，更是作家生命的剖白、生活的反映。語云：「詩言志，歌詠言」，是說每一首詩均有其主旨、中心思想，而民歌是大眾的心聲，代表了社會現實的具體寫照，也是當時人民的思想感情、生活願望，以及社會脈動的反映，因此，每講述一首詩時，除顧及其時代背景外，作者的人生際遇尤其不可忽略，這就是「主題教學」的內涵。

〈苦寒行〉和〈卻東西門行〉是曹操反映軍旅生活的兩篇代表作。兩詩的主題比較接近，被人們稱為姐妹篇，但取材及表現手法卻不同。〈苦寒行〉抓住一次高山中的行軍，從主觀感受著墨，極寫征途艱險和社會面貌之凋殘，「熊羆對我蹲，虎豹夾路啼。溪谷少人民，雪落何霏霏」，刻畫具體細致，頗給人以身歷其境的感受。〈卻東西門行〉描摹戍卒的鄉戀。詩先寫鴻雁冬南春北，來去自如；次寫轉蓬隨風飄飛，長辭故根，從正反兩面興起，引出征夫久從戍役，至老難歸的苦衷。末四句「神龍藏深泉，猛獸步高崗。狐死歸首丘，故鄉安可忘」，連用三個比喻，暗示物各安居、死猶戀故土之意後，才點明故鄉終不可

忘^{註18}。

　　其次〈古豔歌行〉與〈孔雀東南飛〉兩首主題相同，都是鋪敘年輕夫婦由於環境因素，而遭致分離所造成的悲劇。又如〈羽林郎〉與〈陌上桑〉同樣是歌頌不畏權勢屈服的女性主題。

　　「敦煌曲子詞」中的〈菩薩蠻〉，「枕前發盡千般願，要休且待青山爛。水面上秤錘浮，直待黃河徹底枯。白日參辰現，北斗回南面。休即未能休，且待三更見日。」這首唐代民間愛情誓詞，全首只有八句，而連說六件必不可能的事情：青山爛、秤錘浮、黃河枯、白天見星、北斗移南、三更出太陽，比喻他們堅定不移的愛情。漢樂府中的〈上邪〉，「上邪！我欲與君相知，長命無絕衰。山無陵，江水為竭，冬雷震震，夏雨雪，天地合，乃敢與君絕。」，這兩首作品同出於民間，同表真摯的愛情，是相同主題的典型例。

二、情意教學

　　情意教學是主學習之一，嚴羽《滄浪詩話》中云：「詩者吟詠情性也」^{註19}，而樂府詩教學目標，也重在情意的陶冶。

註18　王運熙、王國安《樂府詩集導讀》，成都，巴蜀書社，1999 年，頁 53。
註19　嚴羽《滄浪詩話》，台北，金楓出版公司，1986 年，頁 34。

　　漢樂府詩中傑出的敘事長篇〈孔雀東南飛〉，它描寫的是舊制度造成的一齣愛情悲劇，詩中反映出「母子親情」、「夫妻深情」的強烈衝突。雖然時移境遷，今日婚姻自主，但如果不幸歷史重演，當「親情」與「愛情」的衝突，發生在自己身上時，當何以自處？

　　〈有所思〉一詩，描述一個年輕的女子，對情人既愛又恨的矛盾心情。按照詩意，可分為三層：愛之深、恨之極、矛盾心情。這首詩真實的反映了少女的心理變化，由愛到恨，由決心斷絕愛情關係到反複思考，複雜曲折，表面上看似乎矛盾，但卻非常符合真實的生活。

　　〈婦病行〉、〈孤兒行〉兩首詩，可說是「淚痕血點，凝綴而成」[20]，除反映民眾在饑寒的煎熬中掙扎，更展現出母愛的光輝，以及無父無母的悲哀。感傷之餘，是否更該知福惜福！？

　　〈木蘭詩〉是文學史上著名的長篇敘事民歌，它產生流傳於南北朝時期的北魏，是「教忠教孝」的好題材，木蘭的形象更是北朝「民族融合之花、文化同化之果」的表徵[21]。

　　〈秋胡行〉是晉・傅玄的作品，「負心豈不慚，永誓非所望。……引身赴長流，……」，舊社會中的秋胡妻，面對秋胡的越軌行為，竟做出如此剛烈的舉動。今日的時代女性，面對二十一世紀如此多元化的誘因社會，當如何

---

[20] 同註 **18**，頁 40。
[21] 見拙著《北朝民歌》，台北，東大圖書公司，1997 年，頁 270。

維繫自己的婚姻？而爲人夫的男士們，又當如何潔身自重
？實爲「情意教學」的重要課題。

三、修辭教學

　　懂得修辭之美，生活的世界就像被仙女用魔杖點了一
下，瞬息間神奇亮麗起來，活像愛麗絲夢遊仙境，在每一
個細微環節中，都隱藏了神秘的妙趣；在每一件生活瑣事
中，都流露了深厚的情韻。萬物有情，一花一木耐溫存。
豈能不令人精神振奮[註22]？語言文辭，是人類表情達意的工
具，同時也含蘊深厚的文化內涵與靈智之光。而詩歌是濃
縮的語言、精美的語言、彎曲的語言，自然在遣辭用字上
，有其奧妙之處，茲僅略述「雙關」辭格以爲代表：

（一）異字諧音雙關

　　代表南朝民歌的〈吳歌〉、〈西曲〉歌辭中，大量使
用諧音雙關語，僅舉數例：

　　以「絲」諧「思」，例：
　　　春蠶不應老，晝夜長懷絲。〈作蠶絲〉
　　　春蠶易感化，絲子已復生。〈子夜歌〉

　　以「蓮」諧「憐」，憐，詩中多有「憐愛」的意思，
例：
　　　芙蓉始懷蓮，何處覓同心。〈月節折楊柳歌‧四

[註22] 沈謙《修辭學》，國立空中大學印行，1991 年，頁 2。

月歌〉

果得一蓮時，流離嬰辛苦。〈子夜歌〉

（二）同字別義雙關

以布匹的「匹」，諧匹偶「匹」，例：

空織無經緯，求匹理自難。〈子夜歌〉

以黃蘗的「苦心」，諧情人的「苦心」，例：

黃蘗向春生，苦心隨日長。〈子夜春歌〉

北朝民歌中，以植物的「楊花」，諧人名的「楊華」，例：

楊花二三月，楊柳齊作花。春風一夜入閨闥，楊花飄蕩落南家。含情出戶腳無力，拾得楊花淚沾臆。秋去春還雙燕子，願銜楊花入窠裏。〈胡太后・楊白花〉

《梁書》曰：

楊華，武都仇池人也。少有勇力，容貌雄偉，胡太后逼通之。華懼及禍，乃率其部曲來降。胡太后追思之不能已，為作《楊白華》歌辭，使宮人晝夜連臂蹋足歌之，聲甚悽惋。[註23]

詩中屢言「楊花」，兼指植物之花與人名。

[註23] 宋・郭茂倩《樂府詩集》，台北，里仁書局，1981年，頁1039—1040。

四、套語教學

　　「套語」〈 Formula 〉是民間口傳詩歌的一項顯著特徵，它指的是反複出現在民歌中的句子或短語。最早由哈佛大學古典文學教授巴里〈Milman Parry 〉在二十世紀三十年代初期提出來，一九三七年巴氏不幸早逝，即由其徒弟勞爾德〈Albert B.Lord 〉繼續擴充而完成。巴里曾給套語釐訂了如下的定義：「運用同樣的韻律節奏，以表達一定概念的一組文字[註24]。」

　　陳來生曾說：
　　　　讀罷長篇敘事吳歌，給我們留下最深刻印象的，就是層出不窮的、環環相連的、一套一套的套數。從某種意義上來說，吳歌乃至所有民間長詩都是一種程式化、套式化的文學[註25]。
當代學者陳慧樺說：
　　　　早期詩歌的基本特質就是口述。而口述詩的語言特色就是「套語化和傳統性」。早期詩人利用套語與傳統格式並不就表明他們沒有獨創性；相反地，他們常常能在原套語與套語出現的新場合裏獲致某種意義上的張力，此外，吟遊詩人的獨創性更表現在根據套語形態即席構句造語的能力上。套語可說是古代詩人完成他們的口頭藝術的手段與武器。[註26]

[註24] 同註 21，頁 98。
[註25] 陳來生《史詩、敘事詩與民族精神》，上海社科，1990 年，頁 214。
[註26] 陳慧樺〈套語詩理論與《鐘鼓集》〉，《中外文學》，第四卷第三

因此，「套語教學」是樂府詩教學不可或缺的一環。

美國漢學家傅漢思〈 Hans H. Frankel 〉曾運用套語理論分析〈孔雀東南飛〉[註27]；而我國當代學者王靖獻〈楊牧〉運用套語理論，分析《詩經》[註28]；筆者於拙著《北朝民歌》一書，也論及套語，並依開端、中段、結束套語，來探討北朝民歌中的套語變化[註29]。

暨南大學楊玉成教授近期發表〈樂府詩的套語〉一文，對「漢魏六朝樂府詩的套語現象」，做了深入研究分析，頗具參考價值。

五、音樂結構教學

自漢武帝立樂府，命李延年為協律都衛，略論律呂以合八音之調。至曹魏、子建已有「漢曲謳不可辨」之嘆。下逮六朝，胡樂日繁，古音日益微茫矣。

> 唐人燕樂三十八調，宋末但行七宮十二調，凡十九調而已。至元曲代興，亦久置不歌。居今日而稽詩詞音律，已無解人；進而論漢魏樂府，並律譜不可復得，尚何歌調之足言哉？雖然，翫其辭而識其理

三期，頁210。

[註27] 傅漢思〈漢代無名氏歌謠〉一文中，論及套語的部分相當多，收錄在周發祥編《中外比較文學譯文集》，北京，中國文聯，1988年。

[註28] 王靖獻《鐘與鼓—詩經的套語及其創作方法》，謝謙譯，成都，四川人民出版，1990年。

[註29] 同著21，頁99-104。

，其歌法約略可知者，有下列七事焉。即樂府詩中有解、豔、趨、亂、聲、和、送七種聲調是也。[註30]

這「解」、「豔」、「趨」、「亂」、「聲」、「和」、「送」等，就是樂府詩的可歌性，在結構上留下的一些音樂標記。這裏附帶解釋它們的含義：

「解」是章節，是樂府詩歌唱時配合音樂旋律而劃分的段落。

「豔」是樂曲的序奏，在曲之前。它比較多見於樂府的大曲，如曹操〈步出夏門行〉前的「雲行雨步，超越九江之皋。臨觀異同，心意懷游豫，不知當復何從。經過至我碣石，心惆悵我東海」，即為豔辭。

「趨」有兩種情況，一即是原詩的結尾，如魏明帝曹叡〈棹歌行〉最後「將抗旌與鉞，耀威於北方。伐罪以弔民，清我東南疆」四句；再一是借用它曲作趨，如漢〈艷歌何嘗行〉之趨（「念與君別離」十句），即從它曲移植過來。前艷後趨，類似今天大型樂歌的序曲和尾聲，演唱時旋律搖曳抑揚，可獲得更好的藝術效果。從歌辭看，也往往起了總領詩意（艷）和概括內容或點明題意（趨）的作用。

「亂」的情況，與「趨」相似，漢樂府〈孤兒行〉、〈婦病行〉中的「亂曰」以下，就是亂辭。

[註30] 江聰平《樂府詩研究》，高雄，復文書局印行，1978 年，頁 50。

如曹丕〈上留田行〉：

> 居世一何不同，上留田。富人食稻與梁，上留田。
> 貧子食糟與糠，上留田。貧賤亦何傷，上留田。祿
> 命懸在蒼天，上留田。今爾嘆息將欲誰怨？上留田
> 。

「上留田」三字，即是此詩的和聲。演唱時一句停歇，則
諸人群唱和聲。和聲同歌辭內容不一定有聯繫，如果不了
解這一點，就會影響對詩篇的理解。

　　「送」位於篇末，全篇唱畢，再群唱送聲。送聲僅見
於吳聲西曲。吳聲西曲的曲名通常就包含在和送聲中。如
〈莫愁樂〉的「妾莫愁」。〈烏夜啼〉的「烏夜啼」，〈
襄陽樂〉的「襄陽來夜樂」等和聲，〈歡聞歌〉的「歡聞
不」；〈阿子歌〉的「阿女汝聞不」等送聲，都是和送聲
寓含曲名之例。〈樂府詩集〉對大部分南朝樂府的和、送
聲都有說明，對研究者提供了很大的便利。

　　上述音樂性的標誌，在當時同樂府歌辭密切不可分離
，是構成樂曲的重要成分。後隨著樂府詩與音樂的相脫離
，才逐漸失去其重要性，有些混雜在歌辭中，有些則被刪
削掉。後世的文人樂府詩，絕大多數已不顧及這些[註31]。

[註31] 王運熙‧王國安《漢魏六朝樂府詩》，萬卷樓圖書有限公司，1993
年，頁13-14。

肆、結語

　　樂府詩繼《詩經》、《楚辭》之後，在我國詩歌發展長河中，煥發異彩。樂府詩起源於漢代，主要盛行於漢魏六朝。其中的民間歌辭，即通常所說的樂府民歌，是樂府詩中的精華，也是文學史上最寶貴的詩歌遺產之一，更是教材設計、編選時不可或缺的部分。

　　教材設計由漢樂府詩入門，依序為魏、晉、南北朝、隋、唐、五代、宋、元、明、清樂府詩。其中文人樂府名篇《長恨歌》、《賣炭翁》、《石壕吏》、《圓圓》……等，都選入教材。

　　教法運用方面，「主題教學」部分，除將主題相同、相近的樂府詩歸納介紹外，有關樂府詩命題的三種方式：用樂曲而命題的、用詩中的主題而命題的、用詩中的首句而命題的，應一併引導學生學習。另「母題」、「子題」的領悟，也在啟發式教學法中。

　　總言，輔導學生瞭解樂府詩之源流、發展、風格、特色，以啟發學生思考能力，培養學生創作能力、表達能力，是我們的教學目標。

參考文獻

1、王運熙、王國安《樂府詩集導讀》，成都，巴蜀書社出版發行，1999年。
2、王運熙‧王國安《漢魏六朝樂府詩》，台北，萬卷樓圖書公司，1993年。
3、王靖獻《鐘與鼓—詩經的套語及其創作方法》，謝謙譯，成都，四川人民出版，1990年。
4、田博元、邱燮友、周何等《國學導讀》，台北，三民書局，1993年。
5、朱自立等選注《歷代曲選注》，台北，里仁書局，三版，2001年。
6、江聰平《樂府詩研究》，高雄，復文書局印行，1978年。
7、沈謙《修辭學》，國立空中大學印行，1991年。
8、沈德潛《古詩源》，台北，世界書局，1975年。
9、吳經熊《唐詩四季》台北，洪範書店，1980年。
10、邱燮友《品詩吟詩》，台北，東大圖書公司，1989年。
11、胡適《白話文學史》，台北，東海出版社。
12、胡應麟《詩藪》，台北，廣文書局，1973年。
13、東漢‧班固《漢書》，台北，鼎文書局，1990年。
14、明‧高棅《唐詩品彙》，台北，學海出版社，1983年。
15、曹植〈與楊德祖書〉見《古文鑑賞集成》，台北，文史哲出版社，1991年。
16、陳來生《史詩、敘事詩與民族精神》，上海，上海社科，1990年。
17、陳慧樺〈套語詩理論與《鐘鼓集》〉，《中外文學》，第四卷第三期，台北，中外文學社。
18、宋‧郭茂倩《樂府詩集》，台北，里仁書局。
19、傅漢思〈漢代無名氏歌謠〉一文中，論及套語的部分相當多，收錄在周發祥編《中外比較文學譯文集》，北京，中國文聯，1988年。

20、蕭滌非《漢魏六朝樂府文學史》，台北，長安出版社，
　　1981 年。
21、唐・魏徵等《隋書》，台北，鼎文書局，1990 年。
22、南宋・嚴羽《滄浪詩話》，久博圖書股份有限公司，1986
　　年。
23、譚潤生《唐代樂府詩》，台北，黎明文化事業公司，2000
　　年。

六朝人之文學觀

張仁青

國立中山大學中文系教授

摘要：

　　魏、晉、六朝，屬於文學自覺的時代，亦是文學獨立的時代。當時文學的豐富內容，藝術美的形式，以至高妙的創作技巧等等，實已達到登峰造極，爐火純青，出神入化的境地。所以六朝既不同於漢，亦不同於唐，就是因爲一代有一代的特質所致。王國維《宋元戲曲史·自序》云：

　　　　凡一代有一代之文學，楚之騷，漢之賦，六代之駢語，唐之詩，宋之詞，元之曲，皆所謂一代之文學，而後世莫能繼焉者也。

這是非常中肯的說明。本論文即列舉十位六朝作家之文學觀，加以析說。

關鍵詞：六朝文學、文學觀

壹、前言

　　魏、晉、六朝，文學自覺之時代，亦文學獨立之時代也。前乎此者爲周、秦、兩漢，文學依附儒學，作宣揚教化之利器，固無獨立生命可言。逮漢獻帝建安以後，儒學陵替，老、莊代興，文學潮流遂亦與之俱進，逐漸由附庸蔚爲大國，形成曠古未有之壯觀，先哲殺青所就者，殆非

更僕所能盡數。而其內容之富，形式之美，以至創作技巧
之高妙，實已臻於登峰造極，爐火純青，出神入化之境地
，後人讀之，未有不歎爲觀止者。茲就管見所及，將六朝
人之文學觀念作扼要之論述，以就正於高明。

貳、本論

一、魏・曹丕之文學不朽論

　　曹魏以前，文學附麗於學術之中，固無獨立可言，迨
曹丕以帝王之尊，登高一呼，謂文學有獨立之生命，與永
恆之價值，純文學之觀念，自此逐漸確立，觀其《典論・
論文》可以知也。其言曰：

> 蓋文章，經國之大業，不朽之盛事。年壽有時而盡
> ，榮樂止乎其身，二者必至之常期，未若文章之無
> 窮。是以古之作者，寄身於翰墨，見意於篇籍，不
> 假良史之辭，不託飛馳之勢，而聲名自傳於後。故
> 西伯幽而演《易》，周旦顯而制禮，不以隱約而弗
> 務，不以康樂而加思。夫然，則古人賤尺璧而重寸
> 陰，懼乎時之過已。而人多不強力，貧賤則懾於饑
> 寒，富貴則流於逸樂，遂營目前之務，而遺千載之
> 功。日月逝於上，體貌衰於下，忽然與萬物遷化，
> 斯志士之大痛也。[註1]

[註1] 曹丕《典論・論文》見嚴可均《全上古三代秦漢三國六朝文》頁
1098，日本京都，中文出版社，1981 年 6 月。

《三國志‧魏文帝紀》裴注引《魏書》云：

> 帝初在東宮，疫癘大起，與素所敬者大理王朗書
> 曰：「生有七尺之形，死惟一棺之土，惟立德揚
> 名，可以不朽，其次莫如著篇籍。疫癘數起，士
> 人彫落，余獨何人，能全其壽。」故論撰所著《
> 典論》詩賦，蓋百餘篇，集諸儒於肅城門內，講
> 論大義，侃侃無倦。^{註2}

觀曹氏之意，蓋欲著書立說，庶垂休名於後世，而不虛度
此生。此乃深受叔孫豹言論之影響者。（詳見《左傳‧襄
公二十四年》）王國維又推闡其說曰：

> 生百政治家，不如生一大文學家。何則？政治家與
> 國民以物質上之利益，而文學家則與以精神上利益
> 。夫精神之與物質，二者孰重？物質上之利益，一
> 時的也，精神上之利益，永久的也。前人政治上所
> 經營者，後人得一旦而壞之。至古今之大著述，苟
> 其著述一日存，則其遺澤且及於千百世而未沫。故
> 希臘之有荷馬也，意大利之有但丁也，英吉利之有
> 莎士比亞也，德意志之有歌德也，皆其國人人之所
> 尸而祝之，社而稷之者，而政治家無與焉。彼等誠
> 與國民以精神上慰藉，而國民之所恃以為生命者。
> 若政治家之遺澤，決不能如此廣且遠也。（《靜庵
> 文集‧教育偶感》）

又曰：

> 世人喜言功用，我姑以其功用言之。夫人之所以異
> 於禽獸者，豈不以其有純粹之知識，與微妙之感情
> 哉。至於生活之欲，人與禽獸何以異？後者政治家

及實業家之所供給，前者之慰藉滿足，非求諸哲學
及美術不可。就其所貢獻於人之事業言之，其性質
之貴賤，固以殊矣。至就其功效之所及言之，則哲
學家與美術家之事業，雖千載以下，四海以外，苟
其所發明之真理，與其所表之記號之尚存，則人類
之知識感情，由此而得其滿足慰藉者，曾無以異於
昔。而政治家及實業家之事業，其及於五世十世者
希矣。此又久暫之別也。（《靜庵文集・論哲學家
與美術家之天職》）[註3]

王氏以為文學上可華國，下可榮身，極具崇高之價值。又
以為文學家、哲學家、美術家皆優於政治家，若律以叔孫
豹之三不朽，則立言遠在立功之上。其重視文學，可以概
見，溯厥初源，則猶曹氏之遺意也。

二、魏・曹丕之文學唯美論

曹丕《典論・論文》云：
夫文本同而末異，蓋奏議宜雅，書論宜理，銘誄尚
實，詩賦欲麗。此四科不同，故能之者偏也，唯通
才能備其體。[註4]

曹氏謂詩賦以辭藻華麗為貴，影響後世，至為深遠。故尊
之為開創六朝唯美文學風氣之導師，誠不為過。

[註3] 王國維《靜庵文集》，新世紀萬有文庫本，瀋陽，遼寧教育出版社
，1997年，第一版。
[註4] 同註1。

三、魏‧曹植之文學批評家須具有創作經驗論

曹植〈與楊德祖書〉云：

> 蓋有南威之容，乃可以論於淑媛，有龍泉之利，乃
> 可以議於斷割。劉季緒才不能逮於作者，而好詆訶
> 文章，掎摭利病。昔田巴毀五帝，罪三王，呰五霸
> 於稷下，一旦而服千人，魯連一說，使終身杜口。
> 劉生之辯，未若田氏，今之仲連，求之不難，可無
> 息乎。[註5]

旨在強調批評文學必具著作之才者始能優爲之，以其深知
其中甘苦也。此說雖不無陳義過高之處，但南朝及以後之
文學批評家多奉爲圭臬。如《文心雕龍‧知音篇》云：

> 凡操千曲而後曉聲，觀千劍而後識器，故圓照之象
> ，務先博觀。閱喬岳以形培塿，酌滄波以喻畎澮，
> 無私於輕重，不偏於憎愛，然後能平理若衡，照辭
> 如鏡矣。[註6]

四、晉‧陸機之文學唯美論

陸機之唯美文學觀具見於其所作之〈文賦〉。其最爲
心醉者，在於「麗藻彬彬」之作。「播芳蕤之馥馥，發青
條之森森。」[註7]「芳蕤」謂香，「馥馥」謂味，「青條森
森」謂色。言一篇美文之構成，須色、香、味三者俱備。

[註5] 見嚴可均《全上古三代秦漢三國六朝文》，同註 1。

[註6] 劉勰《文心雕龍》，臺北，世界書局，1961 年。

[註7] 陸機〈文賦〉見嚴可均《全上古三代秦漢三國六朝文》，同註 1，
頁 2013。

此陸氏獨得之祕，而能發前人所未發者。「藻思綺合，清麗千眠。」[註8]言文情與詞采互爲表裏，訢合無間，藻思內流，英華外發。「炳若縟繡，悽若繁絃。」[註9]言文章炳烺有若五彩之錦繡，文章音節又若繁絃之淒切。重視詩文韻律之美，實始於陸氏。又曰：

> 其為物也多姿，其為體也屢遷。其會意也尚巧，其遺言也貴妍。暨音聲之迭代，若五色之相宣。[註10]

此陸氏文學唯美論之最精要部分。言文學須如花草之搖曳多姿，嫣然可愛。文章之體貌風格亦須追逐時代，不斷翻新。意尙靈巧，詞貴妍麗，尤爲詩文不可或缺之要素。再配以抑揚頓挫之聲調，鮮明相映之色澤，此種作品始可言文，始可言美。其後元嘉文學之尙新變，永明文學之重聲律，以至江左唯美主義文學之全盛，皆由陸氏啓之也。

五、晉‧葛洪之文學進化論

儒家自來有一根深蒂固觀念，即今不如古，古必勝今，故人必稱堯舜，言必尊先王，似後人之智慧、努力一無可取者。不知人文發展，恆循螺旋而轉動，遞革而遞進，此社會之所以繁複而日新也。葛洪有鑒於此，於是力倡今必勝古之說。《抱朴子‧鈞世篇》曰：

> 且夫《尚書》者，政事之集也，然未若近代之優文詔策、軍書奏議之清富贍麗也。《毛詩》者，華彩之辭也，然不及〈上林〉、〈羽獵〉、〈二京〉、

[註8] 同註 7。
[註9] 同註 7。
[註10] 同註 7。

〈三都〉之汪濊博富也。然則古之子書，能勝今之作者，何也。然守株之徒，嘍嘍所翫，有耳無目，何肯謂爾。其於古人所作為神，今世所著為淺，貴遠賤近，有自來矣。故新劍以詐刻加價，弊方以偽題見寶也。是以古書雖質樸，而俗儒謂之墮於天也，今文雖金玉，而常人同之於瓦礫也。

若夫俱論宮室，而奚斯路寢之頌，何如王生之賦〈靈光〉乎。同說遊獵，而〈叔畋〉、〈盧鈴〉之詩，何如相如之言〈上林〉乎。並美祭祀，而〈清廟〉、〈雲漢〉之辭，何如郭氏〈南郊〉之豔乎。等稱征伐，而〈出車〉、〈六月〉之作，何如陳琳〈武軍〉之壯乎。則舉條可以覺焉。近者夏侯湛、潘安仁並作補亡詩，〈白華〉、〈由庚〉、〈南陔〉、〈華黍〉之屬，諸碩儒高才之賞文者，咸以古詩三百未有足以偶二賢之所作也。

且夫古者事事醇素，今則莫不彫飾，時移世改，理自然也。至於麗錦麗而且堅，未可謂之減於縗衣，輜軿妍而又牢，未可謂之不及椎車也。若言以易曉為辨，則書何故以難知為好哉。若舟車之代步涉，文墨之改結繩，諸後作而善於前事，其功業相次千萬者，不可復縷舉也。世人皆知之快於曩矣，何以獨文章不及古邪。[註11]

梁蕭統〈文選・序〉申之曰：

若夫椎輪為大輅之始，大輅寧有椎輪之質；增冰為積水所成，積水曾微增冰之凜。何哉，蓋踵其事而增華，變其本而加厲，物既有之，文亦宜然。[註12]

註11　葛洪《抱朴子》，明萬曆乙丑（44 年）魯藩承訓書院刊本。
註12　蕭統《文選》，臺北，廣文書局，1964 年 9 月。

二氏均以物質文明印證後世之雕飾不遜於古昔之淳素，甚具卓見。質文既有代變，人事日益繁雜，則文章之富美日新，內容之翻空詭譎，乃進步之徵象。若曰凡百事物均日趨進化，獨文學一道反日趨退化，是乃不通之論也。於是高舉文學進化之大纛，徹底擊破尚古主義者之迷夢，使文學脫離迂儒之牢籠而趨於純淨，獲得獨立。其思想可謂新矣，其立論可謂勇矣。

六、梁・劉勰之重情論

　　文學者，至美之藝術也，尤以唯美文學為然。六朝唯美文學詞藻麗澤，有類於美術品，故西人恆以美文稱之。通常一篇美文必兼具內美與外美二者，始足以當之。所謂內美，即內情之美；所謂外美，即外采之美。內美必藉外美而彰，外美必資內美而成，兩者不容偏廢，亦不能偏廢。是故徒工對仗、聲調、藻采（三者俱屬外美），固不足以言美文；徒有思想、情感、想像（三者俱屬內美），亦不足以言美文。所謂美文，內外同符，表裏相發者也。劉勰在《文心雕龍・情采篇》中論此理最為獨到。彼所謂情，即屬於內美；彼所謂采，即屬於外美。自古言作品內外之美者，未有能逾乎此者矣。其於《文心雕龍・情采篇》云：

> 夫鉛黛所以飾容，而盼倩生於淑姿；文采所以飾言，而辯麗本於情性。故情者文之經，辭者理之緯，經正而後緯成，理定而後辭暢，此立文之本源也。

言婦女適度的敷施鉛黛文采，有助於盼倩辯麗之美。若用
之過量，則有害於淑姿情性，欲益反損，不爲美矣。蓋盼
倩之美，生於淑姿，再施以鉛黛，不過益增其美焉耳。譬
彼西施，乃一風華絕代之美人，嚴妝固佳，淡妝亦佳，粗
服亂頭，不掩國色，由其氣質美也。東施無其美而效其顰
，雖衣以錦繡，塗以鉛黛，飾以珠玉，亦不能減其醜陋，
見之而不掩耳疾走者，未之有也。是故情者性之動，文者
情之飾，美的文學，必皆發自性情，未有捨性情之外別有
可爲文學者。劉氏又曰：

> 夫桃李不言而成蹊，有實存也；男子樹蘭而不芳，
> 無其情也。夫以草木之微，依情待實，況乎文章，
> 述志為本，言與志反，文豈足徵。^{註14}

桃李不言，下自成蹊，以其有甜美之果實。男子樹蘭，秀
而不芳，以其無少女之柔情。草木之微，尚且如此，況含
識之倫乎。故劉勰反覆強調文章不宜專騖形式之美，宜有
深情以絡之，始可與言佳作。劉氏又曰：

> 昔詩人什篇，為情而造文；辭人賦頌，為文而造情
> 。何以明其然，蓋風雅之興，志思蓄憤，而吟詠情
> 性，以諷其上，此為情而造文也。諸子之徒，心非
> 鬱陶，苟馳夸飾，鬻聲釣世，此為文而造情也。故
> 為情者要約而寫真，為文者淫麗而煩濫。而後之作
> 者，採濫忽真，遠棄風雅，近師辭賦，故體情之製
> 日疏，逐文之篇愈盛。故有志深軒冕，而汎詠皋壤
> ，心纏幾務，而虛述人外。真宰弗存，翩其反矣。

註13　劉勰《文心雕龍》，臺北·世界書局，1961 年。
註14　同註 13。

註15
劉氏更進一步說明造文之要，須先有情，無情之文，必不
能感人，自亦不能見重於世。晚清民國之交，上海富商酷
愛附庸風雅，經常聚會賦詩，常有〈秋日賞菊用陶彭澤原
韻〉之作，而爲方家所譏，以其腦滿腸肥，略無陶公之高
致也。故凡有志從事詞藝之創作者，劉氏此段理論允宜奉
爲科律。

七、梁・蕭統之文學封域論

　　文學有廣狹二義：舉凡經史子集，以至語錄小說，而
具有文學之形式者，皆是文學，此文學之廣義者也。惟巧
思內運，詞華外現，而具有藝術美之作品，始可稱爲文學
，此文學之狹義者也。蕭統論文學之封域，取其狹義。其
於〈文選序〉云：

　　　　若夫姬公之籍，孔父之書，與日月俱懸，鬼神爭奧
　　　　，孝敬之准式，人倫之師友，豈可重以芟夷，加之
　　　　剪截。
　　　　老莊之作，管孟之流，蓋以立意為宗，不以能文為
　　　　本，今之所撰，又以略諸。
　　　　若賢人之美辭，忠臣之抗直，謀夫之話，辯士之端
　　　　，冰釋泉涌，金相玉振。所謂坐狙丘，議稷下，仲
　　　　連之卻秦軍，食其之下齊國，留侯之發八難，曲逆
　　　　之吐六奇，蓋乃事美一時，語流千載，概見墳籍，
　　　　旁出子史。若斯之流，又亦繁博，雖傳之簡牘，而

註15 同註 13。

> 事異篇章,今之所集,亦所不取。
> 至於記事之史,繫年之書,所以褒貶是非,紀別同
> 異,方之篇翰,亦已不同。若其讚論之綜緝辭采,
> 序述之錯比文華,事出於沈思,義歸乎翰藻,故與
> 夫篇什雜而集之。註16

此則以純藝術性之觀點,嚴定文學之封域。蓋自建安以前
,文學寄居儒家之籬下,固無獨立可言。建安以後,雖已
逐漸蔚為大國,而世人觀念,多取廣義,內涵無所不包,
實屬大而無當。蕭統有鑒於此,以為非嚴定其封域,不足
以順應洶湧而至之唯美思潮;亦即非嚴律其繩尺,不足以
饜當世重文相感之心。其封域為何,即作品須具備「綜緝
辭采,錯比文華,事出沈思,義歸翰藻」諸條件者,始可
稱之為文學。故經子史應屏除於文學範疇之外,以其不合
於上述條件也。蓋周孔之經,所以明道;老莊百家,重在
立意;馬班諸史,偏於記事。皆利用文字作表達工具,故
此等文字,祇能視為經史百家之文,而非詞章家之文。詞
章家之文,以文為主,匠心默運,機杼別出,專意經營,
並無外在之束縛,尤無任何附帶之功能,即今人所謂純粹
為文學而文學者也。

八、梁・蕭綱之文學至上論

文學在建安以前,為載道與實用之工具,初無獨立生
命可言,前已數加論述。建安以後,經歷曹丕、曹植、陸
機、葛洪諸子之大聲疾呼,刻意提倡,始逐漸增高其地位

註16 同註 12。

。宋文、宋明二帝且以政治力量，使之與儒學、玄學、史學等平列，其地位始正式獲得肯定。梁之蕭綱猶不以爲足，仍在繼續鼓吹，必使其陵駕學術之上而後已。其〈答張纘謝士集書〉云：

> 綱好文章，於今二十五載矣。竊嘗論之，日月參辰，火龍黼黻，尚且著於玄象，章乎人事，而況文辭可止，詠歌可輟乎。不為壯夫，揚雄實小言破道；非謂君子，曹植亦小辯破言，論之科刑，罪在不赦。註17

又〈昭明太子集序〉云：

> 竊以文之為義，大矣遠矣。故孔稱性道，堯曰欽明，武有來商之功，虞有格苗之德。故《易》曰：「觀乎天文，以察時變，觀乎人文，以化成天下。」是以含精吐景，六衛九光之度；方珠喻龍，南樞北陵之采，此之謂天文。文籍生，書契作，詠歌起，賦頌興，成孝敬於人倫，移風俗於王政，道綿乎八極，理浹乎九垓，贊動神明，雍熙鍾石，此之謂人文。若夫體天經而總文緯，揭日月而諧律呂者，其在茲乎。註18

自是文學遂高於一切，而惟我獨尊矣。蕭綱居儲君之位二十年，此論既發，幾同功令，一般才穎之士，未有不競相附和，作桴鼓之應者。唯美文學至梁代達於極峰，此實其最大關鍵所在。

註17　見嚴可均《全上古三代秦漢三國六朝文》，同註 1。
註18　同註 1。

九、梁‧蕭綱之文學放蕩論

儒家一向主張文學爲道德之附庸，有餘力始可爲之，此一觀念深中人心，牢不可破。葛洪則不以爲然，謂儒家此種重德輕文之錯誤觀念應加修正，二者猶是兄弟關係，初無優劣之分。其《抱朴子‧尙博篇》云：

> 文章之與德行，猶十尺之與一丈，謂之餘事，未之前聞。……文章雖爲德行之弟，未可呼爲餘事也。[註19]

六朝儒學幽淪，故葛氏敢言如此，可謂勇矣。蕭綱承席其說而愈加尖銳，根本否定此一傳統觀念，直謂二者了不相涉。其〈誡當陽公大心書〉云：

> 汝年時尙幼，所闕者學，可久可大，其惟學歟。所以孔丘言：「吾嘗終日不食，終夜不寢，以思，無益，不如學也。」若使面牆而立，沐猴而冠，吾所不取。立身之道與文章異，立身先須謹重，文章且須放蕩。[註20]

所謂「文章須放蕩」者，言文章所以吟詠情意，抒寫性靈，不必有載道與教化之功能，更不必受陳規舊矩之束縛，縱橫馳騁，變古翻新，而勇向唯美與浪漫之路邁進。故蕭綱實爲六朝唯美文學之浪漫派。雖然，無論中外古今，文學宗派甚多，祇有作品工拙之分，絕無宗派優劣之別，吾人固不可以蕭氏提倡浪漫文學與宮體詩歌，遂集矢而攻之也。

[註19] 同註11。
[註20] 見嚴可均《全上古三代秦漢三國六朝文》，同註1。

十、梁‧蕭繹之文筆論

文筆之說，溯源至遠，而著文討論之者，則始於宋之顏延之、范曄二人。其後劉勰於《文心雕龍‧總術篇》，續作修正，至蕭繹始集大成。其《金樓子‧立言篇》云：

> 古之學者有二，今之學者有四。夫子門徒，轉相師受，通聖人之經者謂之儒。屈原、宋玉、枚乘、長卿之徒，止於辭賦，則謂之文。今之儒博窮子史，但能識其事，不能通其理者謂之學。至於不便為詩如閻纂，善為章奏如伯松，若此之流，汎謂之筆。吟詠風謠，流連哀思者謂之文。[註21]

蕭繹將古之學者分為「儒」、「文」兩類，未予置評。而將今之學者分為四類，即將古代之「儒」、「文」又各分為兩類，合之為「儒」、「學」、「文」、「筆」四類。自來言文筆之分者，莫詳於此，亦莫嚴於此。又評四者之得失云：

> 而學者（按：此「學者」當作「儒者」）率多不便屬辭，守其章句，遲於通變，質於心用。學者不能定禮樂之是非，辨經教之宗旨，徒能揚榷前言，抵掌多識，然而挹源知流，亦足可貴。筆，退則非謂成篇，進則不云取義，神其巧惠，筆端而已。至於文者，惟須綺縠紛披，宮徵靡曼，脣吻道會，情靈搖蕩。而古之文筆，今之文筆，其源又異。[註22]

言儒者拙於屬辭，學者昧於經義，筆則以單篇達意而已，

註21　蕭繹《金樓子》，臺北，世界書局，1960年初版。
註22　同註21。

言儒者拙於屬辭，學者昧於經義，筆則以單篇達意而已，屬應用範圍，不得謂之文；而文則不僅以達意為能事，亦不在應用範圍之內。且具體指出惟有「色」、「音」、「情」、「韻」四者俱全，始能稱為文學。所謂「綺縠紛披」，即色彩之美。所謂「宮徵靡曼」，即聲調之美。所謂「情靈搖蕩」，即情致之美。所謂「脣吻遒會」，即韻律之美。易詞言之，文學不僅以表達意思為已足，尚須著藻采、重聲調、協韻律，而富感情，始克畢其能事，下即今日所稱之純文學也。

參、結語

綜而言之，文學為思想之反映，文體自亦隨思想之轉變而殊異，故六朝既不能為漢，亦不能為唐，蓋一代有一代之所勝，乃由時代之不同，非必有何長短之可論。王國維《宋元戲曲史·自序》：

> 凡一代有一代之文學，楚之騷，漢之賦，六代之駢語，唐之詩，宋之詞，元之曲，皆所謂一代之文學，而後世莫能繼焉者也。[註23]

語極中肯，宜無間然。

民國九十一年六月
撰於高雄西子灣之中山大學

[註23] 王國維《宋元戲曲史》，新人人文庫本，臺北，臺灣商務印書館，1994年，臺二版。

參考文獻

1、《三國志》，百衲本二十四史，臺北，臺灣商務印書館，1988 年 1 月，臺六版。

2、嚴可均《全上古三代秦漢三國六朝文》，日本京都，中文出版社，1981 年 6 月。

3、《宋本六臣註文選》，臺北，廣文書局，1964 年 9 月。

4、劉勰《文心雕龍》，臺北，世界書局，1961 年。

5、葛洪《抱朴子》，明 萬曆乙丑（ 44 年）魯藩承訓書院刊本。

6、蕭繹《金樓子‧立言》，臺北，世界書局，1960 年初版。

7、王國維《靜庵文集》，新世紀萬有文庫本，瀋陽，遼寧教育出版社，1997 年，第一版。

8、王國維《宋元戲曲史》，新人人文庫本，臺北，臺灣商務印書館，1994 年，臺二版。

初唐詩歌中的俠士風貌新探

王淑芬

親民工商專科學校國文組講師

摘要：

本文論述以「初唐詩歌中的俠士風貌新探」爲題，全文共有四部分。首先是前言，說明本文研究的動機乃有感於絢麗多彩的唐詩，一向被視爲中國詩壇的奇葩，而其中初唐詩歌所呈現出昂昂然的氣慨，正是盛唐詩歌有以承遞的內涵之一，故而集中闡述盛唐詩歌昂揚奮發的磅礴俠氣。其次，就各家論者因立場殊異，而對於「俠」的解釋和評價亦有天壤之別的情況作一深入比較與析論。第三，說明初唐時期因經濟日漸復甦、繁榮，且政治淸明，激發唐人建立功業的想望，表現在詩歌創作上，用語洗鍊且有勃然英氣。文中特別列舉唐太宗、魏徵、虞世南、初唐四傑及陳子昂等人的詩作，闡論其所呈現俠風的多層面貌。第四，初唐詩歌的沛然俠風常與軍旅生活相結合，直至盛唐李太白的詩作，方才未將俠風一股腦兒全灌注到邊疆去。對於闡論李太白詩歌中的俠風，將作爲下一篇論文研究的題材，希冀能層層推進，更進一步勾勒繽紛多彩的李唐文明。

關鍵詞：初唐、唐詩、俠士

壹、前言

「俠」的定義，古今說法不一；而對於俠的評價，則因論述者立場的不同，顯然也有天壤之別。戰國時期，韓

非將「俠」視為「以武犯禁」[註1]的暴民；西漢時，司馬遷則讚揚俠士「救人於阨、振人不贍，仁者有采；不既信，不倍言，義者有取焉。」[註2]到了東漢，班固卻譏鄙他們造成社會的動亂，荀悅更進而斥之爲「德之賊也」[註3]。評價之懸殊，讓人不禁疑惑，究竟什麼叫做「俠」呢？這是筆者首先欲釐清的命題之一。

展觀李唐盛世，對遊俠的禮讚相當多，可謂集風骨之大成。李唐承繼隋代建立大一統王朝，融合北方游牧民族剽悍的氣息而成一新文化，予以游俠新鮮活躍的生命；而且李唐開國英雄多出自少年，積極英勃之氣貫徹於有效的系列改革中，任俠精神便是他們的最佳寫照。此外，李唐經濟發達、都市繁榮，爲游俠提供了絕佳的活動背景；而自魏晉南北朝以來禮教束縛逐漸鬆弛，寒門庶族經科舉制度而抬頭，使人的主觀精神昂揚奮發，終於湧現出唐人「慨然撫長劍，濟世豈邀名？」[註4]的氣魄來。本文的論述，旨在唐代詩歌的廣大領域中，集中闡述初唐時期昂揚奮發的俠士風貌，其中詩人的活動又因與軍旅生活相結合，而與他朝邊塞詩有著截然不同的面目和內涵。希冀以此篇論文作爲初步探索李唐文化的敲門磚，更進一步勾勒繽紛多彩的李唐文明。

[註1] 參見《韓非子·五蠹篇》。
[註2] 參見《史記·游俠列傳》。
[註3] 參見荀況《漢記》。
[註4] 唐太宗〈還陝述懷〉云：「慨然撫長劍，濟世豈邀名？星旂紛電舉，日羽肅天行。遍野屯萬騎，臨原駐五營。登山麾武節，背水縱神兵。在昔戎戈動，今來宇宙平。」

貳、俠的定義與起源

中國的俠，由來已久，今日可見文獻上最早出現「俠」一詞者，當為《韓非子·五蠹篇》所說的：「儒以文亂法，俠以武犯禁。」所謂「五蠹」，指的是學者、言談者、帶劍者、串御者、工商者；而其中的「帶劍者」，即是指俠。然而帶劍者如何犯禁呢？〈五蠹篇〉又說：「其帶劍者，聚徒屬，立節操，以顯其名，而犯五官之禁。」《韓非子·六反篇》也說：「行劍攻殺，暴傲之民也，而世尊之曰廉勇之士；活賊匿姦，當死之民也，而世尊之曰任譽之士。」韓非站在法家的立場來評論俠，以實際政治為著眼點，認為俠的行事動機不管為何，都是擾亂社會的不良份子，尤其貶斥以武力為本領的暴徒。

到了漢朝，司馬遷著《史記》為游俠作傳，將游俠勾勒出較為清晰的輪廓。《史記·游俠列傳》說：

> 而學士多稱於世云。至如以術取宰相、卿大夫，輔翼其世主，功名俱著於春秋，固無可言者。及若季次、原憲，閭巷人也，讀書懷獨行君子之德，義不苟合當世，當世亦笑之。故季次、原憲終身空室蓬戶，褐衣疏食不厭，死而已四百餘年，而弟子志之不倦。今游俠其行雖不軌於正義，然其言必信，其行必果，已諾必誠，不愛其軀，赴士之阨困，既已存亡死生矣。而不矜其能，羞伐其德，蓋亦有足多者焉。

司馬遷認為韓非所批判的儒、俠兩者，「儒」之進退與否皆已受世人肯定，而「俠」卻使終處於晦暗不明的地位，

司馬遷深深引以爲憾；因此他進一步說明游俠的人生觀和
特徵，以循序漸進的方式，先點明游俠受世俗觀念所譏貶
「其行雖不軌於正義」的缺點，再反過來強調他們信守諾
言，爲人慷慨赴義的嘉行，其論點頗具說服的力量。史遷
不僅僅是同情游俠遭世俗責斥的地位，更肯定了他們爲人
紓阨解困、捨身取義的犧牲精神。《史記‧游俠列傳》又
說：「至如朋黨宗強比周，設財役貧，豪暴侵凌孤弱，恣
欲自快，游俠亦醜之。」這段話指稱游俠不同於一般暴徒
欺凌弱小、予取予求的惡行，但他們的行止也不能與常人
的規範相提並論。史遷著眼於民間中下階層，心有所感地
將游俠比之於君子。這種態度，後來就遭到班固的抨擊。
班固在《漢書‧司馬遷傳》贊曰：「其是非頗謬於聖
人，……序游俠則退處士而進姦雄，……此其所以蔽
也。」荀況《漢記》也對游俠有所譏刺：

> 世有三游，德之賊也。一曰游俠，二曰游說，三曰
> 游行。立氣齊，作威福，結私交，以立彊於世者，
> 謂之游俠。[註5]

如淳注曰：「相與信爲任，同是非爲俠。所謂權行州里，
力折公侯者也。」班固和荀悅無視於游俠的道德人生觀，
而以統治階級的立場，承襲韓非「以武犯禁」的說法來作
爲論斷游俠的標準。仔細尋思，司馬遷所謂的「游俠」，
實不同於韓非「以武犯禁」的俠；《史記‧游俠列傳》中
列舉的魯國的朱家、楚國的田中、雒陽的劇孟、濟南的瞷
氏、陳地的周庸、梁國的韓無辟、陽翟的薛兄、陝地的韓
孺，軹地的郭解等游俠，並非全然以武力懾人，而其中還
有多半是只傳其名、不見其行跡的。史遷側重他們「其言
必信，其行必果，已諾必誠，不愛其軀，赴士之阨困」和

「不矜其能，羞伐其德」的義行，在亂世的末流中顯得格外可貴，故而大加褒獎；而身為傳統儒生的班固和荀悅，則傾心於社會秩序的維護，務求等級分明、上下有序，遂譏刺游俠為「德之賊」，語氣頗有嫌忌。古人論「俠」，因立場殊異而有不同的評價；今人卻因司馬遷在《史記·游俠列傳》之外還記載了許多類似游俠的人物[註6]，並以「俠」、「任俠」讚譽他們，而對「俠」的解釋有一番論戰。陶希聖說：「戰國至西漢所謂俠，是養客或結客人的名詞。」[註7]他以「養客」和「結客」為標準，為俠畫定界線；而錢穆在〈釋俠〉一文所提出的觀點與陶希聖相似[註8]。他先引用《韓非子》的話，認為韓非所指的俠是「私劍游俠」；而後又引《史記·游俠列傳》所說的：「然儒墨皆排擯不載，自秦以前，匹夫之俠，湮滅不見，余恨之。」來指稱史遷已經明白指出先秦時代的游俠，儒墨都擯棄而未加記載，因此不能說俠是墨家演變而來。接著，錢穆又說：

> 惟史公與韓非異者，史公特指孟嘗、春申、平原、
> 信陵為俠。至其所養，則轉不獲俠稱。故曰：「匹
> 夫之俠，湮滅不見。」則俠仍養私劍者，而以私劍
> 見養者非俠。故孟嘗、春申、平原、信陵之謂卿相
> 之俠；朱家、郭解之流謂閭巷布衣之俠。知凡俠皆
> 有所養，而所養者則非俠。

[註5] 見《漢紀·前漢孝武皇帝紀》卷十。

[註6] 如曹沫，豫讓、聶政、荊軻等刺客，孟嘗、信陵、平原、春申等四公子，以及貴族們所養的門下食客之流等。

[註7] 見陶希聖〈西漢的客〉，《食貨半月刊》第五卷第一期，1937年1月，頁4。

[註8] 見錢穆〈釋俠〉，《中國學術思想史論集（二）》，臺北，東大圖書公司，1977年2月，初版，頁368。

錢穆並引用《淮南子‧氾論訓》、荀悅和如淳的話來支持
這些論點。的確，有許多游俠都能廣結私交，藏匿亡客於
私舍；但在後世文學作品中的俠都是以個人姿態出現，並
沒有養食客的跡象。勞榦在〈論漢代的游俠〉一文中說：

> 假若要說標準的游俠是一回甚麼事，那就可以說他
> 們是城郭中流動而頑強的閭里細民。憑著放縱的生
> 活，不調協的精神，在禮法的空隙，走到另外的立
> 場。註9

劉若愚則說：

> 戰國時期的百家，正忙於展開其學說而爭論時，俠
> 客直接了當地自掌正義，匡正扶弱，不惜用武，不
> 恤法律。另一方面，他們以博愛為心，甘為原則而
> 授命。註10

他分析俠的特徵時所選定的俠，幾乎沒有依據古人史書中
的看法。

　　然而我們展讀《史記》中所載的四公子各個列傳，得
知史遷在特別強調「閭巷之俠」、「匹夫之俠」、「布衣
之俠」之餘，尚對四公子有「卿相之俠」的讚譽。而《漢
書‧游俠列傳》也說：

> 由是列國公子，魏有信陵，趙有平原，齊有孟嘗，
> 楚有春申，皆藉王公之勢，競為游俠，雞鳴狗盜，
> 無不賓禮。

可知班固也依循史遷將四公子視為俠。又《史記‧孟嘗君
列傳》載有史遷論贊的話說：

註9　見勞榦〈論漢代的游俠〉，《文史哲學報》第一期，1950 年 6 月，
　　頁 239。

註10　見劉若愚《中國的俠》第一章〈俠的產生〉，頁 1。

> 吾嘗過薛，其俗閭里率多暴桀子弟，與鄒、魯殊。
> 問其故，曰：「孟嘗君招致天下任俠，姦人入薛中
> 蓋六萬餘家矣。」世之傳孟嘗君好客自喜，名不虛
> 矣。

史遷明確道出孟嘗君所養的食客當中有任俠之徒。而在後
人觀念中與游俠極為近似的「刺客」，則與游俠有相同的
交集，也有不同的差異性。基本上，游俠和刺客的精神是
一致的，他們的本意都在於「為人」，憑藉著個人的義氣
而發諸行事。然而，嚴格考求，游俠貴在主動助人，其於
閭巷之間，路見不平便拔刀相助，目的是懲惡揚善、抑強
扶弱，因此他們所注重是非的判斷；而幫助的對象是任何
受欺壓的弱者，不一定與自己熟識。刺客則是感念知遇之
恩，或者受雇於貴族，被動地為單一的對象捨身賣命，活
動的背景多屬於政治恩仇，借助武力以達成目的。

　　綜觀中國古俠的情形及古今人對於俠的看法和解釋，
很明顯地可以看出諸家對於俠的態度，即使是同類型的
俠，因各人立場的不同也有差異性頗大的認知。隨著時代
的變遷，俠的定義也有殊異，今人崔奉源將「俠」歸納為
八項特徵，一、路見不平，拔刀相助。二、受恩勿忘，施
不望報。三、旅人不賒，救人之急。四、重然諾而輕生
死。五、不分是非善惡。六、不矜德能。七、不顧法令。
八、仗義輕財。[註11]是現今可見較為周全的論點。

　　再轉論俠的起源。司馬遷以為「古布衣之俠，靡得而

註11　見崔奉源《中國古典短篇俠義小說研究》第一章第一節〈俠的定
　　義〉，政大中研所七十二年博士論文，頁20至頁21。

閔已」[註 12]、「自秦以前，匹夫之俠，湮滅不見」[註 13]，再加上俠出現的背景不同，因此對於俠的起源問題，學者亦抱持不同的看法。章太炎、梁啓超、孫鐵剛等主張俠出於儒；[註 14] 帥學富主張俠出於墨；[註 15] 錢穆則認爲，俠出於儒墨皆可，但其必爲較儒墨二家晚出的人物；[註 16] 而馮友蘭、顧頡剛等以爲俠出於貴族政治崩潰以後的士族階級；[註 17] 日人宮崎市定則主張游俠源自春秋時代士及庶民等階級；[註 18] 劉若愚則認爲俠不屬於任何特殊階層，只是具有某些理想的人物而已。[註 19] 諸家所言，不一而足。雖然如此，大多數皆認同「俠」的起源，是在春秋戰國時，因宗法制度的鬆弛、崩潰，而逐漸興起俠士之風。這些人和遊民相結合，因其無固定職業，廣在社會遊蕩，故謂之「遊俠」。但是，擴大來說，凡人遇有強凌弱、眾暴寡的現象，而爲其打抱不平，就是俠士作爲。

但是，「俠」的定義既隨著時代改變而有殊異，那麼今人探究俠的起源也就因標準的不同而提昇了困難度。筆者以爲，俠的氣質表現於其果敢的行爲上，並非是侷限地出自於某一特定階層。所謂不平之氣，人人有之，大凡一

[註 12] 見《史記‧游俠列傳》。

[註 13] 同註 12。

[註 14] 參見章太炎《章氏叢書檢論儒俠篇》、梁啓超〈中國之武士道〉、孫鐵剛〈中國的士與俠〉等文。

[註 15] 參見帥學富〈清洪逃源〉。

[註 16] 參見錢穆〈釋俠〉，同註 8。

[註 17] 參見馮友蘭《中國哲學史補‧原儒墨》、顧頡剛〈武士與文士之轉換〉等文。

[註 18] 參見日人宮崎市定〈游俠的起源〉與〈游俠的發生〉。

[註 19] 劉若愚《中國的俠》中引用了馮友蘭、勞榦、陶希聖、及日人增淵龍夫的見解，而較偏於增淵龍夫的意見。見該書第一章。

般人面臨強凌弱、眾暴寡的事情，或目睹友人遭難，都會有剷除不平的氣慨和衝勁，這就是俠氣。所以要探求俠的起源，應該溯及人類形成共同社會的時候；在封建制度尚未解體時，各封國內及諸侯國之間相互的紛爭，應該就足以形成俠士蘊孕的溫床。諸家對俠的起源的考證，僅能說是今可考察到較早期的俠的事蹟，尚未可成為一定論。

參、初唐詩歌中的俠士風貌

初唐繼承隋代而有天下，為安定社會，鞏固政權，採行均田制和租庸調等一系列有益於恢復生產的政策，果然促使經濟繁榮、政治清明、國力強盛，終而造就了雄峙東亞的李唐帝國。這在無形之中提昇了唐人的民族自信心和自豪感，激發他們建功立業的想望；而表現在詩歌創作上則昂昂然有俠士的風味。

初唐詩人多懷有英雄式的氣魄，在當時重視邊功，將「軍謀宏偉，堪任將帥」一科與選拔政治人才的制舉並列功名的情況下，[20] 呈現出來的是俠氣沛然的邊塞詩。初唐詩人對於戰爭，大多抱持歌頌、主戰的態度，這實在是個很特別的現象；胡雲翼〈唐代的戰爭文學〉裏，解釋這是因意氣的衝動和功名的誘感，再加上初唐政治清明，國富兵強，故而有為的青年，大多抱持著立功塞外、名垂青史的夢想。[21] 雖然初唐只是盛唐詩歌的準備期，在質與量上

---

[20] 詳見《新唐書·選舉志》。
[21] 參見胡雲翼〈唐代的戰爭文學〉頁 21。

均不及盛唐來得豐富，但初唐邊塞詩中所蘊含的磅礴俠氣，正是盛唐詩歌有以承遞的內涵之一，同時也爲唐代社會注入活潑的生命力。

　　初唐外患頗多，東北有奚、契丹、室韋，北有突厥，西北有西突厥，東有高句麗，西有吐谷渾、吐蕃等，其中以突厥爲禍最大。唐太宗爲實行反侵略戰的塞防政策，對於入侵的外族，以武力驅逐於長城之外；而之於其他子遺弱小，則以文德綏服。這種武威文德並用的政策，使得他終於實現「清玉塞」、註22「靜三邊」註23 的理想，成就了貞觀盛世，並被四夷尊奉爲「天可汗」。

　　唐太宗的詩，《全唐詩》和《全唐詩外編》所錄者共存一百零二首，詩中表現他戡暴除亂的戎馬生涯，抒發他治國圖強的宏偉抱負，寄托他求賢思才的愛民情志，都具

註22　唐太宗《飲馬長城窟行》代表的是武威，其云：
　　「塞外悲風切，交河冰已結。瀚海百重波，陰山千里雪。迴戍危烽火，層巒引高節。悠悠卷斾，飲馬出長城。塞沙連騎跡，朔吹斷邊聲。胡塵清玉塞，羌笛韻金鉦。絕漠干戈戢，車徒振原隰。都尉反龍堆，將軍旋馬邑。楊麾氛霧靜，紀石功名立。荒裔一戎衣，靈臺凱歌入。」

註23　唐太宗的文德思想，主要表現在〈執契靜三邊〉詩中。其云：
　　「執契靜三邊，持衡臨萬姓。玉彩耀關燭，金華流日鏡。無爲宇宙清，有美璇璣正。皎佩星連景，飄衣雲結慶。戢武耀七德，昇文輝九功。煙沒澄舊碧，塵大息前紅。霜野韜蓮劍，關城罷月弓。錢綴榆天合，新城柳塞空。花銷聰嶺雪，穀盡流沙霧。秋駕轉兢懷，春冰彌軫慮。書絕龍庭羽，烽休鳳穴戍。衣宵寢二難，食旰餐三懼。翦暴興先廢，除兇存昔亡。圓蓋歸天懷，方輿入地荒。孔海池京邑，雙河沼帝鄉。循躬思勵己，撫俗愧時康。元首佇鹽梅，股肱惟輔弼。羽賢擴嶺四，翼聖襄城七。澆俗庶反淳，替文聊就質。已知隆至道，共歡區宇一。」

有突出的社會意義和文學價值。太宗的詩，氣勢磅礴，一往無前，以洗鍊的用語，表現出他勃然的英氣，如〈經破薛舉戰地〉云：

> 昔年懷壯氣，提戈初仗節。心隨朗日高，志與秋霜潔。移鋒驚電起，轉戰長河決。營碎落星沈，陣卷橫雲裂。一揮氛沴靜，再舉鯨鯢滅。於茲俯舊原，屬目駐華軒。沈沙無故跡，減灶有殘痕。浪霞穿水淨，峰霧抱蓮昏。世途亟流易，人事殊今昔。長想眺前蹤，撫躬聊自適。

這首詩以「驚電起」、「長河決」、「落星沈」、「橫雲裂」來比喻戰爭的激烈與嚴酷；而「一揮氛沴靜，再舉鯨鯢滅」，不僅掃平薛舉的勢力，並且寓寄慨然雄姿，與首句「昔年懷壯氣」相暗合，也對末句「撫躬聊自適」增添無限懷想。另一首〈還陝述懷〉云：

> 慨然撫長劍，濟世豈邀名？星旆紛電舉，日羽肅天行。遍野屯萬騎，臨原駐五營。登山麾武節，背水縱神兵。在昔戎戈動，今來宇宙平。

首二句簡略地勾勒出俠士心態，並非為強邀世俗功名而汲汲營營；中間六句隱括陝地戰事，同樣與前一首擁有相似慘烈的戰爭描述；而末二句力承千鈞作結，渲染風停雲息的寧靜與太平。太宗這兩首詩氣象之雄壯，充分地顯示了一位少年英雄氣宇軒昂的俠士風姿，在詩情亢奮昂揚中亦迴蕩著王者尊貴的氣息。雖然太宗的詩為其帝王事功所掩蓋，但他反侵略戰思想，一直是唐代詩人所景仰的；可惜繼起的高宗缺少太宗帝道的理想，而玄宗開元、天寶之際，文德武威更加隳壞；後起之杜甫等詩人的改革思想，正是在恢復太宗塞防政策的精神。

　　魏徵〈述懷〉一詩深具慷慨豪壯的特質，意氣蓬勃而
發：

> 中原初逐鹿，投筆事戎軒。縱橫計不就，慷慨志猶
> 存。杖策謁天子，驅馬出關門。請纓羈南越，憑軾
> 下東藩。鬱紆陟高岫，出沒望平原。古木吟寒鳥，
> 空山啼夜猿。既傷千里目，還驚九折魂。豈不憚艱
> 險，深懷國士恩。季布無二諾，侯嬴重一言，人生
> 感意氣，功名誰復論。

詩中凜然而存的慷慨之志，直透紙墨；只要一言允諾，便
毫不猶豫地以生命相許，從戎出塞。這種重然諾的精神，
正是古俠季布、侯嬴所以令人感佩的地方。「人生感意
氣」、「投筆事戎軒」，可說是初唐詩人的普遍心理，他
們特重意氣，亦即是愛國心的展現。

　　虞世南〈結客少年場行〉較全面地敘述了游俠少年的
行止：

> 韓魏多奇節，倜儻遺聲利。共矜然諾心，各負縱橫
> 志。結交一言重，相期千里至。綠沈明月弦，金絡
> 浮雲轡。吹簫入吳市，擊筑遊燕肆。尋源博望侯，
> 結客遠相求。少年重一顧，長驅背隴頭。談談戈霜
> 動，耿耿劍虹浮。天山冬夏雪，交河南北流。雲起
> 龍沙暗，木落雁門秋。輕生殉知己，非是為身謀。

這首五言詩約可分為三段，前六句描寫游俠重然諾、輕名
利，以天下大事為己任。第二段由「綠沈明月弦」至「結
客遠相求」，描繪遊俠的服飾和日常生活，為結交朋友不
辭路途遙遠。第三段由「少年重一顧」至「非是為身
謀」，說明游俠從軍北征，無視邊塞生活苦寒；為了報答
知己，甚至可以犧牲性命。第一段繼承了史遷對游俠的禮

讚，顯現「重然諾、輕生死」這等傳統俠義觀的流傳；第二段和第三段則是承繼曹魏陳思王曹植的〈白馬篇〉，以富麗的飾物來烘托游俠之英勇之姿；並將他們的干雲豪氣擴展至邊疆戰場上，使之與軍旅結合起來，不僅改觀世俗對游俠「其行不軌於正義」的譏鄙，且沿續了詩人所熱烈企慕的漢魏風骨；虞世南此詩，正體現了李唐泱泱大國的內涵精神。

虞世南的〈從軍行〉除了描繪俠客從軍、出塞的威武氣慨外，尚對戰事的緊迫、塞外的苦寒有生動具體的道白：

> 烽火發金微，連營出武威。孤城塞雲起，絕陣虜塵飛。俠客吸龍劍，惡少縵胡衣。朝摩骨都壘，夜解谷蠡圍。蕭關遠無極，蒲海廣難依。沙磴離旌斷，晴川候馬歸。交河梁已畢，燕山旆欲揮。方知萬里相，侯服見光輝。

「蕭關遠無極、蒲海廣難依」反襯出俠客英勇無畏之心；而交河、燕山的地勢險絕，在在指稱出功名取之不易與其可傲之處。

唐詩自高宗以後，由於律詩絕句規範化的完成，音調諧美；再加上歌行體的辭賦化，篇幅加長，氣勢亦稍壯闊；最重要的是詩歌體裁由宮廷擴展到社會層面，充實詩歌的內涵；故而初唐四傑、陳子昂等人的詩作，雖仍免不了六朝的餘氣，但在整體詩風的呈現上已大不同於前朝。

初唐四傑皆親臨過邊塞，在他們的詩作中有不少反映出邊塞生活的現實意義，洋溢著忠君愛國的思想，沛然有俠士英氣。例如駱賓王〈送鄭少府入遼共賦俠客遠從戎〉

說：「不學燕丹客，空歌易水寒」；〈夕次蒲類津〉說：
「莫作蘭山下，空令漢國羞」；〈邊城落日〉說：「壯志
淩蒼兕，精誠貫白虹。君恩如可報，龍劍有雌雄」；〈宿
溫城望軍營〉：「投筆懷班業，臨戎想顧勳。還應雪漢
恥，持此報明君」；〈從軍行〉說：「不求生入塞，唯當
死報君」，忠君愛國的思想，在這些詩篇中一再顯明，可
想見駱賓王塑造的理想俠客，不僅從軍出塞、有雄健的氣
魄，更具備著濃厚的忠君愛國觀念，時時念及君恩。這和
漢代初期游俠結交王候成為地方權貴，隱隱中構成與中央
政府相對峙的力量有著截然不同的面貌。

　　盧照鄰身世坎坷、手足殘廢，自號幽憂子。其詩作常
有憂苦憤激之詞，並多用騷體來表達心中鬱悶。但他的
〈結客少年場行〉等邊塞詩作則一反其他詩篇，流露出積
極深刻的塞防思想和忠君愛國的情操。其云：

　　　長安重游俠，洛陽富才雄。玉劍浮雲騎，金鞭明月
　　弓。鬥雞過渭北，走馬向關東。孫賓遙見待，郭解
　　暗相通。不受千金爵、誰論萬里功。將軍下天上，
　　虜騎入雲中。烽火夜似月，兵氣曉成虹。橫行徇知
　　己，負羽遠從戎。龍旌昏朔霧，鳥陣捲胡風。追奔
　　翰海咽，戰罷陰山空。歸來謝天子，如何馬上翁。

這首詩敘述本在都市中恣逞英姿的少年游俠，隨軍出征，
歷經戰場艱難，終於凱旋歸來。詩可分為前後兩段，前段
由首句「長安重游俠」至「郭解暗相通」止，以「玉劍」
和「金鞭」裝點游俠富麗氣質，可能為此一時代風尚的投
射；再以「鬥雞」、「走馬」點述游俠日常恣意玩樂，而
其實精通兵法媲美孫賓，行俠仗義一如郭解。後段由「不
受千金爵」至詩末「如何馬上翁」，敘述少年游俠從軍出

征，追求萬里軍功。詩人以氣勢磅礴的詩句形容激烈的戰爭場面，並深深自覺得這種生活較騎馬游逛的日子來得有意義許多。除了建立軍功、報答君恩的愛國思想外，這首詩在首末各兩句之外的詩句皆兩兩對仗，技巧之高妙自是不在話下。但是，盧照鄰的邊塞詩也有真實反映塞外蒼涼及戰爭殘酷的作品。如〈雨雪曲〉說：「節旄零落盡，天子不知名。」是久戍無成的苦悶，邊塞淒苦生活暗喻其中；〈紫騮馬〉說：「寒門風稍急，長城水正寒。雪暗鳴珂重，山長噴玉難。不辭橫絕漠，流血幾時乾？」更道盡戰爭的殘酷，在荒絕的大漠中，戰士血流如水，幾時能乾？可見初唐時期的邊塞詩並非一味是游俠馳騁戰場、殺敵建功地雄渾明朗，仍舊有它淒寒苦辛的一面。

　　楊炯的詩句，如〈從軍行〉[註24]的「寧為百夫長、勝作一書生」、〈出塞〉的「丈夫皆有志，會見立功勳」、及〈紫騮馬〉的「匈奴今未滅，畫地取封侯」等，皆表達了詩人愛國的熱情，將滿腔俠氣灌注於馳騁邊疆，揚名塞外的事功上。王勃早夭，其詩作交織著才高自負的傲兀情緒和位卑不遇的牢騷苦悶，少見有關俠情的作品，此乃是個人際遇使然。他的〈隴西行〉十首，較側重於邊塞生活的現實面，有反戰的精神，在當時一片歌功頌軍功的歡呼聲中，算是較為特殊的。

　　初唐時，真正能自覺地反對齊梁宮體文學，高倡漢魏風骨，主張詩歌要能夠反映現實的優良傳統者，即是那位

[註24] 楊炯〈從軍行〉：「烽火照西京，心中自不平。牙璋辭鳳闕，鐵騎繞龍城。雪暗凋旗畫，風多雜鼓聲。寧為百夫長，勝作一書生。」

「前不見古人，後不見來者；念天地之悠悠，獨愴然而涕下」註25 的陳子昂。陳子昂名詩〈登幽州臺歌〉由於擺脫南朝鉛華艷麗的色彩，深刻地表現陳子昂懷才不遇、寂寥落寞的情緒，語言蒼勁奔放，富有感染力，故而成爲傳誦不絕的名篇。陳子昂是一位具有政治識見和政治才能的文人。他直言敢諫，對武后朝的不少弊政，多次提出批評意見，但不爲武則天所採納，反而被視爲逆黨而株連下獄。武則天萬歲通天元年（西元六九六年），契丹人攻陷營州，武則天委派親信武攸宜率軍征討，而陳子昂當時正在武攸宜幕府擔任參謀，故而隨軍出征。一場兵敗後，陳子昂請求遣萬人爲前驅以擊敵，武攸宜不允，並怒將陳子昂降爲軍曹。陳子昂接連遭受挫折，無奈報國宏願化爲泡影。一日陳子昂登上薊北樓（即幽州臺，遺址在今北京市），想起戰國時樂毅得到燕昭王的賞識，官拜上將軍，率領各諸侯聯軍大敗齊國，威震天下；反觀自己一心報國，但卻一直得不到主帥的重用，不免感慨萬千，慷慨悲吟，寫下了〈登幽州臺歌〉及〈薊州覽古贈盧居士藏用〉七首等詩篇。

〈登幽州臺歌〉是一首情勝於質、質勝於文的詩。詩題看似詠事，但詩歌內容實質上是抒情。全詩共四句，二十二字，精簡至極。此詩內容無一字提涉幽州臺本身和四周景色，而以宏大的風格，讓讀者想像力恣意騁馳，恍如眼前實有一座廢舊傾圮的古臺，歷經風霜兵災的劫數，殘存在四野秋風的高岡上，蔓蔓荒草、蕭蕭落木，自生自滅，無人聞問。忽然有一異鄉遊子，懷著淒涼的心情，踽踽而來，登臨其上，放眼望去盡是暮色蒼茫，四顧惶惶，

註25 見陳子昂〈登幽州臺歌〉。

不知國在哪裡？家在何方？前塵往事，甚至千百年來的歷史重擔突然間全湧上心頭，這孤獨一身，不知該何去何從？陳子昂詩思遂一躍而起，不加以修飾，完成了這首千古傳誦的〈登幽州臺歌〉。「前不見古人，後不見來者」一如屈原〈遠遊〉：「惟天地之無窮兮，哀人生之長勤；往者余弗及兮，來者吾不聞。」其大抵都有一個共同的背景，當舊信念崩潰之際，短程的功利思想壓倒了普遍原則，憂患志士自會引發徬徨無依的意識，於是不禁悲從中來，愴然流淚了。

陳子昂的詩作雖也暗寓著強烈的忠君愛國情操，但由於親身對塞北自然風光的領會、邊疆人民的貧苦生活和戰士思想感情的交流，使得他的詩篇雖有「勿使燕然上，惟留漢將功」（〈送魏大從軍〉)的豪情壯志，也有「但見沙場死，誰憐塞上孤」（〈感遇〉其三）的血淚悲歎。這也和他強調詩歌要有內容的主張息息相關。

肆、餘論

古俠在春秋戰國時因宗法制度的解體而更加活躍，其後經歷秦、漢大一統帝國的建立，雖有朝廷和正統儒者如班固等人對游俠的排斥，但俠風仍舊在中國文學裏綿延地流傳下來。一般說來，刺客和政治事件關係密切，游俠則多在基層社會活動。西漢前期，游俠活躍於社會普通階層，而後逐漸發展成交通王侯的地方豪俠，隱隱構成與國家政權相對峙的勢力。西漢文、景之時，對游俠大加殺

伐，致使游俠活動更加隱晦，但他們和社會關係卻始終密切。司馬遷著眼於民間力量，首先為游俠立傳，的確有他的史識和眼光；東漢時，班固雖然也在《漢書》寫了〈游俠傳〉，但言語多有譏鄙，這是因為他站在統治者的立場，視游俠為叛逆。自《漢書》後，正史中不再見有〈游俠傳〉，一方面可能是因為俠風在大一統政權的壓制下逐漸消退，一方面也是史官們站在統治者的立場，抗拒這些和中央政府作對的反抗力量。雖然如此，「俠」的意識和精神，卻一直流傳在文學作品中。

西漢以來，俠風不光是培蓄了俠本身的氣質，也在無形之中瀰漫戎社會風氣，甚至提昇為社會品德，與文士宣洩不平之氣相結合，產生豪俠文學。俠士不受理法約束，其之所能與文士相契合，乃因其仗恃一己主動的心力替天行道，並不計個人生死存亡的危險，這種強烈主觀的動力受到文士的激賞；文士慨於對社會現實的不滿，又無力扭轉，而任俠精神逐為其所吸收，用以表達一己的意念。

早期文學屬於貴族和知識分子時，俠的形象就在正統文學裏出現。張衡的〈西京賦〉、郭璞的〈游仙詩〉都提到了京師游俠旺盛之況；魏晉詩人如曹植、張華、陸機，在詩作中則將游俠與軍旅相結合起來註 26，造成游俠的另一個形象，不同於《史記》所描繪者。由此可見「俠觀」的另一個發展方向。

註 26　今節選曹植、張華、王褒、陳良等人有關俠士之詩篇如下所示。
　　　魏‧曹植〈白馬篇〉：「白馬飾金羈，連翩西北馳。借問誰家子
　　　？幽并游俠兒。少小去鄉邑，揚聲沙漠垂。宿昔秉良弓，楛矢何
　　　參差。控弦破左的，右發摧月支。仰手接飛猱，俯身散馬蹄。狡

　　才高八斗的曹植，曾有一首〈結客篇〉說：「結客少年場，報怨洛北荒。利劍手中鳴，一擊兩尸僵。」[註27]逮及唐朝，初唐四傑、虞世南和陳子昂多有以此為詩名，而作為樂府者；在他們的詩中俠風與軍旅相結合，力倡漢魏六朝風骨，直至盛唐李太白的詩作，方才未將俠風一股腦兒全灌注到邊疆去。今本文設定範圍為探討初唐詩歌中的俠士風貌，關於李白詩歌中的俠風，將另行撰文討論，今不贅述。[註28]

　　捷過猴猿，勇剽若豹螭。邊城多警急，胡虜數遷移。羽檄從此來，屬馬登高場。馬驅蹈匈奴，左顧陵鮮卑。棄身鋒刃端，性命安可懷？父母且不顧，何言子與妻？名編壯士籍，不得中顧私。捐軀赴國難，視死忽如歸。」

　　晉・張華〈壯士篇〉：「天地相震盪，回薄不知窮。人物稟常格，有始必有終。年時俛仰過，功名宜速崇。壯士懷激憤，安能守虛沖？乘我大宛馬，撫我繁弱弓。長劍橫九野，高冠拂元穹。慷慨成素霓，嘯叱起清風。震響駭八荒，奮威躍四戎。濯鱗滄海畔，馳騁大漠中。獨步聖明世，四海稱英雄。」

　　北周・王褒〈游俠篇〉：「京洛出名謳，豪俠競交遊。河南期四姓，關西謁五候。鬥雞橫大道，走馬出長楸。桑陰徒將夕，槐路轉淹留。」

　　北周・陳良〈游俠篇〉：「洛陽麗春色，游俠騁輕肥。水逐車輪轉，塵隨馬足飛。雲影遙臨蓋，花氣近薰衣。東郊鬥雞罷，南皮射雉歸。日暮河橋上，揚鞭惜晚暉。」

[註27]　清・丁晏編銓評、民國・黃節詩注《曹子建集評注二種》卷五錄曹植〈結客篇〉，下注曰：「此疑『報怨洛北荒』句下脫文。」見頁80。

[註28]　今節選李太白詩有關俠士之風者如下所示。唐・李白〈結客少年場行〉：「紫燕黃金瞳，啾啾搖綠鬃。平明相馳逐，結客洛門東。少年學劍術，凌轢白猿公。珠袍曳錦帶，匕首插吳鴻。由來萬夫勇，挾此生雄風。托交從劇孟，買醉入新豐。笑盡一杯酒，殺人都市中。羞道易水寒，從令日貫虹。燕丹事不立，虛沒秦帝宮。舞陽死灰人，安可與成功？」

　　唐宋時代，在社會繁榮、教育比較普及的背景下，市民階層興起，有條件接受文學的人大增，故而「俠」的意識在市民文學中逐漸活躍起來。中晚唐時，由於政治的動亂，致使大唐帝國逐漸衰頹，俠義小說創作者作意好奇，寄中興願望於想像世界，以尋求一慰藉力量，俠士的飛仙劍客面貌由此勃興；這與初、盛唐詩人為誇顯武力、振奮人心，多寫進取樂觀的邊塞詩和少年英豪的游俠詩，有著極為不同的心理和筆調。

　　章太炎在〈儒俠〉一文中曾說道：「*人之內行，非法律所得是非也。*」法律規範了常人的行為，但有些人對自

唐・李白〈俠客行〉：「趙客縵胡纓，吳鉤霜雪明。銀鞍照白馬，颯沓如流星。十步殺一人，千里不留行。事了拂衣去，深藏身與名。閒過信陵飲，脫劍膝前橫。將炙啖朱亥，持觴勸侯嬴。三杯吐然諾，五嶽倒為輕。眼花耳熱後，意氣素霓生。救趙揮金槌，邯鄲先震驚。千秋二壯士，烜赫大梁城。縱死俠骨香，不慚世上英。誰能書閣下，白首太玄經？」
唐・李白〈少年行〉：「君不見淮南少年游俠客，白日毬獵夜擁擲。呼盧百萬終不惜，報讎千里如咫尺。少年游俠好經過，渾身裝束皆綺羅。蕙蘭相隨喧妓女，風光去處滿笙歌。驕矜自言不可有，俠士堂中養來久。好鞍好馬乞與人，十千五千旋沽酒。赤心用盡為知己，黃金不惜栽桃李。桃李栽來幾度春，一回花落一回新。府縣盡為門下客，王侯皆是平交人。男兒百年且樂命，何須徇書受貧病。男兒百年且榮身，何須徇節甘風塵。衣冠半是征戰士，窮儒浪作林泉民。遮莫枝根長百丈，不知當代多遷往。遮莫姻親連帝城，不如當身自簪纓。看取富貴眼前者，何用悠悠身後名。」
唐・李白〈白馬篇〉：「龍馬花雪毛，金鞍五陵豪。秋霜切玉劍，落日明珠袍。鬥雞事萬乘，軒蓋一何高。弓摧南山虎，手接太行猱。酒後競風采，三杯弄寶刀。殺人如剪草，劇孟同遊遨。發憤去函谷，從軍向臨洮。叱吒萬戰場，匈奴盡奔逃，歸來使酒氣，未肯拜蕭曹。羞入原憲室，荒徑隱蓬蒿。」

己的要求更高，超乎平常法律，乃至於道德責任；而俠的觀念，正好為士人提出更高的道德意識，一方面不必拘守著以奉職守法為終極道德，一方面更可滿足人們對正義的高層次要求，這或許正是俠與俠風長存人心的主要因素。

參考文獻

一、書籍部份

1、漢·司馬遷《史記》，臺北，鼎文書局，1982 年 9 月，二版。

2、漢·班固《漢書》，臺北，世界書局，1973 年 3 月，再版。

3、漢·荀悅《漢紀》，臺北，臺灣商務印書館，1968 年 12 月，臺一版。

4、魏·曹植撰、清·丁晏編銓評、民國黃節詩注《曹子建集評注二種》，臺北，世界書局，1962 年 4 月，初版。

5、周·韓非、民國·陳奇猷校注《韓非子集解》，臺北，華正書局，1982 年 8 月，初版。

6、民國·羅香林《唐代文化史》，臺北，臺灣商務印書館，1955 年 11 月，臺一版。

7、民國·梁啟超《中國的武士道》，臺北，中華書局，1971 年 3 月，臺二版。

8、民國·陶希聖《辯士和游俠》，臺北，臺灣商務印書館，1976 年 1 月，臺一版。

9、民國·帥學富《清洪述源》，臺北，臺灣商務印書館，1970 年 3 月，初版。

10、民國·洪讚《唐代戰爭詩研究》，臺北，文史哲出版社，1987 年 10 月。

二、學位論文部份

11、崔奉源《中國古典短篇俠義小說研究》，政大中研所七十
　　二年博士論文。

12、孫鐵剛《古代的士與俠》，臺大史研所六十二年博士論文
　　。

三、期刊論文部份

13、章太炎〈儒俠〉，《章氏叢書初集・檢論・卷二》，第二
　　函第三冊，頁 15 陰面至頁 19 陽面。

14、陶希聖〈西漢的客〉，《食貨半月刊》，第五卷第一期，
　　1937 年 1 月。

15、錢穆〈釋俠〉，《中國學術思想史論集（二）》，臺北，
　　東大圖書公司，1977 年 2 月，初版。

16、顧頡剛〈武士與文士的轉換〉，《責善半月刊》，第一卷
　　第七期，1940 年 6 月。

17、勞榦〈論漢代的游俠〉，《文史哲學報》，第一期，1950
　　年 6 月。

18、鄧仕樑〈說俠義——試論中國文學裏的俠義精神〉，《國
　　文天地》第七卷第二期。

白居易諷諭詩教學談

區靜飛

中國文化大學中文系副教授

摘要：

　　白居易詩中最受重視的是他的「諷喻詩」「新樂府」和《秦中吟》，以其關心民瘼，指斥時弊，所以歷來最受推崇。這些詩，都是反映社會問題的，但其言切直，措辭激烈，對當權者的非議和抨擊不遺餘力，而竟能見容於當權者。處於白居易那個時代，能夠有這種言論自由，實在是難能可貴。本文即據白居易「新樂府」和《秦中吟》裡的一些詩，就著者的教學經驗，並參據史籍加以論述。

關鍵詞： 白居易詩、諷諭詩、新樂府、秦中吟

壹、前言

　　白居易詩中最受重視的是他的「諷喻詩」「新樂府」和〈秦中吟〉，以其關心民瘼，指斥時弊，所以歷來最受推崇。這些詩，都是反映社會問題的，但其言切直，措辭激烈，對當權者的非議和抨擊不遺餘力，而竟能見容於當權者。處於白居易那個時代，能夠有這種言論自由，實在是難能可貴。茲據《白香山詩集》，就「新樂府」和〈秦中吟〉的一些詩，分別談談。[註1]

註1　白易居詩集現存很多，即如《白香山詩集》一書就把白居易詩分為「諷諭詩、閒適詩、感傷詩、律詩」四大類，台北，台灣中華書局，四部備要本，1966 年 3 月。本論文所提白居易詩即據是書，不另說明。

貳、「新樂府」

一、〈新豐折臂翁〉戒邊功也

新豐老翁八十八，頭髮鬚眉皆似雪。玄孫扶向店前
行，左臂憑肩右臂折。問翁臂折來幾年，兼問致折
何因緣。翁云貫屬新豐縣，生逢聖代無征戰。慣聽
梨園歌管聲，不識旗槍與弓箭。無何天寶大征兵，
戶有三丁點一丁。點得驅將何處去，五月萬里雲南
行。聞道雲南有瀘水，椒花落時瘴煙起。大軍徒涉
水如湯，十人未過二三死。村南村北哭聲哀，兒別
爺娘夫別妻。皆云前後征蠻者，千萬人行無一回。
是時翁年二十四，兵部牒中有名字。夜深不敢使人
知，偷將大石捶折臂。張弓簸旗俱不堪，從茲始免
征雲南。骨碎筋傷非不苦，且圖揀退歸鄉土。此臂
折來六十年，一肢雖廢一身全。至今風雨陰寒夜，
直到天明痛西眠。痛不眠，終不悔。且喜老身今獨
在。不然當日瀘水頭，身死魂飛骨不收。應作雲南
望鄉鬼，萬人塚上哭咻咻。老人言，君聽取。君不
看開元宰相宋開府，不賞邊功防黷武。又不看天寶
宰相楊國忠，欲求恩幸立邊功。邊功未立生民怨，
請問新豐折臂翁。

天寶年間，楊國忠為相，為了逢迎玄宗之意，並且圖
立邊功以邀寵固位，因而輕啟邊釁。討閣羅鳳之役，前後
發兵二十餘萬，去無返者，所以民怨沸騰，人不聊生。《
新唐書・楊國忠傳》云：

先是南詔質子閣羅鳳亡去，帝欲討之，國忠薦鮮于
仲通為蜀郡長史，率兵六萬討之。戰瀘川，舉軍沒

又云：

> 國忠雖當國，常領劍南召募使，遣戍瀘南，餉路險乏，舉無還者。舊勳戶免行，所以寵戰功。國忠令當行者，先取勳家，故士無鬥志。國忠歲遣宋昱、鄭儇以御史迫促郡縣，吏窮無以應。乃詭設餉，召貧弱者密縛置室中，衣絮衣，械而送屯，亡者以送吏代之，人人思亂。尋遣劍南留後李宓率兵十餘萬擊閣羅鳳，敗死西洱河。國忠矯為捷書上聞。自再興師，傾中國饒卒二十萬，踦屨無遺。天下冤之。[註2]

「自再興師，傾中國饒卒二十萬」，這是《新唐書．楊國忠傳》說的，如果這種說法沒有錯，那麼實際參加雲南之役的，都是久經戰陣的饒卒，而非臨時征自民間的那些未經訓練的老百姓。〈楊國忠傳〉又有云：「餉路險乏，舉無還者。」則發民南征大約都是擔任運輸軍械糧食以及充作隨軍雜役而已。

兩次發兵南征，第一次是在天寶十年，第二次是在天寶十三年。[註3]這和楊國忠「欲求恩幸立邊功」，固然有很大的關係，但主要還是因爲唐玄宗銳意開疆闢土，好大喜功所致。天寶八年六月，哥舒翰攻拔吐蕃石堡城，唐兵戰死者數萬。杜甫＜兵車行＞：「邊庭流血成海水，武皇開邊意未已。」即指此次戰役而言。[註4]

兩次南征，均在石保城戰役之後，所以＜新豐折臂翁

[註2] 以上兩則俱見《新唐書．楊國忠傳》頁 1510 至 1512，百納本二十四史，1988 年 1 月，臺六版。

[註3] 詳《新唐書．玄宗本紀》同註 2 頁 52 至 53。

[註4] 詳參高步瀛《唐宋詩舉要》頁 197，北京，中華書局，1994 年 12 月，再版。

>詩中「生逢聖代無征戰」這種說法，似乎是不符合史實的。

二、<杜陵叟>傷農夫之困也

> 杜陵叟，杜陵居，歲種薄田一頃餘。三月無雨旱風起，麥苗不秀多黃死。九月降霜秋早寒，禾穗未熟皆青乾。長吏明知不申破，急斂暴征求考課。典桑賣地納官租，明年衣食將何如？剝我身上帛，奪我口中粟。虐人害物即豺狼，何必鉤爪鋸牙食人肉！不知何人奏皇帝，帝心惻隱知人弊。白麻紙上書德音，京畿盡放今年稅。昨日里胥方到門，手持敕牒牓鄉村。十家租稅九家畢，虛受吾君蠲免恩。

<杜陵叟>本事，元和四年江南苦旱，此詩蓋借德宗貞元十九年（《新唐書·李實傳》作貞元二十年）大旱之事以諷喻憲宗也。韓愈貞元十九年<御史台上論天旱人饑狀>云：「今年以來，京畿諸縣，夏遭亢旱，秋又早霜。田種所收，十不存一。」[註5]此外，韓愈又在《順宗實錄》中提及：「嘗有詔免畿內逋租，（李）實不行用詔書，征之如故。」[註6]《新唐書·李實傳》云：

> 貞元二十年旱，關輔饑，實方務聚斂以結恩。民訴府上，一不問。德宗訪外疾苦，實詭曰：『歲雖旱不害。』有秋乃峻責租調。人窮無告，至撤舍鬻苗，輸於官。詔書蠲人逋租，實格詔固斂。[註7]

[註5] 詳參清華《韓愈詩文評注》頁 149，中州古籍出版社，1991 年 8 月，第一版。
[註6] 見前引書頁 279。
[註7] 所引兩節文字俱見《新唐書·李實傳》，同註 2，頁 1313 至 1314

　　按韓愈《順宗實錄》及《新唐書・李實傳》均提及詔
免逋租，但並無詔免是年租稅之事。所謂「逋租」通常指
已往所欠而言，那麼，〈杜陵叟〉詩中「白麻紙上書德音
，京畿盡放今年稅。」不必一定是事實，只是詩人誇大免
逋租之事，以諷喻憲宗而已。

三、〈紅線毯〉憂桑蠶之費也

　　紅線毯，擇繭繰絲清水煮，揀絲練線紅藍染。染為
紅線紅於藍，織作披香殿上毯。披香殿廣十丈餘，
紅線織成可殿鋪。彩絲茸茸香拂拂，線軟花虛不勝
物，美人蹋上歌舞來，羅襪繡鞋隨步沒。太原毯澀
毳縷硬，蜀郡褥薄錦花冷；不如此毯溫且柔，年年
十月來宣州。宣州太守加樣織，自謂為臣能竭力，
百夫同擔進宮中，線厚絲多卷不得。宣州太守知不
知？一丈毯，千兩絲！地不知寒人要暖，少奪人衣
作地衣！

　　這不過是皇宮中所用的一張紅地毯，就算稍為奢華浪
費，也不宜公開斥責，大加撻伐。本篇透過紅線毯有關方
面的描寫，表面上是說宣州太守為了討好皇帝，不理人民
死活為可恥，但實際上宣州太守只是為了滿足宮中的需要
，來執行他當宣州太守的職務而已。唐制，全國各地每年
都要向皇帝進貢一定數量的土特產，所以宣州所出的這種
紅地毯，大概也是朝廷規定的貢品。太守是地方官，是有
責任把地方上的貢品送上朝廷的，不然豈不成了違抗皇命
嗎？

　　這首詩似乎是指斥宣州太守，但實際上矛頭是對準皇
帝的。好在唐憲宗是一位比較開明的皇帝，有接受批評的
雅量。不過，這種鮮明露骨的諷刺，一點都不委婉含蓄，

也是新樂府詩中的特色。

四、＜繚綾＞念女工之勞也

繚綾繚綾何所似？不似羅綃與紈綺；應似天臺山上
月明前四十五尺瀑布泉。中有文章又奇絕，地鋪白
煙花簇雪。織者何人衣者誰？越溪寒女漢宮姬。去
年中使宣口敕，天上取樣人間織。織為雲外秋雁行
，染作江南春水色。廣裁衫袖長製裙，金斗熨波刀
剪紋。異彩奇文相隱映，轉側看花花不定，昭陽舞
人恩正深，春衣一對值千金；汗沾粉污不再著，曳
土踏泥無惜心。駑綾織成費功績，莫比尋常繒與帛
。絲細繰多女手痛，札札千聲不盈尺。昭陽殿裏歌
舞人，若見織時應也惜。

這一篇的主題與＜紅線毯＞相彷彿，但是作者寫＜紅
線毯＞，沒有直斥皇帝，只是指責宣州太守為了討好皇帝
不顧人民的死活而已。這一篇寫織女之勞苦來譴責宮廷的
奢侈浪費，就等於直接以皇帝為箭靶了。不知道唐憲宗看
了這首詩之後，心中作何感想？

這首詩中有「春衣一對值千金」句，窺其意，似乎認
為千金之衣極為貴重，但白居易作江州司馬時月俸四五萬
註8，不知可買千金之衣幾對？其後累遷至太子少傅、刑部
尚書時，官位愈高，俸祿愈厚，生活上的享受也愈多。《
舊唐書・卷一百六十六・白居易傳》云：

初，居易罷杭州歸洛陽，於履道里得故散騎常侍楊
馮宅，竹木池館，有林泉之致。家妓樊素、蠻子者
能歌善舞。

註8 詳參《舊唐書・白居易傳》，同註2，頁1248至1253。

> 東都風土水木之勝在東南偏，東南之勝在履道里，
> 里之勝在西北隅。西閈北隅第一第即白氏叟樂天退
> 老之地。地方十七畝，屋室三之一，水五之一，而
> 島樹橋道間之。[註9]

於此可見白居易平時自奉之厚。但皇帝宮中用一張紅線毯
，宮人穿一件千金之衣，均被白居易指爲奢侈浪費，這不
是輕於責己而　重於責人嗎？

五、＜鹽商婦＞惡幸人也

> 鹽商婦，多金帛，不事田農與蠶織；南北東西不失
> 家，風水為鄉船作宅。本是揚州小家女，嫁得西江
> 大商客。綠鬟富去金釵多，皓腕肥來銀釧窄。前呼
> 蒼頭後叱婢，問爾因何得如此？婿作鹽商十五年，
> 不屬州縣屬天子。每年鹽利入官時，少入官家多入
> 私。官家利薄私家厚，鹽鐵尚書遠不知。何況江頭
> 魚米賤，紅鱠黃橙香稻飯，飽食濃妝倚柂樓，兩朵
> 紅腮花欲綻。鹽商婦，有幸嫁鹽商，終朝美飯食，
> 終歲好衣裳。好衣美食有來處，亦須慚愧桑弘羊！
> 桑弘羊，死已久，不獨漢時今亦有！

　　中國古代歷來多採重農抑商政策，商人在社會上是受
歧視的，但欲求富厚，則農不如工，工不如商，刺繡文，
不如倚市門[註10]。

　　但這首詩攻擊那些鹽商，大約不是無因而發。詩中「
每年鹽利入官時，少入官家多入私。官家利薄私家厚，鹽

[註9]　所引兩節文字見同上註。
[註10]　詳參《史記‧貨殖列傳》頁 1187 至 1197，百納本二十四史，2001
　　　年 1 月，臺一版。

鐵尚書遠不知。」自然有官商勾結，從事不法的勾當。主其事者是真的「遠不知」，還是故意縱容？抑或其才不如桑弘羊，是以不能收鹽鐵之利。

「桑弘羊，死已久，不獨漢時今亦有！」可見當代不是沒有人才，只是慨嘆人才不為時用而已。

參、秦中吟

一、＜重賦＞

> 厚地植桑麻，所要濟生民。生民理布帛，所求活一身。身外充徵賦，上以奉君親。國家定兩稅，本意在憂人。厥初防其淫，明敕內外臣；稅外加一物，皆以枉法論。奈何歲月久，貪吏得因循。浚我以求寵，斂索無冬春，織絹未成匹，繰絲未盈斤；里胥迫我納，不許暫逡巡。歲暮天地閉，陰風生破村。夜深煙火盡，霰雪白紛紛。幼者形不蔽，老者體無溫；悲喘與寒氣，并入鼻中辛。昨日輸殘稅，因窺官庫門；繒帛如山積，絲絮似雲屯。號為羨餘物，隨月獻至尊。奪我身上暖，買爾眼前恩。進入瓊林庫，歲久化為塵。

國家製定兩稅法的原意是好的，但時間久了，那些貪官污吏便沿用舊法，於兩稅之外，巧立名目，橫征暴斂，使百姓無以為生。

這些「號為羨餘物」是「隨月獻至尊」的，所以破壞兩稅制的美意並不全是那些貪官污吏，皇帝也要負部份的

責任。

詩中「織絹未成匹，繅絲未盈斤；里胥迫我納，不許暫逡巡。」把里胥寫成窮兇極惡的樣子。其實里胥是被利用的，也許是被逼的，因為「奪我身上暖，買爾眼前恩」的是另有其人。

末兩句「進入瓊林庫，歲久化為塵。」在老百姓身上壓榨得來的大量的財物，最後卻在皇帝的私庫中積壓腐爛，化為塵土。與那些掙扎在苦難中的老百姓「幼者形不蔽，老者體無溫」，形成強烈的對比。以此更覺窮人之可憐和統治者之可恨！

二、＜歌舞＞

> 秦中歲云暮，大雪滿皇州。雪中退朝者，朱紫盡公侯。貴有風雪興，富無飢寒憂。所營惟第宅，所務在追游。朱門車馬客，紅燭歌舞樓。歡酣促密坐，醉暖脫重裘。秋官為主人，廷尉居上頭。日中為一樂，夜半不能休。豈知閿鄉獄，中有凍死囚。

中唐以後，朝政昏亂，很多達官貴人「所營惟第宅，所務在追游」，只注重個人物質上的享受，完全不把國家大事放在心裏。

秋官即刑部尚書，廷尉即大理寺正卿，都是朝廷上主管刑法的高級官吏，但他們卻沈迷在酒食追游，徵歌選色的生活裏。

「豈知閿鄉獄，中有凍死囚。」這就反映出下級司法官吏之中存在一些執法犯法，虐待囚犯的黑暗現象。這些

凍死的囚犯和那些尋歡作樂的司法長官卻成了強烈的對比。

肆、結語

　　白居易號稱是寫實派的詩人，他的詩議論大膽，但用語平易，老嫗都解，所以流行最廣，影響深遠。其中＜新樂府＞、＜秦中吟＞等尤其膾炙人口，最受推崇，他自己把這一類的詩稱爲「諷喻詩」。

　　〈新樂府〉和〈秦中吟〉這些詩原則上是寫實的，但也有誇張及不符合史實的，而且其中頗有下筆太切直，論事太激烈之處，這就不屬於「諷喻詩」，而是公開抨擊了。不過他的詩質樸無華而巧盡曲折，用語平易而內涵極深，不愧爲中唐大家。

參考文獻

1、白易居《白香山詩集》，台北，台灣中華書局，四部備要本，1966 年 3 月。
2、《史記》，百納本二十四史，2001 年 1 月，臺一版。
3、《舊唐書》，百納本二十四史，1988 年 1 月，臺六版。
4、《新唐書》，百納本二十四史，1988 年 1 月，臺六版。
5、高步瀛《唐宋詩舉要》，北京，中華書局，1994 年 12 月，再版。
6、張清華《韓愈詩文評注》，中州古籍出版社，1991 年 8 月，第一版。

須溪評點美學之研究
──以評杜詩為例

蔡娉婷

親民工商專科學校國文組講師

摘要：

　　評點一事，由其肇始而至於詩文評點，乃至於小說、戲曲評點，有其傳承，且代表了文人對所評點之經典的重視程度。本文先探討「評點」其內在意義的衍化，繼之著眼於須溪本身，將其評點作品條縷析之，尋繹其獨特的評點手法及美學。本文之論證以杜詩評點為主，原因是須溪一生所作的評點，以評杜詩的意義最為重大，對兩宋杜詩學的開展有深遠的影響。拋卻時人繁瑣注杜的研讀而以評點作為閱讀方式，除了須溪本人的文學素養使然外，南宋末年論詩風氣的興盛，亦為促使須溪採取這種率意自道的手法之原因。而須溪評杜的方式概採「別有會心」的靈悟，不依注解、講究自然風味，沈潛其中而發之以率意自道、隨意紀實，其中亦流露出他的文學觀念。站在讀者的立場，閱讀須溪的「閱讀」成果，具有「再創作」的想像美感，同時他強調的「不拘一義」、「直抒胸臆」、「自然風味」也具有美感經驗的實踐義，若作者沒有經過淨化與昇華的人生體悟、對文字調遣自如的功力，亦不可能追逐到文字的密度之美。故本文須先知人論世，探討其生平與學養，再析論其評點美學，並探究其對後世的影響。

關鍵詞：須溪、劉辰翁、評點、杜詩、美學

壹、前言

　　在中國文學領域中，文學評點是由注疏發展而來，在

須溪身上，卻呈現了一種超越注解的自覺意識。他本身雖然也有創作傳世，特別是以遺民詞見稱，但透過他的評點作品，讓人覺得，「評點」成了他表達觀念的主要方式。

推考「評點」出現的原因，朱自清在〈詩文評的發展〉一文中提到：

> 評點大概創始於南宋時代，為的是給應考的士子揣摩；這種選本一向認為陋書，這種評點也一向認為陋見。可是這種書漸漸擴大了範圍，也擴大了影響，有的無疑的能夠代表甚至領導一時創作的風氣，前者如宋末方回的《瀛奎律髓》，後者明末鍾惺、譚元春的《古唐詩歸》。[註1]

可見評點在南宋的出現，作用是取便科舉，藉由評注者的析評，闢出一條賞詩之道，亦為實用的導引，是一種閱讀者「閱讀」作品後的成果，成為士子的應制參考書[註2]。

由「實用」的意義轉向個人觀點的「漫談」，與宋代的文學評論風氣有關，大量筆記式的詩話、詞話，鮮少企圖作系統陳述，成為「高度成熟的文學人圈子裡的珍貴閒談」[註3]，批評用語更是朦朧抽象，這是也中國批評術語之義蘊不易界定之處，翻閱須溪的評點作品，泰半亦有如此風格，成為須溪獨特的閱讀方式。在明清兩代的文學理論與批評中，有一部分十分強調主觀精神對客觀現實起的作

[註1] 朱自清：《朱自清古典文學論文集》，（上海：上海古籍），頁 548。

[註2] 例如呂東萊之《古文關鍵》、樓昉《崇古文訣》、謝枋得《文章軌範》等。

[註3] 陳世驤語，〈論詩：屈賦發微〉，古添洪譯，幼獅月刊四五卷二期。原文意指詩話，此處借用其意。

用，強調主觀的感受和作者的個性，認為文學不單是對現實的如實反映，而是主觀的積極的審美觀照[註4]，須溪身為博通經籍的南宋遺民，自有他獨到的閱讀眼光。

在他評點的眾多文集中，不乏開創性之作，杜詩評點即為一例。眾所周知，杜詩被視為中國詩壇不朽之明珠，於北宋中葉，由於詩風自宋初的綺靡轉而樸實，由言情轉而言理，故含渾沈厚之杜詩始漸為宋人所喜，江西詩派之首黃庭堅便是以杜詩為宗，在當代文壇具有舉足輕重之影響。有宋一代，杜詩學之研究層出不窮，其首要之功便是蒐輯與注釋，無論在輯佚或箋釋上均有豐碩成果；至須溪已完全擺脫宋人注杜的煩瑣附會，轉而致力於杜詩的評點，下啓元明箋註評點杜詩之風。須溪畢生評點的作品中，唐宋詩集便佔十種之多，而杜詩評點尤為杜詩學最早的批注選集，繼之有元人陳與郊的《杜律注評》、郭正域《批點杜工部七言詩》等作以效尤，須溪評杜之手法雖非盡善盡美，但具有開創性的意義。因此本文探討須溪的評點美學時，選擇的是其揚棄一般人慣用之輯校注釋的杜詩評點。

本文企圖透過須溪的學養、閱讀思維、個人直接經驗的肯定，尋找屬於須溪特殊的評點美學，故先對其生平及學養作一番考證。

[註4] 這一派批評的代表人物，是晚明的思想家李贄、「公安派」的三袁兄弟，特別是其中的袁宏道、清代的金聖嘆，以及標舉「性靈說」的袁枚。

貳、須溪之學養與著作

須溪字會孟，名劉辰翁，號須溪[5]，宋廬陵（今江西吉安）人，生於宋理宗紹定五年（1232 年），卒於元成宗大德元年（1297 年），身當北方蒙古民族大舉侵宋之際，除了早年居家苦學外，中晚年仕宦浮沈，遍嘗人生之起落。須溪一生，《宋史》並未立傳，明代黃宗羲《宋元學案》、錢士升《南宋書》、清代陸心源《宋史翼》、莊仲方《南宋文範》、厲鶚《宋詩紀事》、唐圭璋編《全宋詞》等，俱有須溪小傳，惜其過於簡略，另可於其子劉將孫《養吾齋集》、萬斯同《宋季忠義錄》及清修《廬陵縣志》中詳其生言行事蹟[6]。

一、須溪之學養

須溪平生行事，無不恪守傳統儒者之規範，曾受教於歐陽守道[7]門下，起初於鄉試時對策「嚴君子小人朋黨論

---

[5] 據周采泉《杜書集錄》（上海，上海古籍，1986）云：「須溪之須，應水作湏，湏讀為海，通頯，明刻作湏不誤。此得之辛心禪（際周）丈，丈為西江人，當有所本。」明刻本之《須溪批點選註杜工部詩》即題作「湏溪先生劉會孟評點」。今通行本均作「須」，似乎沿誤已久，故仍從舊。

[6] 《宋季忠義錄》及《廬陵縣志》所載大同小異，後者較晚出，且加按語，可能是依《宋季忠義錄》及增損而成，或所據材料相似所致。

[7] 歐陽守道，吉州人，名巽，字公權，一字迂父，人稱巽齋先生。見《宋史》卷四一一、《廬陵縣志》卷三十一〈儒林類〉、《宋元學案》卷八十八〈巽齋學案〉。

」，後於廷試不畏違賈似道，力言「濟邸無後可痛，忠良
戕害可傷，風節不競可憾」，無懼自身功名前途，一以國
事朝政爲念；又事母至孝，宋亡後，遊飲終日，隱遁不
出，捵筆爲翰，寄情文史，爲中國傳統儒者的行徑。同樣
地，杜甫在〈投簡咸華兩縣諸子〉中云「自然棄擲與時
異，況乃疏頑臨事拙」，自知與世不偶，故不願遷就「官
曹才傑」，他看清當世王朝運用了利祿功名爲餌，牢寵天
下才士，若不肯屈就，就落得「饑臥動即向一旬，敝衣何
啻聯百結」，「此老無聲淚垂血」，杜甫只有將血淚咽在
肚中，將滿腔怨懟形諸筆墨，採取的是文人式的無聲抗
議。須溪便曾謂：「身生太平恨晚，生亂離又恨早，居今
憐子美，亦羨子美。」註8 同爲身處朝政積衰之時，儒生本
色迴盪胸次，辰翁讀杜甫文集，自有番認同感。

　　自古文人皆須求科舉功名，須溪自不能免，於鄉試、
廷試登第後，藉此以全忠孝，但另一方面他亦力斥科舉之
弊，認爲學本應爲立身行道，士人卻徒以爲圖謀功名利祿
之具，故須體察爲學之道最要者不在科舉登第，而爲學術
與人品。其於〈臨江軍新喻縣學重修大殿記〉云：「其為
夫子者，蓋進取之事，不在科舉，而在學術與人品，此世
道之古也。（《須溪集》卷一）」又於〈鷺洲書院江文忠
公祠堂記〉云：「然校科舉終有愧於道，孰能學校科舉外
而求志？（《須溪集》卷三）」

　　由此可知，須溪的生命情懷基本上儒家的，懷抱著「
致君堯舜上」的觀念，認爲「儒者實輔是君，以明其道。
（《須溪集》卷一，〈臨江軍新喻縣學重修大殿記〉）」

註8 《須溪集》卷六〈贈胡聖則序〉。

倘若不逢明君，便如同老杜「鬱鬱苦不展，羽翮困低昂。
……之推避賞從，漁父濯滄浪。……吾觀鴟夷子，才格出
尋常。註9」此種不的思想激盪著對統治者的反抗情緒緒，
在須溪理想中，一則輔佐明君，再則同時行道，《孝經》
所謂「立身行道，揚名於後世」便是如此，盡忠亦盡孝。
如此看來，須溪浸潤儒家思想甚爲深厚，一生行事莫不以
古之聖者規範爲宗，無怪乎老杜的家國情操在須溪眼中獨
得其厚。

二、須溪之著作

　　由前述可知，須溪性鯁直，在朝盡忠，宋亡，不願爲
貳臣，流離山水之際，滿腔忠愛之情只好轉寄於詩文著
作。其子劉將孫云：

> 當晦明絕續之交，胸中之鬱鬱者，壹泄之於詩，其
> 盤礴襞積而不得吐者，借文以自，脫於口者，曾不
> 經意，其引而不發者，又何其極也。（《養吾齋
> 集》卷十一〈須溪先生集序〉）

可知須溪之著述乃用以抒發心中塊壘，除詩文外，並評點
了唐宋諸家詩集以及子、史詩書：

（一）個人詩文集：

　　有《須溪集》十卷、《須溪先生記鈔》、《須溪四
景詩》，均收錄《四庫全書》。其中《須溪四景詩》乃依
古人詩句中的四時節氣爲題，原爲因應唐宋以來始專以古

註9 見《杜工部集》卷十五，〈壯遊〉。

人詩句爲科場命題而作，但其詩清新自然，無矯飾鋪排之氣，誠屬可貴，《四庫全書》評爲「程試詩中最爲高格」
註10 。

（二）詩文評點：

其所評點之詩文及諸子語等現存共十三種，臚列如下：

1. 《須溪先生校長唐王右丞集》六卷
2. 《孟浩然詩集》二卷
3. 《集千家註批點杜工部詩集》二十卷
4. 《須溪先校本韋蘇州集》十卷
5. 《孟東野詩集》十卷
6. 《李長吉詩》四卷
7. 《王荊文公詩注》五十卷
8. 《增刊校正王狀元集諸家注分類東坡先生詩》二十五卷
9. 《須溪評點簡齋詩集》十五卷
10. 《須溪精選陸放翁詩集後集》八卷註11
11. 《三子口義》 註12
12. 《世說新語》八卷
13. 《史漢異同評》三十五卷

註10 見《四庫全書》珍本第十一集。
註11 前集十卷乃羅椅所選，後集八卷爲須溪選評。
註12 指老子、莊子、列子。

　　此外，尚有總集《唐百家詩選》、《文選》評點、《古今詩統》^{註13}、《興觀集》^{註14} 等，所評之第一至第六項為唐人詩集，七至十項為宋人詩集，可見須溪所評以詩為多，文章評點方面，亦多為老、莊、列義理的闡發，兼及六朝志人小說《世說新語》及太史公、班固之文情與筆法優劣。從範圍來看，幾遍及經、史、子、集，其中貫串著文學美感品鑑的眼光，幾乎預告著明清評點風氣的產生，影響極為深遠。

　　其中評杜詩之作，在杜詩學中具有開創性的意義，元人高楚芳取須溪之評杜詩附於宋人集注中之後，元明以後評點杜詩者莫不導源於此，《杜律虞註》及《杜律趙註》^{註15} 即附有須溪評點，雖然褒貶互見^{註16}，但這類原本是任意所之的隨手批注，卻風行一時，影響甚鉅。例如元明於杜學在句法探究、闡釋篇意方面，著作者眾，以張性《杜律演義》為冶為一爐之作；至清代則開啟金聖嘆以形式批評為主的文批手法，所批之《貫華堂評選杜詩》^{註17} 二卷及《唱經堂杜詩解》^{註18} 四卷，為金氏評杜代表作。

註13　《文選》評點、《古今詩統》今已亡佚，唯楊慎曾稱引之。見楊文生《楊慎詩話校箋》（成都，四川人民，1990），頁 184、324。

註14　《興觀集》成書於須溪晚年，係其子劉將孫編選其評點之摘句選集。

註15　分別為元人虞伯生、趙汸，前者為明吳登籍校刊本，後者為明萬曆十六年新安吳氏七松居藏本，俱收大通書局《杜詩叢刊》。

註16　見下文所述。

註17　亦題為《杜少陵詩選》、《第四才子書》，由趙時揖重訂。

註18　又題為《少子杜詩解》。由金昌輯訂。

參、須溪評杜詩之美學

觀須溪之實際批評，有能針對詩人之風格作整體性之論斷，條約細品，抉發出人所未見；亦有流於空泛，僅以「好」、「奇」、「妙」、「好句」等帶過，無所謂高低優劣之分別，率意自道，充分展示了印象式批評的自由心證與隨興。綜合須溪下評語的方式有二：一是循行摘墨，二是眉批總評。前者如在「百丈風潭上，千章夏木清」下評：「看起兩句境」（《杜子美詩》[註19] 卷二：〈陪鄭廣文遊何將軍山林十首〉之二）；後者如於詩末評曰：「吾讀此，再四感歎甚多，以其首尾備至故也。」即爲眉批總評。須溪有時兼用此二方式，有時取其一。雖爲隨興漫批，然大體而言，皆對詩作能有所抉發。探求須溪評點的用心，必須貼近其閱讀的角度，方能在一則則缺乏條理的瑣碎評語中，尋譯出其美感意涵。茲以杜詩評點爲例，分述如下。

一、以禪喻詩

提及「以禪喻詩」，以之爲主要內容的當推南宋嚴羽的《滄浪詩話》，而此非嚴羽之創作，蘇軾便曾有「暫借好詩消永夜，每逢佳處輒參禪」[註20]之語。事實上，須溪所

[註19] 《杜子美詩集》二十卷，國家圖書館館藏善本（明末葉刊本）。本文所述之須溪評杜詩，概依此本，以下引用不再贅述，僅注明卷數。
[註20] 見《蘇軾詩集》卷三十，「夜值玉堂，攜李之儀端叔詩百餘首，讀至半夜，書其後。」

處的南宋時代，禪學於詩有相當大的影響，佛教傳入中土後，除了提供玄學上的冥思外，特別是唐代之後「以詩明禪」、「以禪入詩」成風，詩與禪結下了不解之緣。文人習以禪宗意境作爲一種對主體的認知，藉由寄託自心對宇宙萬物的特殊體驗，在描摹自然景物時，能夠透過禪觀親切透徹地把握物理生機，抒寫出在欣賞自然之美時，內心融入客觀世界的心境。由於當時文人士子習焉於此，故須溪採用禪觀及心境來評點杜詩，是很自然的事。

例如在〈南征〉詩末須溪評曰：「此等不忍再讀。」〈曲江二首〉之「穿花蛺蝶深深見，點水蜻蜓款款飛」下評曰：「落落酣暢，如不經意而首尾圓活，生意自然，有不可名言之妙。」詩人將內心思考表達爲文字時，情思必經幾番轉折，也許予以精簡濃縮，也許賦與更豐富的意義，須溪採取的是通脫靈活的解詩觀，正如他在〈題劉玉田選杜詩〉中云：「凡大人語，不拘一義，亦其通透靈活自然。（《須溪集》卷六）」

以下各條評杜詩實例中，亦見其「各隨所得，別自有用（《須溪集》卷六，〈題劉玉田選杜詩〉）」的解詩觀：

盪胸語不必可解，登高意豁，自見其趣。（卷一：〈望嶽〉「盪胸生層雲」下）

南極朝北斗，不必可解。（卷十七：〈送李十八秘赴杜相公幕〉「南極一星朝北斗」下）

平時景多少幽意，爲小儒牽強解事，讀之可惜。（卷七：〈漫興九首〉之七末）

語不必其盡，不必可解，漫發此義。（卷十四：

〈巫峽敞盧奉贈侍御四舅別之澧朗〉，「山鬼閉門
中」下）

幾不可解而有味。（卷十五：〈秋日寄題鄭監湖上
亭三首之三〉「施玉豈吾身」下）

語至不可解，則妙矣。（卷十七：〈曉望〉「天清
木葉聞」下）

不可解，不必解。（卷十一：〈題桃樹〉「天下車
書正一家」下）

諸例可見，須溪所掌握的是禪門啓人靈悟的非分解說來評
杜，禪宗以為自性是不可說的，有時不得不說，遂往往以
形象語狀之，強調「活句」，崇尚「別趣」，追求「言外
之意」。以禪喻詩，則可以超於跡象，無事拘泥，不黏不
脫，不即不離，以導人靈悟。

但值得注意的是，須溪掌握的只是「以禪喻詩」的形
式體製，而非採取禪境批解杜詩。因為儘管杜詩中不乏示
禪之作[註21]，但老杜以一生飽受戰亂飢寒、顛沛流離，其詩
更是苦心孤詣下琢磨而成，詩中發揮的情感是針對現實世
界的動盪，千彙萬狀、涵渾浩瀚，不但正視現實，更要大
聲疾呼[註22]，故與禪境中的「不涉理路，不落言筌」，「說
而不說，不說而說」的置之化外態度大相逕庭。

[註21] 如《杜工部集》卷十六〈謁真諦寺禪師〉：「問法看詩妄，觀身向
酒慵。」卷一〈游龍門奉先寺〉：「欲覺聞晨鐘，令人發深
省。」韓元吉謂此詩：「人能內省其身，如識其遺忘而審視其
微，則所以存其心者。（《澗南甲乙稿》卷十六，〈深省齋
記〉）」但畢竟這類題材在杜詩中所佔比例甚小。

[註22] 如〈憶昔〉：「豈聞一絹直萬錢，有田種穀今流血。」又如〈壯
遊〉：「斯時伏青蒲，廷諍守御床。君怒敢愛死，赫怒幸無
傷。」

二、不拘一義

　　由其評點可以看出，他觀並不依附註解，這乃一大創
見，無疑與反對當時文人反覆注杜、挖鑿經義以附會的風
氣有關。在杜詩評點中便有所反映：

　　　野人漫興，深入情盡，豈復有能注者。（卷七：
　　　〈漫興九首〉之九「誰謂朝來不作意，狂風挽斷最
　　　長條」下）
　　　卻是暗用莊子披依注，又不曉。（卷七：〈漫成二
　　　首〉之一「只作披衣慣」下）
　　　豈有解詩專作寓言。（卷三：〈白水縣崔少府十九
　　　翁高齋三十韻「殷殷尋地脈」下〉）

須溪的大原則是觀詩不信注[23]，因爲注解有時反而會造成
誤解，弄巧成拙。當時不少文人學士專致聲律訓詁，延用
孟子以來知人論世的觀念討論詩之外緣資料，並未就詩論
詩，於是須溪希望指引出一條賞詩之道，宜從詩入手，就
詩本身去論詩，亦不專採某種論詩的方式（例如寓言的方
式），詩自有其多義，須反揣摩作者的用心，到真正的詩
旨。可見須溪所作只是導引鑑賞的工作，而非權威性的論
斷。但辰翁並非完全否認注解的功用，如果注解能使讀者
更了解詩旨，則不廢注解，否則盡信注則不如無注。

　　須溪在評點中不斷印證他這種理念：

　　　誠齋謂此譏諸公會不見招，雖至猥淺得義外意。
　　　（卷十八：〈和江陵宋大少府暮春雨後同諸公及舍

---

[23] 在《增刊校正王狀元集諸家注分類東坡先生詩》卷十九〈用前韻再
　　和霍大夫〉批曰：「頭謂處州而注指常州，觀詩信註，豈不謬
　　哉！」

弟宴書齋〉）

此篇句句著畫意，政似未離本處，謂義盡，分明兒童之見也。（卷十一：〈奉觀嚴公廳事岷山沱江畫圖十韻得忘字〉）

他並不常引他人之見，但由其評點中不難得見他所閱必多，方能夠適度地援引加以指瑕裁斷。評語中偶有指瑕之處，亦不大費周章搬出長篇典故以印證，如「若訪衰翁語，須令膡客迷」（卷十八〈自瀼西荆扉且移居東屯茅屋四首〉）下批曰：「勝必膡也，字誤。」

值得一提的是，詩文中難免牽到歷史實證，援用及於詩中時，辰翁認爲典故本身是一堆現存而刻板的資料，雖然其本身已凝結了許多意念，但作者要先將這些意念化爲己有，方不致左支右絀，爲典所役，才高者甚至能驅遣自如，巧妙融入詩文而茶堆砌味，就如韓信使用「置之死地而後生」般，將死典活用，得法外意。

三、直抒胸臆

須溪晚年隱遁不出，將滿腔懷抱轉於詩文評點之中，難免在筆下流露出與時不遇的憤懣，於老杜之淒淸心境體會甚多。茲舉一例：

不謂魑魅喜人尉，其寂寞乃魑魅猶能知此人之來以爲喜，則朝廷之士不如魑魅亦多矣。觀上「憎」字，便見作者之意痛快。（卷五：〈天末懷李白〉，「文章憎命達，魑魅喜人過」下）

此詩爲老杜客居秦州時，思念李白所作，全篇不乏寄寓己身懷抱之思，老杜云「文章憎命達，魑魅喜人過」，意文

才出者總是命運多舛，而朝廷之忠臣總是遭奸邪小人所
誣，議論中帶情韻，對比中富隱喻。高步瀛引邵長蘅評
曰：「一憎一喜，遂令文人無置身地。」[註24] 須溪對老杜的
遭遇心有戚戚焉，是因翁在朝時，目睹佞臣賈似道專擅朝
政，並殺直臣以蔽言路，頗不能苟同，曾自表心跡云：
「吾平生觸事感憤，或急欲語不自達，雖消磨至盡，終覺
淚至梗塞。」[註25] 峭直耿介之性格使得須溪格外能體會老杜
沈重心境，但其批語欲另一角度而言，云魑魅非人，尚且
知人來為喜；而朝廷之人不能辨忠奸，反而不如魑魅，深
以「吾道孤」為寂寞。須溪並對老杜所用「憎」字表示了
高度的讚賞，藉由此字彿二人懷抱
格外相通。

又如卷五〈月夜憶舍弟〉：「露從今夜白，月是故鄉
明。」老杜此詩作於安史之亂猶未平息之時，攜著家小避
居秦州，天上孤鴻的哀鳴正是亂離之人無告的心聲，時序
的漸移使露水愈加晶瑩潔白、天候更為寒冷，詩人外感於
景物對心緒的影響，秋意漸濃，益增愁緒。月光普照大
地，無處不明，但詩人卻一廂情願地說只有故鄉的月才
明，此種「無理」之語，顯示主觀情思的價值認定。須溪
評曰：「淺淺語，使人愁。」寥寥六字，道盡了老杜詩中
隱藏的哀嘆，也趁機抒發了須溪的個人愁緒。他曾作〈水
調歌頭〉自遣心事：「不飲強須飲，今日是重陽。向來健
者安在，世事兩兩茫茫。叔子去人遠矣，政復何關人事，
墮淚忽成行。叔子淚自墮，湮沒使人傷。（《須溪集》卷
十）」時序依然遞嬗，人事卻滄茫離亂，最是人間悲處，

[註24] 見高步瀛《唐宋詩舉要》（台北，學海出版社），頁478。
[註25] 《須溪集》卷六〈送段郁文序〉。

情何以堪？

四、自然風味

　　承襲了東坡以來崇尚「自然說」的特色，須溪對於作品的風格，抱持著平淡、自然的態度，他固然欣賞王維、白居易等人的自然恬淡，亦賞味老杜、放翁的老成渾厚。例如評王維：

> 無言而有畫意。（《王右丞集》卷四：〈鹿柴〉末二句下）

> 語皆不刻而近。（同上卷六：〈班婕妤〉之三）

評孟浩然：

> 工處渾然，不似深思者。（《孟浩然詩集》卷上第二冊：〈陪張丞相自滋江東泊渚宮〉，「登舟命楫師」句下）

> 大巧若拙。（同上卷下第四冊：〈裴司士員司戶見尋〉）

> 語欲其野，直以意勝，而有情致。。（同上卷上第二冊：〈早梅〉）

讚其未經雕琢刻劃而自然切合所表現的事物，頗以其清妙自然類己性情為喜；而對杜詩中清新有味，不著斧跡的詩亦鍾愛不已，在杜詩的評點之中，這的評語拾皆是：

> 隨事有氣，無不可寫。（卷一：〈臨邑舍弟書至苦雨黃河泛濫隄防之患簿領所憂因寄此詩用寬其意〉「白屋留孤樹，青天失萬艘」下）

> 情影玄淡，脫活自在。（卷二：〈春先劉少府新畫山水障歌〉）

不必有來處，自是好。（卷五：〈野望〉「獨鶴歸何晚」，昏鴉已滿林）下）

不論如何，自是麗句。（卷五：〈山寺〉「麝香眠石竹，鸚鵡啄金桃」下）

自是好語。（卷十四：〈贈崔十三評事公輔〉「道屈爾何為」下）

一語便奇。（卷十七：〈魏將軍歌〉「將軍昔著從軍衫」下）

五字妙在目前，世間常有此語，自不多遇。（卷六：〈兩當縣吳十侍御江上宅〉「寒城朝煙淡」下）

寫景貴得自然。（卷六：〈遣懷〉「水淨樓陰直」下）

偶然語，偶然道耳。（卷七：〈漫成二首〉之二「仰面貪看鳥，回首錯應人」下）

景語閒曠。（卷一：〈夜宴左氏莊〉「春星帶草堂」下）

隨意點染，愁絕如畫。（卷二：〈送張二十參軍赴蜀州因呈楊五侍御〉「萬點蜀山尖」下）

由評語中道出欣賞老杜純任一己自然的胸臆，亦稱許老杜寓目所見景語皆情語的自然率真，須溪評詩往往從寫景、賦物、抒情不同角度著手，又如在「天寒鳥已歸，月出山更靜」下批曰：「自然境，自然語。（卷六：〈西枝尋置草堂地夜宿贊公土室二首〉）」又如「寒城朝煙淡」下評曰：「五字妙在目前。」（卷六：〈兩當縣吳十侍御江上宅〉）將外界自然景色原貌呈現，且賦物語不須多，妙在情思曲折隱映，著重並體會老杜閒居時渾漫自得的心境，老杜的心緒似乎在須溪的「隨意點染」下，在讀者面前兀

自開展了一片詮釋的自由空間。

他最為鄙視的便是時風的抄襲剽竊，在《須溪集》中提到：「詩自小夫賤隸興寄深厚，後來作者必不能及，左傳史漢間記人語言，亦不特公卿世家為有典刑，雖何物老人，至鄙俗不可口者，倉卒間對可誦，而舉科舉能時文而止，而時文亦復猥陋不達，第尺牘何等塗抹絕倒，或縣前名合選，大官要職至斷窗丐買金籠擎致，不能得言本色。」（卷六：〈曾季章家集序〉）認為小夫賤隸的詩有時不免俚俗，但興寄深厚，感人亦深。後來的作者即使有深厚的學力也未必能及，甚或抄襲湊泊，失卻真心，須溪對於為求取科舉而偽性之作毫不假以辭色；然而對於語意真誠不蹈襲諸作的作品，須溪是不吝於推舉的，例如在《須溪集》中便讚美時人黃純父曰：「君文不蹈襲，諸作不為時文議論、講義註疏，而辭事義理俱至，清整酣暢，足自為家，詩亦有詩致，竭目前意，樸厚雅馴，視能此復少。（卷七：〈黃純父墓誌銘〉）」因此，在消極方面，須溪鄙斥這些毫無真情與創意的蹈襲之作，積極方面他能欣賞自然流動，富有真情的作品，再試看他評〈重過何氏五首〉：「此與蜻蜓立釣絲，開趣畫景，兩極自然。（卷二：「花妥鶯捎蝶，溪喧獺趁魚」下）」並不刻意去描摩那份閒情與如畫的景緻，而自有其妙趣。

五、滋味品賞

須溪亦好賞玩詩中之「滋味」，喜在評語中加入其品詩之後的餘「味」，諸如此類的杜詩評語不勝枚舉，聊舉

數例明之：

> 上下亦通有味。（卷二：〈病後過王倚飲贈歌〉
> 「老馬為駒總不虛」下）
>
> 無緊要，有風味。（卷二：〈驄馬行〉「銀鞍卻覆
> 香羅帕」下）
>
> 真率有味。（卷七：〈漫成二首〉之二「讀書難字
> 過」下）
>
> 結細潤有味。（卷八：〈水檻遣心二首〉之二末
> 「淺把涓涓酒，深憑送此生」下）
>
> 纏纏有味。（卷十四：〈除草〉「芒刺在我背，焉
> 能待高秋」下）
>
> 無味。（卷十三：〈往在〉「天子惟孝孫」下）

「滋味」說本始於鍾嶸，是對於詩細細玩味得來的美感，
須溪將「味」又分「風味」、「真率」、「細潤」、「纏
纏」，相當細膩。美感本是由感性的形式而引起心靈愉悅
的高度精神活動，「味」原本是屬於食物觸發口舌引的感
覺，用在音樂或引起性靈愉目悅耳之感的「味」，可上溯
到西周，《左傳》中便記載「聲亦如味」，使味覺顯示了
音樂美感作用於感官得來的審美概念。宋畫家宗炳以老莊
美學思想來闡發繪畫理論云：「聖人含道應物，賢者澄懷
味象。[26]」進一步將「味」與藝術形象的「象」結合起
來，詩人在中儘可以營造出一份具有美感的形象，使賞詩
者吟詠再三，咀嚼玩味並低迴不已。在宗炳之後的陸機、
劉勰也都曾以「味」作為審美概念表述解[27]，但是較須溪

註26 見宗炳《弘明集》〈畫山水序〉。

註27 例如：陸機〈文賦〉：「或清虛以婉約，每除煩而去濫，闕大羹之
遺味，同朱絃之清氾。雖一唱而三嘆，固既雅而不豔。」劉勰《
文心雕龍》〈宗經〉：「根深槃深，枝葉峻茂，辭約而旨豐，事

在此提出的「味」不同，陸、劉要求詩賦的內容、語言形式、表現技巧都要有「味」，以便能符合詩賦創作和批評賞鑑的原則；須溪在此則不刻意作多方面的嚴正要求，僅以引起當下直感爲意，只要是能夠「率意自道」、「隨事紀實」、「時時處處妙意皆可拾得」[註28]的滋味，便是爲須溪所津津樂道的詩句。

肆、須溪評點美學對後世的影響

綜上所論，須溪的評詩觀念相當通活，不盡依注，亦不強作解人，也不作逐字逐句的批閱，所評以七言詩爲多，五絕則幾無所評。讀杜之後，發之爲清新的評語。大原則是觀詩不信注[註29]，因爲注解有時反而會造成誤解，弄巧成拙。詩自有其多義性，須反覆揣摩作者的用心，以得到真正的詩旨。可見須溪所作的只是導引鑑賞的工作，而非權威性的論斷。[註30] 在須溪用力取捨以批覽杜詩之際，拋開了無謂的典故考證，直透老杜神髓，堪可稱識老杜者。

須溪生在南宋之末，文論方面，其「自然說」不乏得自歐、蘇之軌跡，講求別有會心、不加矯飾，而且早在鍾

近而喻遠，是以往者雖舊，餘味日新。」
[註28] 語見《須溪集》〈陳生詩序〉。
[註29] 在《增刊校正王狀元集諸家注分類東坡先生詩》卷十九〈用前韻再和霍大夫〉評曰：「虎頭謂處州而注指常州，觀詩信註，豈不謬哉！」
[註30] 但須溪亦非完全否認注解的功用，如果注解能使讀者更了解詩旨，則不廢注解，否則盡信注不如無注。

嶸《詩品》序中已有「觀古今勝語，多非補假，皆由直
尋」之語，這種「隨事紀實」的自然素樸已有形跡可循，
故在後世論真情、主性靈這點上，須溪對後人的影響不算
大；他真正能給予後人啟迪的在二方面：一是其鑑評觀，
二為實踐鑑評理論的評點式批評法，這種不爲傳統所句的
觀點，施於杜詩之中，尤具開創意義。自須溪之後，繼起
評杜者甚多，據周采泉《杜書集錄》所蒐羅，明、清兩代
著錄之評杜選集便有一百零三本之多[註31]包括箋注、輯注、
集評等，皆須溪之餘緒。

須溪評點的手法可影響竟陵派甚大，明代之文學批評
十分蓬勃，批評界可分二大派，主復古的擬古派與主性靈
的反擬古派，呈現互相遞代之情勢。前後七子主張「文必
秦漢、詩必盛唐」，唯古是尚的觀念，使之走上字擬句
比、近乎剽竊的道路，引起公安派、竟陵派的反動，標舉
性靈，尤以竟陵派之訴求與須溪的評點手法最接近，認爲
古人詩中存有性靈，故於鑑賞時，追求「幽情單緒」、
「孤懷」、「孤詣」[註32]，其實賞詩追摩古人幽情的態
度，正是須溪所反覆強調的，認爲大家數之詩不必拘於一
義，讀者只要意於心，而能各隨所得，有用於己即可，因
此有所謂「斷章取義」，但是須溪並未界定何作者深意及

註31 見周采泉《杜書集錄》（下），上海，上海古籍，1986 年，頁
　　 511-604。
註32 如鍾惺《詩歸》序云：「真詩者，精神所爲也，察其幽情單緒，
　　 孤行靜寄于喧雜之中，而乃以其虛懷定力，獨往冥游於寥廓之
　　 外。」（《隱秀軒集》）譚元春《詩歸》序亦云：「夫真有性靈之
　　 言，常浮出紙上，決不與眾言伍，……夫人有孤懷，有孤詣，其名
　　 必孤行於古今之間，不肯遍滿寥廓。」（《新刻譚元夏合集》卷
　　 八）

創作時的初心、本意，是竟陵派將之窄化成狹義的性靈—
孤懷孤詣，因此竟陵派充斥著失之斷章取義、穿鑿附會的
鑑賞理論，玩索於字句間，以致陷入尖新冷峭的窄路，無
怪乎錢牧齋視須溪、竟陵派為邪說異端，評之曰：「近日
之評杜者，釣深抉異，以鬼窟為活計，此辰翁之牙後慧
也。」（《讀杜小箋》序）又如明代單復：「余乃知辰翁
所評，大抵止據一時己見而言，亦未明作者立言之旨
意。」（《讀杜愚得》）明末王夫之亦云：「一部杜詩為
劉會孟湮塞十之五，為千家註沈埋者十之七，為謝疊山、
虞伯生汗衊更無一字矣！（《薑齋詩話》）」宋人論詩作
品中，錢牧齋最不喜須溪，也難怪鑑賞態度受其影響的竟
陵派要遭錢牧齋大加撻伐了。

評點風氣打開後，對明代評點之學最具貢獻的有思想
家李贄，戲曲家渭、湯顯祖、陳繼儒並大力推展，將評點
之學的領域由詩文擴展當時新興文體——小說和戲曲——
的批評。後繼者最為得力的是金聖嘆，雖以批才子書之筆
調評杜，為時人所譏，但頗能道出杜詩竅要。

聖嘆受須溪影響較大的仍在鑑評態度及方法上，《唱
經堂杜詩解》云：「看詩在尖頭上追出當時神理來。」[註33]
思欲由字句之間尋索古人的性靈，此必須經細讀而得。其
所評杜詩勝於其他「才子書」，便是因評杜之中仍不創
見，補時人注杜之不足。如以「分解說」—起承轉合—說
詩，於評杜詩前，每首詩先於題目之後作題解，次就全詩
以四句為一段分段解說，他認為唐人詩多句為一解，故雖
律亦必分作二解，若長篇則或作數十解，聖嘆之評不僅將

[註33] 卷一〈與李十二白同尋范十隱居〉十九。

鑑賞結果告訴讀者，還要將鑑賞過程一一呈現出來，解詩
著重在構思、作法、承接照應關係，因此他創起承轉合之
法以解詩，比須溪更重視結構、章法，分肌析理，解說詳
透，試圖探討出古人神理，原因便在於他不喜「詩之妙處
在可解不可解之間」的說法，而要將金針度與人。

　　試看《四庫提要》卷一六五評《須溪集》之云：
　　　　……論詩評文往往意取尖新，太傷佻巧，其批點如
　　　　杜甫集、世說新語及班馬異同諸書，今尚有傳本，
　　　　大率破碎纖仄，無裨來學。
這是對須溪評詩之整體性論斷，認為他的批評著眼點往往
「尖新」，有失雅正，這是官修之書難免出現的傳統觀
念，未免失之偏頗。其實如前所述，須溪承襲了歐、蘇以
來籠罩文壇的「自然說」，一貫文學主張並不標舉纖巧，
亦不取尖新奇險，而貴真情，以自然平易的風格為尚。至
於實際批評，常能不依黏於傳統箋注，發人所未發，提要
謂「意取尖新，太傷佻巧」，或因此而發；然其評點確實
不成體系，故招致「破碎纖仄」之譏尚可理解，「無裨來
學」則失之太過了。

伍、結語

　　評點原為取便科舉之作，須溪能擴大其價值，使之足
以啟發指引後學，以得古人不傳之妙，革新了兩宋注杜煩
瑣的弊病，須溪之評猶如杜詩學的一股清流。

　　在須溪的理念中，內容貴真情流露，外現方式爲率意自道，隨事紀實，以自然樸的風格爲宗；實際評點中，也受當時風氣的影響，講究用字遣詞、詩法等創作的細節，最難能可貴的是，評杜時掌握了杜詩中的要義，最大限度地保持杜詩原有的意味，而不隨俗加以繁注。但這種品評方式也是對讀者很高的考驗，因爲評點者對文本的領會往往是主觀的，如果評點者體會不同，提出一些並不恰當的境界作爲指涉，則讀者莫測高深，無訴諸理性的分斤，這也是須溪招致非議最多之處。但對杜詩學而言，須溪的確開啓了選雋解律、析奇評賞之風，他獨特的閱讀方式，也啓迪了後人的詮釋角度。

參考文獻

一、基本書目

1、杜甫撰、劉辰翁評《杜子美詩集》，台北，國家圖書館館藏善本（明末葉刊本）。
2、杜甫撰、劉辰翁評《集千家評點杜工部集》，台北，商務印書，1981 年。
3、杜甫撰、劉辰翁評、高楚芳編《集千家批點補遺杜工部詩集》，台北，大通書局。
4、劉辰翁《須溪集》，文淵閣四庫全書本，台北，台灣商務印書館。
5、劉辰翁《劉須溪先生記鈔》，台北，國家圖書館館藏善本（明天啓刊本）。
6、錢謙益《錢牧齋先生箋註杜詩》，台北，中華書局，1967 年，台 1 版。
7、朱鶴齡《杜工部詩集》，台北，中文出版社，1981 年。

8、吳瞻泰評選《杜詩提要》，台北，大通書局，1974 年。

9、劉將孫《養吾齋集》，四庫全書珍本初集，台北，台灣商務印書館。

9、楊倫《杜詩鏡詮》，台北，藝文印書館，1978 年。

10、黃宗羲《宋元學案》，台北，世界書局，1983 年。

11、陳振孫《直齋書錄解題》，上海，上海古籍，1987 年。

12、方回《瀛奎律髓》，四庫全書珍本，台北，台灣商務印書館。

13、呂祖謙《古文關鍵》，台北，藝文印書館，1966 年。

14、萬斯同《宋季忠義錄》，台北，新文豐出版社，1988 年。

15、程敏政《宋遺民錄》，台北，新文豐出社，1983 年。

16、學海編輯部《杜甫年譜》，台北，學海出版社，1981 年。

二、專書

17、郭紹虞《中國文學批評史》，台北，文史哲出版社，1990 年。

18、羅根澤《中國文學批評史》，台北，學海出版社，1990 年。

19、王運熙、顧易生《中國文學批評史》，台北，五南圖書公司，1991 年。

20、張健《中國文學批評》，台北，五南圖書公司，1984 年。

21、洪修平《中國禪學思想史》，台北，文津出版社，1994 年。

22、簡師思定《清初杜詩學研究》，台北，文史哲出版社，1986 年。

23、張師夢機《讀杜新箋－律髓批杜詮評》，台北，漢光文化公司，1987 年。

24、康師來新《晚清小說理論研究》，台北，大安出版社，1996 年。

25、朱自清《古典文學論文集》，台北，源流出版社，1982 年。

26、蘇文婷《宋代遺民文學研究》，台北，學生書局，1979年。

27、杜松柏《禪學與唐宋詩學》，台北，黎明文化公司，1978年。

28、馬以鑫《接受美學新論》，上海，學林出版社，1995年。

29、高辛勇《修辭學與文學閱讀》，北京，北京大學出版社，1997年。

30、喬治•布萊《批評意識》，郭宏安譯，南昌，百花文藝出版社，1993年。

31、賈文昭、徐召勛《中國古典小說藝術欣賞》，台北，里仁出版社，1984年。

32、龍協濤《文學讀解與美的再創造》，台北，時報文化公司，1993年。

33、龔鵬程《文學批評的視野》，台北，大安出版社，1990年。

34、龔鵬程《江西詩社宗派研究》，台北，文史哲出版社，1983年。

35、葉維廉〈出位之思－媒體及超媒體的美學〉收錄在《中國詩學》，北京：三聯出版社，1996年。

36、孫遜〈明清小說評點派的傳統美學觀〉，收入《明清小說論稿》，上海，上海古籍出版社，1986年。

三、學位與期刊論文

37、陳萬益《金聖嘆的文學批評考述》，台北，台灣大學中文所碩士論文，1973年。

38、李文赫《金聖嘆文學批評理論之研究》，台北，政治大學中文所博士論文，1999年。

39、中村加代子《劉辰翁文學批評研究》，台北，台灣大學中文所碩士論文，1983年。

40、郭玉雯《宋代詩話的詩法研究》，台北，台灣大學中文所碩士論文，1988年。

41、吳承學〈評點之興　文學評點的形成和南宋的詩文評點〉，《文學評論》，1995 年第 1 期。

42、單德興〈試論小說評點與美學反應理論〉，《中外文學》，1991 年 8 月，第二十卷第三期。

43、張隆溪〈經典在闡釋學上的意義〉，《中國文哲研究通訊》第九卷第三期，1999 年。

44、譚帆〈論中國古代小說評點之類型〉，《文學遺產》，1999 年第 4 期。

45、黃孝光〈遺民詞人劉辰翁之生平與詞風〉，《木鐸》，1980 年第 9 期。

鄭經撰《東壁樓集》考

龔顯宗
國立中山大學中文系教授

摘要：

　　《東壁樓集》是台灣有史以來的第一部別集，於 1674 年在泉州出版。自中研院史語所研究員朱鴻林據《東壁樓集》的自序，斷定作者爲鄭經；本文著者並更進一步，細讀《東壁樓集》，參以史籍，從自序與集裏的四百八十首詩裡，尋覓更充份可靠的證據，補強朱氏的論點。本文雖屬短小精幹，但從文中論證過程的周密，足可見出著者是秉持著治學嚴謹的態度精心結撰的；細讀本文，足可作爲學術人生的一面借鏡。

關鍵詞： 鄭經、《東壁樓集》

壹、前言

　　《東壁樓集》是台灣有史以來第一部別集， 1674 年在泉州出版，朱鴻林據此書自序，斷定作者爲鄭經[註1]，筆者非常同意他的看法，故細讀此書，參以史籍，從自序與集裏的四百八十首詩尋覓更充份可靠的證據補強朱氏的論點。

[註1] 朱鴻林〈鄭經的詩集和詩歌〉，《明史研究》第 4 集，黃山書社，1994 年 12 月，頁 213 至 214。

貳、從作者自序證明

《東壁樓集》原本現藏於日本內閣文庫,台灣國家圖書館和中央研究院有影印本,未署作者姓名,日本《內閣文庫漢籍分類目錄》定為「明朱由榔」,《京都大學人文科學研究所漢籍目錄》著錄為「明潛苑主人」。

《內閣文庫》絕對是錯的,因朱由榔就是桂王(即永曆帝),已於永曆十六年(康熙元年,西元 1662 年)遭吳三桂絞殺,怎能於甲寅歲(西元 1674 年)自撰序文?京都大學人文科學研究所的作法還是較為負責、誠實的,但仍不知「潛苑主人」是誰?

〈東壁樓集・自序〉一言:「先王賓天,始出臨戎,嗣守東寧,以圖大業。」二言:「無非西方美人之思」。三言:「余爰整大師,直抵閩疆,思恢復有期,毋負居東吟詠之意。」四言:「永曆甲寅歲夏六月潛苑主人自識」,都透露了作者便是鄭經。

就第一點言,「東寧」即台灣,荷蘭人於永曆十五年「十二月初三日率殘兵千人而去。」[註2]鄭成功「以熱蘭遮城為安平鎮,改名王城。」「赤嵌城為承天府,總曰東都

[註2] 連橫《台灣通史》卷一〈開闢紀〉,台北,眾文圖書公司,1979 年 5 月。

。」[註3]十八年八月，鄭經改東都爲東寧[註4]。《清史稿》也說鄭經於康熙三年「改東都為東寧國」[註5]，康熙三年即永曆十八年。潛苑主人所云「先王」就是其父鄭成功，嗣守東寧，以圖恢復明室者不是鄭經是誰？

　　就第二點言，所謂「西方美人」當指賢者、盛王，是政治上的理想人物，必爲桂王或明室苗裔。《清史稿》云：「成功乃號台灣為東都，示將迎桂王狩焉。」[註6]所以儘管驅荷克台之初，有桂王被「殺」、「幽」或「遁」的傳聞，但依然奉朔。永曆十七年正月，「滇城訃至，經猶奉朔稱永曆。」[註7]二十八年五月，帶兵西征，依然奉永曆正朔。朔望必朝之外，「每有封拜，輒朝服北向，望永曆帝座，疏而焚之，君雖不在，不敢忘也。」[註8]三藩亂起，猶致書吳三桂，勸他立先帝苗裔，號召人心。[註9]隨事吟詠，都以「西方美人」爲對象，十年不易其志，作者非鄭經莫屬。

　　就第三點言，在甲寅歲率領大軍，直抵閩疆，以恢復爲職志，不負居東之意，而以「東集」名書，除鄭經外不作第二人想。

[註3]　同註2，卷二〈建國紀〉。
[註4]　同註3。
[註5]　趙爾巽等《清史稿》卷二二四〈列傳十一・鄭經傳〉，北京，中華書局，1997年12月。
[註6]　同註5，〈鄭成功傳〉。
[註7]　同註3。
[註8]　同註2，卷十〈典禮志・慶賀〉。
[註9]　同註3，又見《台灣外記》，台南，台南文化出版社，1956年，頁211。

　　就第四點言，鄭經於永曆二十八年五月渡海而西，駐思明，六月，入泉州。泉州自唐以降，商業發達，人文薈萃，將《東壁樓集》付諸剞劂，是最恰當的事。「潛」有深藏之意，《易・乾》云：「潛龍勿用。」以臥龍自許，希望有朝一日高騰海東、遍飛九州，兼寓訪求待賢的「潛苑」主人必是鄭經無疑。

参、從內容證明

一、就作者口吻言：

　　「我今興王師，討罪民是啍。」（卷二〈獨不見〉）
　　「為羅毆雀者鸇，為我毆民者桀。」（卷一〈野田黃雀行〉）
　　「聽潮思擊楫，夜雪憶平吳。遵養待時動，組練十萬夫。」（卷一〈不寐〉）
　　「猶須武宣威力，一曲長歌奏凱聲。」（卷四〈口永昔年北征〉）
　　「龍伏紫淵猶未出，鳳棲碧樹且慢艸。待時若遇紅雲起，奮飛高騰大海東。」（卷四〈自嘆〉）
　　「國中庶事分司掌，永日歌吟神自休。」（卷四〈終日無心長自閒〉）
　　「聽政餘閒覺寂寞，寄情山水墨翰筵。」（卷四〈東壁樓〉）
　　「濱海九州化未霑，勞心終日不垂簾，……國中庶事

閒餘刻，寄意山川禿筆拈。」（卷四〈寫意〉）

「盡裹華夷垣掖內，中原只似一團壺。」（卷四〈地盡天水合〉）

「定鼎寧都大海東。」（卷四〈題東寧勝境〉）

「漏盡更新令，春暉照萬邦。」（卷五〈駐師澎島除夜作得江字〉）

「願掃腥膻幕，悉恢燕鎬京，更開朝貢路，再築受降城。」（卷五〈聞西方反正喜詠得誠字〉）

「眾星待月明，明月自孤行，猶似一人出，掃除天下平。」（卷七〈偶吟再續〉）

「愧無引咎成湯效，休羨歌薰大舜琴；惟冀雲行膏澤沛，群黎洗淨舊憂心。」（卷四〈望雨〉）

「昊蒼若憫萬黔苦，早賜飛雲觸石天。」（卷八〈祈雨未應自罪三章〉之一）

「俯看吾民哀謳苦，一聲呼雨一聲天。」（卷八〈祈雨未應自罪三章〉之二）

「罪深山重災燼，映我拜黎如此窮。惟望昊天憐萬姓，罪愆責過在予躬。」（卷八〈祈雨未應自罪三章〉之三）

當時在東寧國可組練十萬士卒，興王師、弔民伐罪的王者，除了鄭經還有他人嗎？在竹滬墾地的寧靖王朱術桂能嗎？不預政事的魯王世子朱桓、瀘溪王朱慈曠、巴東王朱江、樂安王朱俊、舒城王朱著、奉南王朱火喜、益王朱鎬等行嗎？

勞心聽政、庶事分司、宣慰部將、定鼎寧都、志復燕京、以伏龍棲鳳自許，要統一華夷的捨鄭經其誰？「為我

毆民者羌」、「猶似一人出，掃除天下平」、「俯看吾民
哀謳苦」、「映我群黎如此窮」這口吻不是當時的最高領
導者嗎？欲闢朝貢路、效成湯自責在東寧還有第二人嗎？

二、從詩中人物看：

《東壁樓集》出現的名字有復甫、正青，前者為陳永
華字，受鄭成功重用，鄭經師事之[註10]，故不直呼其名；後
者為李茂春字，善屬文，鄭經邀他入台，人稱李菩薩，頗
受禮敬[註11]。又〈和柯儀賓侍遊潛苑詠〉二首也足以證明作
者的身份，因儀賓是指明朝郡王之婿，可為國王之賓。當
時經女年幼，尚未適人，所以侍遊潛苑的必是成功長女婿
柯良。

三、從詩中建築物看：

鄭經以「東壁樓」名集，也一再以此為題創作，必非
無因。《晉書‧天文志》云：「東壁二星，主文章，天子
圖書之秘府也。」張說〈恩敕麗正殿書院賜宴應制得林字
〉云：「東壁圖書府，西園翰墨林。」東壁樓為當時東寧
國最大的官府圖書館，是延平郡王府的一部份，其主人當
然是鄭經了。

[註10] 註2，卷二十九〈陳永華列傳〉。
[註11] 鄭經詩稱李茂春字（正青）而不名，〈和陳復甫贈李正老對酒春園
作〉（《東壁樓集》卷四）也足見二人與陳永華之相得。

四、從詩中之「時」來看：

〈罷鏡〉云：「三十歲來節，面色同鏡蔫。」〈秋日書懷〉云：「避塵島上春十更。」〈偶見題〉云：「十年存白髮。」鄭經因廈門、金門、南澳、銅山盡失，遂引餘眾於永曆十八年春入台，至二十八年始率軍西征，前後剛好十載。

綜合來看，鄭經繼承其父反清復明之志，眷懷朱明：「舊國中宵還入夢。」（〈江山非故園〉）生聚教訓，勵精圖治，志切復國：「嘗膽臥薪思越主，復仇雪恥憶吳娃。」（〈嘹嚦黃昏知鳥過〉）期能驅逐韃虜，獲致和平：「樓頭鼓角悲猿淚，塞外笙笳泣婦聲，何日胡庭能掃靖，盡封武庫舊戈兵。」（〈塞上秋〉）他統治台灣十九年，夙夜匪懈，以「漢臣」自居[註12]，得到輿論的讚揚[註13]。

肆、結語

以上從《東壁樓集》自序與詩證明嗣守東寧，十載之後揮師西征，於泉州刊刻所作，以明己志的「潛苑主人」

[註12] 〈題東壁景自敘〉云：「試問閣中誰隱者，昔日先朝一漢臣。」（《東壁樓集》卷八）

[註13] 夏琳：「嗣王位十九年，雖得七府，雄據一方，而終身稱世子，

就是鄭經。彭國棟《廣臺灣詩乘》謂經「嗣位後，頗事吟詠，而集（《延平二王遺集》）中所收僅如此，知其遺落尚多也。」原來遺落的就是這部《東壁樓集》。

參考文獻

1、朱鴻林〈鄭經的詩集和詩歌〉，《明史研究》第 4 集，黃山書社，1994 年 12 月，頁 213 至 214。
2、連橫《台灣通史》卷一〈開闢紀〉，台北，眾文圖書公司，1979 年 5 月。
3、爾巽等《清史稿》，北京，中華書局，1997 年 12 月。
4、《台灣外記》，台南，台南文化出版社，1956 年。
5、鄭經《東壁樓集》。
6、《海紀輯要》。

奉明正朔不少變，輿論稱之。」（《海紀輯要》頁 67）

沈德潛「格調說」義蘊初探
——以杜甫〈蜀相〉為例釋論

林健群

親民工商專科學校國文組講師

摘要：

　　傳統詩歌理論到了清代總結為「神韻說」、「格調說」、「性靈說」三大流派，其中探究沈德潛「格調說」的淵源，可上溯宋代嚴羽《滄浪詩話》，歷經明代李東陽、李夢陽、王世貞等人詩論影響，與請詩學於葉燮，沈德潛提出以雄渾宏壯風格與溫柔敦厚詩教為指導的詩歌理論，強調詩人學養襟抱，反對遊戲淫靡之作，並藉由比興互陳，議論含情的手法達顯詩教之旨。詩人之中，又以李杜為標榜，今假「格調說」意蘊考杜甫〈蜀相〉一詩，除充分體現杜詩情景相融，用字精練之體格，聲調韻諧之講究，更見杜甫風標品格之清偉。而本詩比興互陳的手法，議論入詩兼帶情韻的技巧，亦為歷代詩論所推崇。

關鍵字：沈德潛、格調說、杜甫、蜀相

壹、前言

　　詩的極致在於求真、求善、求美。詩人們的創作無不致力朝這三方面講究，在各自偏好的情況下，到了清代形成三大主要詩論流派，分別為：王士禎的「神韻說」，主要求詩之「美」；沈德潛的「格調說」，主要求詩之「善

」；袁枚的「性靈說」，主要求詩之「真」。清代這三大詩歌理論學派，也是中國古代傳統詩歌理論的總結[註1]。這三大理論各有支持者及其源流，本文主要僅就「格調說」的理論及淵源進行陳述，同時杜甫詩作所流露的正性善情，是格調派所推崇的，因此本文以杜甫〈蜀相〉一詩為例，與「格調說」理論相對照印證，以提供教師講授之參考。

貳、沈德潛「格調說」的理論淵源及義蘊

一、「格調說」產生之時代背景

沈德潛為清乾隆四年進士，曾任內閣學士兼禮部侍郎，以詩學得乾隆皇帝的賞識。此時正當太平盛世，清王朝對知識份子採取籠絡與鎮壓的雙重政策，加強了封建思想之統治。乾隆皇帝更欽定《唐宋詩醇》鼓吹「忠愛思想」、「溫厚平和」為制定詩歌批評之標準。此時沈德潛以盛

[註1] 吳宏一認為：「清人論詩，好立門戶，又喜調和，故雖有肌理、神韻、格調、性靈、肌理諸說……然其論詩主張實大同小異、相差無幾。」郭紹虞云：「肌理說與神韻格調性靈三說有一大不同之點，即神韻等三說，都不始於清代，而是到清代，經漁洋歸愚隨園諸家之闡發，始得大成，而別立宗派的。至肌理之說，可說是始於清代。所以論神韻等三說可以溯其淵源，而肌理之說，則不重在淵源而重在影響。」故本文以詩學傳統著眼，僅取神韻等三說。語見吳宏一《清代詩學初探》頁 282。郭紹虞〈肌理說〉《國文月刊》43、44期合刊頁 27，重慶，國文月刊社，1946 年 6 月 20 日。

唐李白、杜甫爲標榜，提倡雄渾宏壯格調[註2]與溫柔敦厚詩教[註3]，正是爲表現盛世之音及鞏固封建統治服務的目的，與乾隆論詩主旨相符合，爲臺閣詩人之典型。

二、「格調說」的理論淵源

清代詩壇自王士禎主神情員味，發揮爲「神韻說」，取徑本狹，又末流多成虛響；故後人或據以修正，或另創新說，論詩之風大起。沈德潛之「格調說」不以專主神韻爲然，兼重魄力雄大之作，對「神韻說」多所修正[註4]，然其理論除年少受詩於葉燮外[註5]，亦有傳統淵源可循，推究如下：

（一）宋・嚴羽

[註2] 沈德潛在〈重訂唐詩別裁集序〉起首便言：「新城王阮亭尚書，選《唐賢三昧集》，取司空表聖『不著一字盡得風流』，嚴滄浪『羚羊掛角，無迹可求』之意，蓋味在鹹酸之外也。而於杜少陵所云『鯨魚碧海』，韓昌黎所云『巨刃摩天』者，或未之及，吾因取杜、韓語意定唐詩別裁，而新城所取，亦兼及焉。」語見沈德潛《唐詩別裁集》頁3。

[註3] 沈德潛感於「時賢之競尚華辭者，復取前人所編穠纖浮艷之習，揚其餘燼，以易斯人之耳目」，遂倡言溫柔敦厚之詩教，「大約去淫濫以歸雅正，於古人所云微而婉，和而庄者，庶幾一合焉……同志者往復是編而因之以遞親乎風雅。」語見沈德潛《唐詩別裁集》〈唐詩別裁集原序〉頁1、2。

[註4] 同註2。

[註5] 沈德潛於康熙卅七年請詩學於橫山並深受影響。參閱胡幼峯《沈德潛詩論探研》〈師承〉一節，頁12-13。

嚴羽推崇盛世之音，《滄浪詩話·詩辨》提到「詩之法有五，曰體製、曰格力、曰氣象、曰興趣、曰音節。」[註6]，正為「格調說」所強調取法。嚴滄浪在具體評論作家作品上，還沿用《文心雕龍》的「風骨」。「風骨」指的是文章具有明朗剛健的風格。總括說來，嚴滄浪要求詩歌風格應該是雄渾壯闊而不鋒芒畢露，含蘊深妙而不雕琢奧僻，質樸自然而不淺俗浮薄。

（二）明·李東陽

李東陽論詩，重法度音調，其主要精神大抵祖述嚴滄浪。其在《麓堂詩話》曾提到：

> 詩必有具眼，亦必有具耳。眼主格，耳主聲。聞琴斷，知為第幾絃，此具耳也；月下隔窗辨五色線，此具眼也。[註7]
> 長篇中須有節奏，有操，有縱，有正，有變。若平鋪穩布，雖多無益。唐詩類有委曲可喜之處，惟杜子美頓挫起伏，變化不測，可駭可愕，蓋其音響與格律正相稱。[註8]

可見李東陽強調格調與聲調；情思與語言即是格調，情思與音韻便是聲調。

（三）明·李夢陽

[註6] 語見嚴羽著、郭邵虞校釋《滄浪詩話校釋》頁5，台北，東昇出版事業有限公司，1980年，初版。

[註7] 語出李東陽《麓堂詩話》，收錄於丁福保輯《歷代詩話續編》頁1371，台北，木鐸出版社，1983年，初版。

[註8] 同上註，頁1373。

　　李夢陽認爲宋人無詩，主張學詩於唐，學賦於唐漢之上，而他所要學習的主要在格調。所著〈潛虬山人記〉中揭示「詩有七難，格古，調逸，氣舒，句渾，音圓，思沖，情以發之，七者備而後詩昌也。」[註9]又於〈駁何氏論文書〉說：

> 柔澹者，思。含蓄者，意也。典厚者，義也。高古者，格。宛亮者，調沉著。雄麗清峻閒雅者，才之類也。而發於辭，辭之暢者，其氣也。中和者，氣之也。[註10]

（四）明・王世貞

　　和李夢陽一樣，王世貞也是堅持「文必秦漢，詩必盛唐」的觀點。在《藝苑卮言》中說：「才生思，思生調，調生格。思即才之用，調即思之境，格即調之界。」[註11]將才、思作爲格調基礎。可見至王世貞時雖強調格調，然已慢慢重才思甚於格調了。

（五）清・葉燮

　　關於詩人之本，葉燮《原詩》：

> 大凡人無才則心思不出，無膽則筆墨畏縮，無識則

註9　語見李夢陽《空同先生集》頁1371，台北，偉文圖書出版社有限公司，1976年，初版。
註10　同上註，頁1739。
註11　語見王世貞《藝苑卮言》卷一，收錄於丁福保輯《歷代詩話續編》頁964，台北，木鐸出版社，1983年，初版。

不能取舍，無力則不能自成一家。[註12]
指出才、膽、識、力的重要。又言：

> 詩之基，其人之胸襟是也。有胸襟，然後能載其性
> 情智慧，聰明才辨以出，隨遇發生，隨生即盛。[註13]

點出胸襟，即詩人的思想品格和氣魄，爲能否寫好詩的基
礎或關鍵。

三、關於「格調說」

（一）「格調說」的義蘊

1、體格和聲調

體格和聲調乃風格也。而「格調說」在風格上要求雄
渾宏壯，由以上「格調說」之淵源看，郭紹虞將其作了一
個比較：

> 滄浪所論偏於詩之風格，而西涯所論則重在詩之抑
> 揚抗墜之處，所以滄浪之推尊李杜，在其氣象，而
> 西涯之推尊杜甫，在其音節之變化。[註14]

因此，「格調說」在風格上希望能達到如杜甫所言「鯨魚
碧海」，即韓愈所言「巨刃摩天」之氣慨。

2、風標和品格

[註12] 語見葉燮《原詩》卷一〈內篇上〉，收錄於王夫之等撰、丁福保
編《清詩話》頁 571。
[註13] 同上註，頁 572。
[註14] 語見郭紹虞《中國文學批評新論》頁 292。

　　風標和品格是指文章內涵上的高格調。沈德潛《說詩
晬語》言：

> 有第一等襟抱，第一等學識，斯有第一等真詩。如
> 太空之中，不著一點；如星宿之海，萬源湧出；如
> 土膏既厚，春雷一動，萬物發生。古來可語此者，
> 屈大夫以下數人而已。[註15]

指出了詩與學識、襟抱之間的重要關聯。因此，風標品格
已不單純指文字而言，更散發出詩人本身的品格與襟抱。

3、具體落實在盛唐李、杜雄渾宏壯的風格與詩經風雅之旨

　　沈德潛《說詩晬語》：

> 詩之為道，可以理性情，善倫物，感鬼神，設教邦
> 國，應對諸侯，用如此奇重也。……然必優柔漸漬
> ，仰溯風雅，詩道始尊。[註16]

明白指出詩需具有教化功能，而今雖「詩教遠矣」，後之
學者「但知尊唐而不上窮其源」，以致格局狹隘，識見短
淺，故力陳詩教，以重振詩道。又以李白、杜甫的詩最能
反映出這一點，宋代姜夔《白石道人詩話》：「詩有出於
風者，出於雅者，出於頌者。屈原之文，風出也；韓柳之
詩，雅出也；杜子美獨能兼之。」[註17] 因此，「格調說」
在內容上是具體落實在盛唐李、杜雄渾宏壯的風格與詩經
風雅之旨。

[註15] 語見沈德潛《說詩晬語》卷上，收錄於王夫之等撰、丁福保編《
　　清詩話》頁 524。
[註16] 同上註，頁 523。
[註17] 語見姜夔《白石道人詩話》，收錄於魯質軒輯《杜工部詩話集錦

4、反對流連光景，緣情綺靡之作

　　沈德潛〈清詩別裁集‧凡例〉：「詩之為道，不外孔子教小子教伯魚數言，而其立言，一歸於溫柔敦厚，無古今一也。」[註18]。又於〈重訂唐詩別裁集序〉云：「他如任華、盧仝之粗野，和凝香奩詩之褻嫚，與夫一切生梗僻澀及貢媚獻諛之辭，概排斥焉。」[註19] 強調「至於詩教之尊，可以和性情，厚人倫，匡政治，感神明」[註20]，可見「格調說」要求詩的內容需溫柔敦厚，更需有關國計民生或關懷人性，而非對空虛嘆或風花雪月的遊戲排遣。

（二）格調派藝術技巧

1、比興互陳

　　葉燮《原詩》：
　　　　千古詩人推杜甫，其詩隨所遇之人、之境、之事、之物，無處不發其思君主、憂禍亂、悲時日、念友朋、弔古人、懷遠道，凡歡愉、幽愁、離合、今昔之感，一一觸類而起，因遇得題，因題達情，因情數句，皆因甫有其胸襟以為基。[註21]
　　沈德潛《說詩晬語》更言：

》頁 30。
[註18] 語見沈德潛《清詩別裁集》〈凡例〉頁 1。
[註19] 語見沈德潛《唐詩別裁集》頁 3。
[註20] 同上註，頁 4。
[註21] 同註 13。

> 事難顯陳，理難言罄，每託物連類以形之；鬱情欲
> 舒，天機隨觸，每借物引懷以抒之；比興互陳，反
> 覆唱嘆，而中藏之懽愉慘戚，隱躍欲傳，其言淺，
> 其情深也。倘質直敷陳，絕無蘊蓄，以無情之語而
> 欲動人之情，難矣。[註22]

說明了詩須藉著比興，含蓄的傳達內心各種情感，即使是
批判，也是溫柔敦厚，不帶火氣。

2、議論帶情韻以行

論詩者常認為詩以情致見長，韻味取勝，風神搖曳，
一片天趣，最忌用剛筆，因為剛則不韻，然沈德潛《說詩
晬語》中卻說：

> 人謂詩主性情，不主議論。似也，而亦不盡然。試
> 思二雅中何處無議論？老杜古詩中〈奉先〉、〈詠
> 懷〉、〈北征〉、〈八哀〉諸作，近體中〈蜀相〉
> 、〈詠懷〉、〈諸葛〉諸作，純乎議論。但議論須
> 帶情韻以行，勿近傖父面目耳。[註23]

體現了沈德潛對格調方面的要求，這也說明他的「格調說
」雖與嚴羽、前後七子理論有關聯，但另有自己的見解。
因為反對流連光景、緣情綺靡之作，主張詩為服務社會，
當然須帶議論，但不能平鋪直敘，須帶情韻以行。為達到
此點要求，比興技巧更顯重要。

[註22] 同註15，頁523。

[註23] 語見沈德潛《說詩晬語》卷下，收錄於王夫之等撰、丁福保編
《清詩話》頁553。

參、從「格調說」的義蘊探討〈蜀相〉

一、〈蜀相〉詩寫作背景

　　〈蜀相〉爲杜甫於肅宗上元元年（760 年），初到成都時的作品。此時的杜甫歷經離亂，卻仍深懷著對國家的忠愛，流亡到成都，生活暫獲平靜，搭建草堂後，首先遊謁的就是武侯祠。祠廟前那株相傳爲「孔明手植」的巨柏，經歷年歲滄桑，遒勁挺拔；綠樹叢中黃鸝百轉千啼，自鳴得意。面對年久失修，頹圮破敗的祠堂，追念諸葛亮「鞠躬盡瘁，死而後已」的忠義精神和赫赫功績，不由觸景生情，寫下這一首流傳千古的七律〈蜀相〉。

二、〈蜀相〉詩句賞析

　　　　丞相祠堂何處尋？錦官城外柏森森。映階碧草自春
　　　　色，隔葉黃鸝空好音。三顧頻煩天下計，兩朝開濟
　　　　老臣心。出師未捷身先死，長使英雄淚滿襟。

　　此詩寫景寓含議論。首聯即開門見山，採一問一答，自開自合。開頭一句，以自問起：祠堂何處？繼而回答：錦官城外，柏林之間，蔥蔥鬱鬱，氣象不凡，那就是諸葛武侯祠所在了。

　　頷聯以特寫取景。鏡頭由遠到近，從外部眺望步入祠

堂內部，描述丞相祠堂的內景。「映階碧草自春色」，是
承接第一句的丞相祠堂。碧草映階，足見草深，表明祠堂
乏人管理和修葺，遊人也鮮少參訪。「隔葉黃鸝空好音」
，是承接第二句的古柏森森，黃鸝隔葉，足見樹茂。黃鸝
空作好音，暗寓武侯嘔心瀝血所締造的功業，已被後人遺
忘。兩句寫景襯托出祠堂的荒涼冷落，並點示了感物思人
，追懷先哲的情味。

　　頸聯中的「三顧」，是指諸葛亮在南陽隱居時，劉備
三次登門拜訪的事。「兩朝開濟」，一方面是知人善任，
終始不渝；一方面是鞠躬盡瘁，死而後已；既說明君主託
付之重，更突顯人臣圖報之誠。生動的表達諸葛武侯的雄
才大略與報國苦衷，也鮮明的表現其忠貞不渝和堅毅不拔
的精神品格。杜甫於此鄭重的道出所以景仰諸葛武侯的緣
由。

　　「出師未捷身先死」，指的是相傳諸葛亮為了伐魏，
曾經六出祁山之事。蜀漢後主建興十二年（ 234 年），諸
葛武侯統帥大軍，兵出斜谷，佔據了五丈原　與司馬懿隔
著渭水相持百餘日。八月，病死在軍中。「英雄」，這裡
指包括杜甫自己在內的歷代追憶諸葛亮的有志之士。由這
兩句，可看出杜甫對諸葛亮的崇敬和對其征戰未竟的痛惜
。

三、《蜀相》詩與「格調說」相契合之處

（一）體格和聲調

1、聲調方面

　　聲調乃情思和音韻之結合，杜甫的律詩用字嚴謹，元稹〈唐故工部員外郎杜君墓係銘序〉所稱：

> 至若鋪陳終始，排比聲韻，大或千言，次猶數百，
> 詞氣豪邁而風調清深，屬對律切而脫棄凡近，則李
> 尚不能歷其藩翰，況堂奧乎。[註24]

鮮明的推崇其在聲律方面的偉大成功。明代陸時雍《詩鏡總論》說：「少陵七言律，蘊藉最深，有餘地，有餘情；情中有景，景外含情，一詠三諷，味之不盡。」[註25] 施補華《硯傭說詩少陵七律，無才不有，無法不備。」[註26] 皆指出了杜甫在律詩方面的成就。〈蜀相〉是杜甫一首七言仄起首句押韻的律詩，全詩用上平聲侵韻，韻腳為：「尋、森、音、心、襟」。「ㄣ」韻有綿長的情調，適合表達憂愁之感懷。一三五七句末字「尋、色、計、死」四聲遞用，這是特別講究聲調的杜甫創新與獨到的技巧。值得一提的是，杜甫更打破成規，自創音節，創作出不少拗格的近體詩，簡稱「拗體詩」。所謂「拗體」，就是在平仄的組合上，打破固定的勻整格式，而自創音節的一種近體詩。在〈蜀相〉一詩中，頷聯「映階碧草自春色，隔葉黃鸝空好音。」上句一個「自」字，下句一個「空」字，此二字適為拗格，即「自」本為應為平聲，今故作仄聲；「空」本應仄聲，今故作平聲。彼此互易，構成

[註24] 語見元稹《元稹集》頁 601，北京，中華書局，1982 年，一版。
[註25] 語見陸時雍《詩鏡總論》，收錄於魯質軒輯《杜工部詩話集錦》頁 173。
[註26] 收錄於臺靜農編《百種詩話類編》頁 427。

聲調上的一種變換美。

　　在達情方面，對於「自」字，宋代葛立方《韻語陽秋》已指出杜詩多用「自」字的特色，其云：

　　　　老杜寄身於兵戈騷屑之中，感時對物，則悲傷係之，如『感時花濺淚』是也，故作詩多用一『自』字。田父泥飲詩云：『步屧隨春風，村村自花柳。』遣懷詩云：『愁雲看霜露，寒城菊自花。』憶弟詩云：『故園花自發，春日鳥還飛。』日暮詩云：『風月自清夜，江山非故園。』滕王亭子云：『古牆猶竹色，虛閣自松聲。』言人情對境，自有悲喜，而初不能累無情之物也。註27

清代薛雪《一瓢詩話》中說：

　　　　老杜善用『自』字，……下一『自』字，便覺其寄身離亂感時傷事之情，掬出紙上。不獨此也，凡經老杜筆底，各有妙處。註28

而「空」字，特別襯托出一股淒清的意味，至為沉鬱感人。「自」和「空」兩字的使用，使頷聯的涵義更加豐富。同時，頷聯及頸聯四句的對偶工整而嚴謹，不僅注重聲調韻諧，更兼顧寫景議論。

2、體格方面

　　體格乃情思與語言的結合，全詩首聯兩句一問一答，

註27　語出葛立方《韻語陽秋》，收錄於魯質軒輯《杜工部詩話集錦》頁94。
註28　語出薛雪《一瓢詩話》，收錄於臺靜農編《百種詩話類編》頁397。

貌似平常，實則不然。杜甫以近乎口語化的詩句點出了武侯祠堂的地理位置和古柏森森的環境氛圍，其間一個「尋」字引線穿針，使得一問一答兩相連屬，恰如其份的道出了杜甫急欲瞻仰武侯祠堂的難耐心緒，一面暗示杜甫與諸葛亮雖年代殊隔卻思想相通；一面也替後面的讚頌、痛惜之辭預留伏筆。

　　頷聯則含蓄的吐露了詩人的孤寂，盎然春色，無人欣賞，隔葉黃鸝，獨自高歌，這一切都引人感慨。句句寫景，卻字字含情，詩行中寓靜於動，融情於景，宛轉地流露己身遭逢國家分裂的傷悲，以及企盼早日平叛的冀望。正可謂「詩乃摩情寫景之具，情融乎內而深且長，景耀於外而遠且大」註29，無怪謝榛《四溟詩話》盛讚其：「凡作詩要情景俱工，雖名家亦不易得……少陵狀景極妙，巨細入玄，無可指謫者。」註30

　　頸聯，筆鋒一轉，胸臆直泄，以高度凝煉、警策的語言概括了諸葛亮一生的際遇和輔國功業。透過飽含深情的詩句，我們不僅了解諸葛亮「效忠貞之節，繼之以死」的政治生涯和精神感召，更能領受後人的欽羨仰慕之情。頷、頸二聯，屬對工致，沉鬱頓挫，遣辭平易，卻行文壯闊，瀟灑飄逸，與杜甫另一首頌揚諸葛亮的詩〈八陣圖〉中的「功蓋三分國，名成八陣圖」二句，同聲應和，聯璧生輝。

　　前人說：「詩貴有眼」，末聯兩句是全詩的點睛之筆

註29 語出謝榛《四溟詩話》卷四，收錄於丁福保輯《歷代詩話續編》頁 1221。
註30 同上註，頁 1205。

，可謂〈蜀相〉的「詩眼」。「出師未捷身先死，長使英雄淚滿襟」，絕非一般憑弔和拜謁之辭，落筆沉摯，力透紙背，寫的蒼涼悲壯，催人淚下。前述曾言：滄浪論詩偏向於詩之風格，所以推尊李、杜在其氣象。由此可以看出，杜詩之雄渾宏壯，乃沈德潛「格調說」所追求尊崇的。

（二）風標和品格

司空圖《詩品》於「悲慨」一品中言：

> 大風捲水，林木為摧。適苦欲死，招憩不來。百歲如流，富貴冷灰。大道日喪，若為雄才。壯士拂劍，浩然彌哀。蕭蕭落葉，漏雨蒼苔。[註31]

說明悲傷感慨之所由與引起悲傷的景象。杜甫飽經憂患，觸目所見，在在引其傷悲。在蔣勵材《二十四品近體唐詩選》一書中，將〈蜀相〉一詩列入「悲慨」[註32] 一品中，是很貼切的。諸葛武侯的事蹟，是大家所熟悉的。杜甫一生對諸葛武侯極為景仰，在《杜工部集》中，有關吟詠武侯的詩篇，將近二十首之多。可見其對劉備和諸葛亮的君臣際遇非常讚美，尤其對武侯的壯志未酬更為惋惜。〈蜀相〉一詩既傷諸葛，又隱含自傷不遇，此種悲痛是難以言喻的。作此詩時，杜甫正寓居成都，過著閒散無聊的生活，頗有一種壯志難酬的慨歎和報國無門的苦衷，因此十分羨慕能夠充分施展政治才能並取得輝煌業績的諸葛亮，所以〈蜀相〉一詩也明顯的表現出杜甫渴望積極入世的思想和熾熱的政治熱情。而〈蜀相〉感人之深，也在日後產生

[註31] 見司空圖《二十四詩品》頁 97，台北，金楓出版有限公司，1987年，初版。

[註32] 見蔣勵材編著《二十四品近體唐詩選》頁 190-191。

了深遠的影響，根據史書的記載：唐順宗永貞元年（805年），新進士領袖集團的領袖人物王叔文進行政治革新失敗以後，憤慨的吟詠著「出師未捷身先死，長使英雄淚滿襟。」的名句。又宋高宗建炎二年（1128年），抗金的民族英雄宗澤病危時，也吟詠過這兩句詩。這是因為它具有相當大的概括力，能夠反映那些弘願未遂而含恨辭世的英雄們的普遍心理。

（三）比興互陳

　　本詩題目為〈蜀相〉，而不為〈武侯祠〉，可見杜甫此詩意在寫人而不在祠。然而詩又分明自祠寫起，何也？人物千古，莫可親承；廟堂遺跡，臨風懷想。因「武侯祠」起興而思蜀相，理所當然。一到四句，敘事寫景，因景起興，而頷聯兩句的「自」與「空」二字除了寫景，也是杜甫自比，彷若丞相祠堂的「碧草」、「黃鸝」無人賞識，孤寂傷懷。頸聯轉入議論，由劉備三顧茅廬，禮賢諸葛亮的典故起興，引起感懷，除了仰慕兩人的君臣對待，更發以無窮的感傷，感傷自己仕途的坎坷及欲報無門的悲慨。至於末聯「常使英雄淚滿襟」的「英雄」所指何人？難道僅指「出師未捷身先死」的諸葛武侯嗎？推究杜甫一生，許身社稷，志在匡國。在西南漂泊的時候，痛感朝廷缺少像諸葛亮這樣能匡時濟世之才，來振興國家，於是以諸葛亮自許，期望獲得當朝賞識，盡己貢獻，然而卻事與願違。滿腔憤懣，凝聚於「英雄」二字，內斂深沉，既指千古的仁人志士，更是關懷民生的杜甫自己。全詩結構八句四聯，起、承、轉、合，緊密接連，由興而比，由比轉興，再由興而比，最後以比作結。

　　由上所述，可見〈蜀相〉一詩是完全契合沈德潛所言
：「比興互陳，反覆唱嘆，而中藏之懽愉慘戚，隱躍欲傳
，其言淺，其情深也。」[註33]

（四）議論帶情韻以行

　　五、六兩句這一聯是全詩的重點核心，杜甫從開篇起
便暗運斧斤，不斷蓄勢，一路盤旋到此才運用濃厚的筆墨
著力點明。這也正合乎律詩中間二聯「宜乎一濃一淡」的
寫作法則。這一聯同時還是杜甫以議論入詩的範例。本來
，以抒情爲主是詩歌的顯著特徵，一般創作並不夾有議論
，但是杜甫卻打破常規，夾以議論入詩，不僅成爲杜詩的
內容特色，還體現了杜詩的寫作技巧。沈德潛曾說：「但
議論須帶情韻以行」[註34]，杜詩的議論正由於帶有情韻，不
僅沒有沖淡詩的抒情氣氛，沒有破壞形象的完整，反而使
詩的抒情氣氛更爲濃厚，形象更爲飽滿。李子德讚其：「
五、六用事，不偏不漏，非公不能如此簡而賅也。」[註35]，
浦起龍對這個聯語尤其讚賞，評論說：「句法如兼金鑄成
，其貼切武侯，亦如鎔金渾化。」[註36]都是很有見地的。

[註33] 同註 22。

[註34] 同註 23。

[註35] 收錄於張夢機、陳文華編《杜律旨歸》頁 58，台北，學海出版
社，1979 年，初版。

[註36] 語見蒲起龍《讀杜心解》，收錄於《杜律旨歸》頁 55。

肆、結論

　　〈蜀相〉是杜甫的名篇之一，該詩囊括歷史，融匯古今，對於壯志未酬者而言，它既是頌辭，又是輓歌。唐代劉禹錫說：

> 片言可以明百意，坐馳可以役萬里，工於詩者能之。風雅體變而興同，古今調殊而理異，達於詩者能之。[註37]

對照劉禹錫之言以評論〈蜀相〉，杜甫是當之無愧的。〈蜀相〉語言凝煉而內涵豐富，全詩風格立言含蓄，傳達了溫柔敦厚詩教之情懷與忠愛思想之發揮，正為沈德潛「格調說」神髓之榜樣。本詩無論在格律要求，亦或詩歌意境表達上，都取得了他人難以企及的成就，透過「格調說」之輔證，在細讀〈蜀相〉時，更有助於領悟其精奧。

參考文獻：（依作者筆畫順序排列）

1、丁福保編《清詩話》，台北，明倫出版社，1971 年，初版。
2、王運熙，顧易生主編《中國文學批評史》，上海，上海古籍出版社，1987 年，初版。
3、【清】仇兆鰲《杜詩詳注》，台北，漢京文化事業有限公司，1984 年，一版。
4、呂正惠編《唐詩論文選集》，台北，長安出版社，1985 年，初版。

[註37] 語見劉禹錫《劉禹錫集》卷十九集紀〈董氏武陵集紀〉頁 172，上海，上海人民出版社，1975 年，一版。

5、【清】沈德潛《唐詩別裁集》，上海，上海古籍出版社，1979年，一版。

6、【清】沈德潛《清詩別裁集》，上海，上海古籍出版社，1984年，一版。

7、吳宏一《清代詩學初探》，台北，牧童出版社，1977年，初版。

8、柯慶明、林明德主編《中國古典文學研究叢刊—詩歌之部》，台北，巨流出版社，1978年，一版。

9、胡幼峯《沈德潛詩論探研》，台北，學海出版社，1986年，初版。

10、徐放《唐詩今譯》，北京，人民日報出版社，1983年，一版。

11、袁行霈《中國詩歌藝術研究》，台北，五南圖書出版有限公司，1989年，初版。

12、袁行霈等著《古典詩詞名篇鑑賞集》，台北，國文天地雜誌社，1989年，再版。

13、袁行霈、孟二冬、丁放《中國詩學通論》，合肥，安徽教育出版社，1994年，一版。

14、【清】浦起龍《讀杜心解》，台北，台灣中華書局，1988年，臺二版。

15、陳偉《杜甫詩學探微》，台北，文史哲出版社，1985年，初版。

16、郭紹虞《中國文學批評新論》，台北，蒲公英出版社，1985年，初版。

17、黃保真、成復旺、蔡鍾翔《中國文學理論史——明清鴉片戰爭前時期》，台北，洪葉出版社，1994年，初版。

18、張松如《中國詩歌史》，台南，麗文文化有限公司，1994年，初版。

19、張葆全《詩話和詞話》，台北，萬卷樓圖書有限公司，1991年，初版。

20、張淑瓊主編《杜甫》，台北，地球出版社，1992年，再版。

21、臺靜農編《百種詩話類編》，台北，藝文印書館，1974年，初版。

22、蔣勵材編著《二十四品近體唐詩選》，台北，國立編譯館中華叢書編審委員會，1981年，初版。

23、魯質軒輯《杜工部詩話集錦》，台北，台灣中華書局股份有限公司，1979年，台二版。

24、霍有明《清代詩歌發展史》，台北，文津出版社，1994年，初版。

25、蕭麗華《杜甫──古今詩史第一人》，台北，幼獅文化事業股份有限公司，1988年，一版。

26、龔嘉英《詩聖杜甫──以詩作傳以史證詩》，台北，杜詩研究山房，1993年，初版。

林海音小說修辭技巧探微

汪淑珍

親民工商專科學校國文組講師

摘要：

　　林海音在小說的修辭技巧上廣泛採用象徵手法，有時作為整體構思，在故事情節結構本身就含有象徵作用或在作品篇名取義上產生全局性的暗寓效果，有時作為局部性的藝術處理，用人名或事物產生特殊的象徵意味。另外林海音也有運用對比的寫法，她常常把人物放在互相映照、襯托，互為補充的關係中，表現人物的不同性格，造成對立性格間強烈反差，收到筆墨簡潔而形象鮮明的突出效果。林海音更喜愛以空白的筆法書寫故事，把一些語言省略，把一些情節從作品中隱去，把一些事情表現得模糊和朦朧，激發讀者的想像，引導讀者參與作家的創作，用自己的想像去填補，為讀者提供了再創造和想像的廣闊天地。

關鍵詞：修辭技巧、林海音、象徵、暗示、對比、空白

壹、前言

　　分析小說的藝術特色，除從情節、人物、敘事觀點等多方面進行分析評論外，技法上的巧妙亦不容忽視。就好像韓毓海《新文學的本體與形式》所說：

　　　　創作自由不涉及內容本身，而只涉及表達和表現的

　　　　方式，因為內容在很大的程度是預先確定的，正是

　　　　表達方式能顯出通常所說的「獨創性」。藝術家正
　　　　應當在這裡顯示其真正的力量。[註1]
林海音在小說中善用多種修辭技巧，如暗示、象徵、對比
、空白……等，使故事更具魅力。

貳、特殊意味的象徵手法

　　所謂象徵[註2]，就是用具體的事物來表達某種抽象概念
或思想感情。它既是表現方法上的一種捷徑，也是深化主
題的一種有效手段。

　　　　象徵的運用可以擺脫「直奔主題」的方式，創造更
　　　　多的歧義空間，更具深度和意味的審美世界——一
　　　　個感性世界與知性世界相重合的藝術天地。[註3]
也可避免敘述方法的呆板和單調，使小說富於變化。林海
音在小說的表現技巧上廣泛採用象徵手法，有時作為整體
構思，在故事情節中含象徵意義或在作品篇名取義上產生
全局性的暗寓效果，有時作為局部性的藝術處理，用人名
或事物產生特殊的象徵意味。

[註1] 引自韓毓海《新文學的本體與形式》頁 36，瀋陽，遼寧教育出版
　　　社，1993 年 8 月。
[註2] 象徵（symbol）源於希臘文動詞「symballein」。參考趙滋蕃〈論象
　　　徵〉，《文學原理》（臺北，東大圖書，1988 年 3 月）頁 189。
[註3] 引自楊匡漢〈唐山流寓話巢痕－試論臺灣當代文學的中國人文精
　　　神〉，《臺灣香港澳門暨海外華文文學論文選》（福建，海峽文藝
　　　出版社，1993 年 3 月）頁 88。

　　情節是爲了表達小說主題而安排的。林海音有些小說情節結構本身就含有象徵作用，如〈燭〉[註4]中，韓太太發現韓啓福老爺和秋姑娘私通後，爲了表現中國傳統婦女的寬容大度，就將秋姑娘納爲韓啓福的小妾，但心中又有所不甘。爲了制服秋姑娘和啓福老爺，韓太太故意躺在床上裝病，後來弄假成真，真的起不了床，癱瘓了，她恍恍忽忽，也弄不清自己是真病還是假病。直至啓福病了，倒在床上已經不能起來了，韓太太掙扎著想過去看看他，但是退化了的小腿，竟真的癱在那裏，像兩枝被棄置的細白棍子。

> 當啓福嚥下了最後的一口氣時，對面房裡揚起了哭聲時，她一個人被丟在這屋裏，她又悔又恨，但一切都無能爲力了。（〈燭〉，頁60）

接著秋姑娘也去世了。

　　如今她僅能在床頭點燃一小盞蠟燭：

> 照亮屬於她床頭的這個角落，捏著燒軟的蠟油，在搖曳的燭光中，沉思著在她生命中的那些年月。
> （〈燭〉，頁51）

　　作者將搖幌不定，忽明忽暗的燭光，賦予濃厚的象徵意味，這燭光，是悲涼淒苦的氣氛，是韓太太爲夫納妾不甘又無奈的心境，是爲人大婦悲劇性的命運……是多種事物的重疊交匯。緩緩燃燒的燭光中，讀者彷彿能窺見啓福太太顫慄不已的身影，及淚流滿面的愁容。

[註4] 林海音〈燭〉，《燭芯》（臺北，純文學出版社，1988年7月2日）頁31-46。本文所引用之〈燭〉內文，皆以此版爲本。

　　人物是小說主要描寫的對象，作家在塑造人物時，從為人物取名、肖象描繪到賦予行動，都不是隨心所欲的，裏面飽含作家對人物的一種規定，隱含著作家內心深處的某種寓意和心理傾向。《曉雲》[5]中，「曉雲」是書中二十三歲女主角的名字，名字本身即具有象徵的意味：

> 早晨的雲如果被太陽照著，也像晚霞一樣有著玫瑰般的紅色。但是晚霞的顏色是濃的，朝霞就不同了，那淡淡的玫瑰紅，像一塊輕紗披在少女的頭上。……我摸著自己微熱的面頰，忽然想起我的兩頰的玫瑰紅色，實在並不是好的象徵，每天上午，我的臉是蒼白的，到了下午，就慢慢地泛起了一層紅暈，它是很明顯的一種病態。（《曉雲》，頁 4-5）

曉雲是母親非婚所生之子，童年在姥姥撫養下，煦育在慈愛溫暖的光芒中，這即是「被太陽照著」此句話語之意。姥姥死後，在寡母的庇護下，仍可作如是觀。

　　「被太陽照著，有著玫瑰般的紅色」，象徵帶有病態之美的面容。病態的蒼白容顏使曉雲嗜穿各種紅色衣服以掩飾自己病弱的面色，同時預示著曉雲追尋不正常愛情的心理。紅色是健康、美麗的象徵，也代表著過分、非理性的熱情。父母的離異使曉雲自小即與姥姥相依為命，父愛的缺乏促使曉雲追求不正常愛情心態的滋長。在擔任家教期間與學生的父親（梁思敬）產生戀情，無奈梁太太以權威的脅迫，使梁思敬轉任國外，曉雲則獨自一人至鄉下待產獨嘗苦果。

---

[5] 林海音《曉雲》（臺北，純文學出版社，1988 年 7 月）本文所引用之《曉雲》內文，皆以此版為本。該文原於《聯合報》第 7 版，自 1959 年 6 月 9 日至 1959 年 11 月 6 日連載發表。

　　《孟珠的旅程》[註6]中的雪子，出身耕讀世家，與家中長工之子相戀，受門戶觀念所限，雙親大力阻撓，雪子為追求自由戀愛與男友私奔。沒想到，長工之子成為大學生後，竟然拋棄了她。雪子痛悔、憤恨，既無顏面對父母，更不敢回家，從此心性變得玩世不恭、自暴自棄。她選擇了鬻歌生涯，掙扎於男人的玩弄與濁惡的風塵之中，最後無從解脫，惟有走上自殺一途。

　　　　談到雪子的死，劉專員並且說，雪子的名字起得不
　　　　好，按照中國人喜歡諧音的迷信，雪子的雪和血同
　　　　音，所以是不吉祥的。（《孟珠的旅程》，頁160）
雪子的名字似乎無形中為其悲劇的一生早打下了烙印。

　　〈金鯉魚的百襉裙〉[註7]中，身為小妾的金鯉魚，六歲就被許家買來做丫鬟，十六歲，被許老爺收了房。年底生了個胖兒子，為許家立了大功，然而她只有生兒子的義務，沒有做母親的權利。盼來了兒子的結婚大典，為此，金鯉魚做了一條可以顯示與太太們同等地位的百襉裙。

　　「百襉裙」在當時是一種身份的象徵，唯有正式地位的婦人才能在喜慶的節日穿上百襉裙。金鯉魚身為小妾理當沒資格穿百襉裙，但民國的到來，體制混亂，使金鯉魚

[註6]　林海音《孟珠的旅程》（臺北，純文學出版社，1983 年 10 月），
　　　本文所引用之《孟珠的旅程》內文，皆以此版為本。該文原於《純
　　　文學》第 2 卷第 1 期至第 4 卷第 1 期（1967 年 2 月至 1967 年 4
　　　月）連載發表。
[註7]　林海音〈金鯉魚的百襉裙〉，《燭芯》（臺北，純文學出版社，
　　　1988 年 7 月 2 日）頁 63-80。本文所引用之〈金鯉魚的百襉裙〉內
　　　文，皆以此版為本。

想在兒子的婚禮上，穿上百襇裙，在心理上爭回做母親的權利和地位。這種要求卻遭到了大太太的否定，金鯉魚的盼望落了空，她生兒子的驕傲也被壓制了下去，鬱悶一生，終於含恨身亡。

> 她原來是叫鯉魚的，因為受寵，就有那多事的人，給加上個「金」字，從此就金鯉魚金鯉魚的叫順口了。無論許太太待她怎麼好，她仍然是金鯉魚。除了振豐叫她一聲「媽」以外，許家一家人都還叫她金鯉魚。老太太叫她金鯉魚，大太太叫她金鯉魚，小姐們也叫她金鯉魚，她是一家三輩子人的金鯉魚！金鯉魚，她一直在想，怎樣讓這條金鯉魚跳過龍門！（〈金鯉魚的百襇裙〉，頁 67、70）

金鯉魚，由她的名字即可知她是一尾無法躍過龍門的「金」鯉魚。她想用自己的意志和計劃，藉著兒子，躍一下，讓自己創造自己的命運，但仍白費心機。

小說篇名即具象徵意義者，如〈遲開的杜鵑〉[8]中的亞芳，早年以冷傲的性格拒絕許多傾慕者，也斷然排拒各式說媒，直到年逾四十仍形單影隻，心中漸渴望能踏上婚姻之路。採納表妹的美意，接受張先生的相親，共吃一頓晚飯。當亞芳發現同桌吃飯的張先生竟是當年在北京拒絕過的人時，撫今追昔，心中百感雜陳，這頓飯吃得不知肉味。

故事中亞芳的表妹，以「遲開的杜鵑」象徵表姐年紀

[8] 林海音〈遲開的杜鵑〉，《冬青樹》（臺北，純文學出版社，1971年 7 月）頁 166-180。本文所引用之〈遲開的杜鵑〉內文，皆以此版爲本。

雖然大了些但仍不損其身價，就如春末遲開的杜鵑花一樣
，雖然開放的晚了點，但其驕美豔麗並不比其他的花朵稍
有遜色。

  「這麼大歲數了還結什麼婚！」

  大概表妹又拙於辭令了，暫時跌入沉默中。亞芳覺
得不合適，想找話來緩和這僵持的空氣，便指著桌
上那瓶杜鵑花問：

  「咦！怎麼這時候了，還有杜鵑花，草山的早就一
敗塗地了！」

  「是的，這是從院裏一株遲開的杜鵑上摘下來的，
諾，看。」表妹指指窗外。

  可不是，有一株盛開的杜鵑，倚在牆角孤孤單單，
可是那簇簇粉紅的花朵也頗有點傲然的神氣，它是
這小庭院裏唯一遲開的杜鵑。

  「表姐」。

  「嗯」。

  「如果把你比做一株遲開的杜鵑不可以嗎？開得雖
晚，又有什麼關係。」（〈遲開的杜鵑〉，頁51）

  〈愛情像把扇子〉[註9]中，身為妻子的女主人翁聽從丈
夫（謝醫生）的建議，在家安份守己，作位賢妻良母。然
而丈夫（謝醫生）卻與朝夕相處的事業夥伴（趙小姐）發
生婚外情。女主人公因丈夫的出軌，寧可捨棄這樣殘缺的
婚姻，她說：

[註9] 林海音〈愛情像把扇子〉，《冬青樹》（臺北，純文學出版社，
1971 年 7 月）頁 123-128。本文所引用之〈愛情像把扇子〉內文，
皆以此版為本。該文原刊於《中央日報》第 6 版（1953 年 4 月 22
日）。

> 如果我不能得到整個的愛情，我為什麼不把它整個
> 讓出來？愛情像把扇子，舊了沒關係，撕破就不好
> ，如果一把嶄新的紙扇，撕了一條縫，雖黏補後照
> 樣扇得出涼風，可是那條補痕看了並不舒服，寧可
> 丟了不用。（〈愛情像把扇子〉頁 128）

〈愛情像把扇子〉篇名正象徵愛情的脆弱不能稍有損害，
一旦稍有損壞就再也難以彌補了。這些象徵都蘊含了作者
深刻的社會見解與感受，在作品中起了畫龍點睛的作用。

參、預顯形跡的暗示技巧

暗示與象徵看起來類似，實則不同，象徵是：

> 「任何一種抽象的觀念、情感或看不見的事物，不
> 直接予以指明，而由理性的關聯、社會的設定，從
> 而透過某種意象的媒介，間接加以陳述的表達方式
> 。」而暗示是：「在已呈現的題材之中，透露出顯
> 然具備的意義。」[註10]

《曉雲》故事內容通篇處處充滿暗示的手法，梁思敬說：
「逃學的孩子，早晚要被捉回去。」（《曉雲》，頁 199 ）
這話暗示曉雲與梁思敬終究要回到社會規範的軌道上，逃
脫不了傳統婚姻制約，婚外情畢竟是不被社會所允許的。

曉雲獨白的話語一再暗示梁思敬最終必向現實妥協的

[註10] 參考楊昌年〈藝術論〉，《現代小說》（臺北，三民書局，1997
年 5 月）頁 403。

懦弱個性。

> 每逢她（梁夫人）對梁先生下一道命令的時候，梁
> 先生總是「嗯──」一聲，然後才點頭說：「好吧
> ！」我想他「嗯」的時候，一定是在考慮要不要反
> 對，但是某一種意念又壓倒他前一個反抗的企圖，
> 於是他終於還是「好吧！」這一定也就是母親那天
> 所說的「依賴」──被我解釋的所謂「惰性吧！」
> （《曉雲》，頁 51）

> 我仔細想想，他的確是個容易遷就現實的人，就像
> 那次我倆談到「逃獄驚魂」和「魂奪情天」的結局
> ，他曾說過，如果不使逃犯和壞女人被捕和死，社
> 會的秩序怎能維持，雖然逃犯和壞女人都有他們善
> 良的本性。（《曉雲》，頁 280）

曉雲的夢有助於鋪陳曉雲的心態，及暗示了她未來的
命運：

> 是什麼時候了？我從迷亂的夢中驚醒來。記得是挽
> 著晶晶的手，失足掉入路邊的小溪中。溪水寒冷極
> 了，我喊也喊不出，幸虧晶晶的爸爸（梁思敬）來
> 了，我向他張手，他拉著我，那麼困難，又扶著我
> 的頭，那帶著濃重汗毛的手掌……我呼吸困難的睜
> 開眼睛，是媽媽站在我的床邊！她給我蓋上毯子摸
> 我的頭，我的手壓住了胸部，所以夢裏也難過。
> （《曉雲》，頁 46）

以夢境折射現實，既顯露了曉雲孤獨、內向，易耽於遐想
的個性，又暗示了往後曉雲與梁思敬之間的糾葛關係。

《曉雲》中，作者敘事語言的含蓄，蘊含耐人尋味的

暗示意義。風雨夜，梁思敬和夏曉雲第一次接觸，梁思敬和晶晶打著手電筒送夏曉雲回家。風停了，雨住了，他們三人走上了一座橋。這時曉雲說道：

> 走上橋，真奇怪，滿以為四外的空曠，狂風一定毫無阻礙的擊過來，誰知卻意外的溫和。也許這時我們被包圍在颱風的中心了，好像說，在最中間的颱風眼中，一切反而是靜止的，多麼奇妙的大自然的現象！（《曉雲》，頁70）

這是暴風雨來臨前的寂靜。從夏、梁的戀愛關係看這是暴風雨的前奏，他們處在平靜中，但實際上卻是進入了颱風包圍的中心了。這裡明寫自然，暗寫人生，從眼前的自然景觀暗示曉雲與梁思敬未來關係的發展變化。

曉雲愛讀小說，這些小說具暗示故事情節發展的作用。例如她愛看梅特林克 [11] 的《青鳥》，根據聶光炎的說法：

> 《青鳥》是梅特林克 1908 年的象徵主義戲劇，全劇共三幕。故事是敘述泰特爾與梅特爾兄妹，在聖誕節前夕，和狗、貓、牛奶、火、水、蜜糖、麵包、光等一起在外面尋找象徵幸福的青鳥故事。在聖

---

[11] 梅特林克（Count Maurice Maeterlink 1862-1949）比利時劇作家，生於金特城（Ghent）是當時最傑出的象徵、神秘主義劇作家。他的第一個劇本是「麥蘭妮公主」（La Princesse Maleine 1889），他的重要作品有「侵入者」（L Intruse 1890）、「家」（Inte rieur 1894）、「青鳥」（The Blue Bird 1908）、「訂婚」（The Betrothal 1919）梅特林克在 1911 年曾獲「諾貝爾」文學獎。他的主要成就，是以音韻諧婉的散文式語言寫作具象徵主義的戲劇。他的劇本並不直接描繪現實生活，而是通過象徵手法表達深刻的哲理。參考聶光炎〈象徵主義戲劇梅特林克青年〉，《文藝月刊》第 53 期（1973 年 11 月）頁 78。

誕節的早晨，孩子們發現了青鳥，但隨即青鳥又飛
走了，使他們不得不再去尋找青鳥。本劇以小孩為
尋青鳥的歷程，象徵著失去的快樂，和對逝去的懷
念。註12

在失眠時，曉雲總希望那兩個在記憶之土，在將來之
國，在月宮，在森林尋找青鳥的小孩，能帶她入夢。

青鳥的意義是幸福的象徵，而牠只有從自己的犧牲
中才能得到。但幸福何能久握，奇妙美幻的世界，
會像青鳥一樣的飛去！（《曉雲》，頁76）

這似乎是暗示了曉雲所追求的婚外戀情，註定了如同象徵
幸福的青鳥一樣是難以久握的。

肆、互為襯托的對比寫法

林海音採對比的寫法使人物性格彼此對照襯托，造成
對立性格間強烈反差，各有韻致，栩栩如生。魯迅曾說：

優良的人物，有時候是要靠別人來比較，襯托的，
例如上等與下等，好與壞，小器與大度之類。沒有
別人，既無以顯出這一面之優，所謂「相反而實相
成者」，就是這。註13

用對照的方法既可顯示同中之異，也可以顯示異中之同。

註12 同註11，頁80。

註13 引自魯迅《魯迅全集》，（北京，人民文學出版社）第6卷，頁

〈蘭姨娘〉 註14 中，蘭姨娘是英子爸爸的朋友，因在家裡受了委屈，所以跑到英子家中。蘭姨娘年僅三歲時，為了給哥哥治病竟被父母販售他人。十四歲時淪為京城裡的煙花女子，後來又做了施老大的侍妾。蘭姨娘很會燒煙泡，終日流連在煙香裊裊中，悠閒的過日子。「那是燒煙的手法，真是熟巧。」（〈蘭姨娘〉，頁 94 ）處處顯得那麼靈氣。而相對的媽媽卻是傳統婦人為一家生活忙著打理張羅，弄得滿身油膩、汗水淋漓。正當蘭姨娘和爸爸橫陳床裡對吸大煙時，媽媽卻一個人「挺著大肚子在大爐灶前，頭滿是汗、臉通紅」地燒菜做飯。（〈蘭姨娘〉，頁94）不同的兩個女人立刻顯現出來。

《孟珠的旅程》敘述來自大陸、父母早逝的孟珠，為了供養妹妹上學，利用美麗的容顏和甜美的歌喉到歌廳當歌女，卻又不願這低下的職業和不光彩的身份影響妹妹的前途，所以遠離妹妹到臺北駐唱，也放棄上電視的機會。歌女悲苦的生活，是眾所周知的。孟珠經歷了好友雪子的慘死，目睹蓓麗大姐、露斯、白瑩瑩、許瓊、吳黛、金金等歌女的不幸，仍奮力抗拒娛樂歡場中污濁風氣的腐蝕，始終自尊自重，保持著自己的純潔。孟珠時時警惕自己的言行舉止，逃避那些達官貴人、流氓地痞淫斜的目光，拒絕某些特殊觀眾的非份要求，雖遭到報復，她也絕不妥協，因而被讚譽為「出污泥而不染」。孟珠明知以一位歌女

204。

註14　林海音〈蘭姨娘〉，《城南舊事》（臺北，爾雅出版社，1992 年 12 月）頁 163-194。本文所引用之〈蘭姨娘〉內文，皆以此版為本。該文原刊於《自由中國》雜誌，第 17 卷第 11 期（1957 年 12 月 1 日）頁 25-27、及第 17 卷第 12 期（1957 年 12 月 16 日）頁 28-31。

的身份，得到像許午田這樣品學兼優青年的純真愛情，是十分不易的。但當她發現妹妹也在暗戀著許午田時，她決定悄悄遠離。妹妹知情後毅然到夏威夷念書以成全姐姐和老師的婚姻，姐妹間難得的情誼令人感動。

書中另外安排和孟珠同是歌女的雪子與孟珠作性格、外貌間的相互對比。孟珠外表嬌弱美麗，雪子高大漂亮；孟珠個性外柔內剛深沉內向，雪子外強內懦輕浮外露。由於性格上的差異，造成倆人截然不同的命運。孟珠不畏艱難，樂觀的個性，始終堅信「世上還是好人多，只要自己自尊自強，終有一個光明的前途」，即使在污濁的歡場中孟珠仍對人生充滿希望，奮鬥不懈，最終與許午田共組美滿家庭。雪子因一次失敗的戀情，心性變得玩世不恭、自暴自棄。她認為「在賣唱的生涯中，反正不會遇見真正信任妳的人，所以乾脆玩玩算了。」（《孟珠的旅程》，頁43）悲觀的性格，使雪子最後無從解脫，走上自殺一途。書中利用孟珠與雪子不同的性格放在一起相互對比、映照使她倆獨特的性格表現得更為強烈。

《春風》[註15] 中的靜文是一所女子中學的校長，由於太專注於教育事業因此冷落了丈夫（曹宇平）。曹宇平便瞞著靜文在高雄和情婦（立美）生了女兒。立美得了癌症，想將女兒託付給靜文，靜文至此才知道曹宇平在外面的所作所為。靜文的同學（秀雲）是位毫無任何事業心的女人，秀雲只想安安份份做位賢妻良母，追隨丈夫，因此夫妻兩人情感融洽。

[註15] 林海音《春風》（臺北，純文學出版社，1987年10月2日）。本文所引用之《春風》內文，皆以此版為本。

　　《春風》故事情節的兩條線索，一條圍繞著靜文的性
格命運，一條圍繞著秀雲的性格命運，兩條線索自始至終
都在強烈的對比中開掘著。靜文家境貧寒，秀雲則富有。
靜文以刻苦的半工半讀完成自己的學業；秀雲則依靠父親
的供養順利讀完大學。靜文畢業後即投入工作，並用自己
的工資建立家庭，供應丈夫（曹宇平）讀書；秀雲畢業後
即隨夫（馮合光）出國，不為深造，而是「作隨件」。靜
文因自己求學不易而希望所有孩子都能上學，熱衷從事教
育事業，因傑出表現成為模範校長而受到廣大師生的尊敬
；秀雲則因相夫教子出色，被讚為模範妻子而受丈夫寵
愛。靜文有極強的事業心而希望夫妻「雙軌前進」，結果
自己的丈夫卻外遇了；秀雲則滿足於舒適、富裕的家庭生
活而不外出工作，服務家庭把自己溶入丈夫的事業而使家
庭生活美滿。這是兩條情節線索之間的對比，也是靜文與
秀雲兩個人物之間的全面對比。

　　即使是肖像、性格描寫上，作者也是寓描寫於對比中
，通過靜文與不同人物側面的對比，刻劃了她的方方面面
。如靜文的嚴肅認真、勤奮，和秀雲的活潑隨和、懶散；
靜文的堅強、進取和曹宇平的懦弱、安於現狀；靜文的開
朗積極和立美的憂悶消極。靜文的小巧清秀，秀雲的高大
漂亮，立美的嬌弱柔美等等。於是靜文的立體雕像就活現
在讀者眼前，其他次要人物也因此顯出各自的特色。

　　林海音把人物放在互相映照、襯托，互為補充的關係
中，表現他們不同的生活境遇，思想性格，神采風貌，收
到筆墨簡潔而形象鮮明的突出效果。從而使每一個獨特的

性格表現得更加強烈。

伍、意味深長的空白運用

　　林海音喜愛以空白 [16] 的筆法書寫故事，把一些語言省略，把一些情節從作品中隱去，把一些事情表現得模糊和朦朧，激發讀者的想像，引導讀者參與作家的創作，讓讀者發揮創造的熱情，用自己的想像去填補，從而實現她作品文本的意圖。這樣的表現就更能使文章展示出含蓄蘊藉，含不盡之意，見於言外的效果了。

　　〈週記本〉 [17] 故事敘述母姐會的當天，敘事者以老師的身份請丁太太倒敘發生在丁薇薇身上的故事。

　　丁薇薇的父親與母親因故分居，薇薇極度渴望家庭的溫暖，因此在週記本中一次次地捏造了「甜蜜家庭」的生活狀況，連老師都忍不住羨慕她美滿的家庭了。

---

[16] 林海音小說常用「空白」的筆法，產生出含蓄蘊藉和言不盡意的效果；這種「空白」的筆法，即類似古代修辭中所說「隱秀」之「隱」。《文心雕龍・隱秀》：「隱者，文外之重旨，以複意為工。」黃海章〈劉勰的創作論和批評論〉論「隱」云：「『情在詞外曰隱』，即是有許多情感，並沒有用詞句表現出來，但是我們可以從作者所表現的詞句中，體會出詞句以外的意義。詞句看似簡單，實際上含蓄許多意義。」《中國文學批評研究論文集—文心雕龍研究專集》（長沙，岳麓書社，1983年）頁176。

[17] 林海音〈週記本〉，《綠藻與鹹蛋》（臺北，純文學出版社，1971年）頁117-129。本文所引用之〈週記本〉內文，皆以此版為本。

> 我雖然一直沒有機會認識薇薇的母親，但是在她女
> 兒的筆下，我早已如見其人，如聞其聲。我一翻開
> 薇薇的週記本，就像看見一幅『甜蜜的家庭』的繪
> 畫。（〈週記本〉，頁 122）

但在敘事者所做的一次家庭訪問中，薇薇的謊言不攻自破
了。

> 我很高興終於能訪問到丁薇薇的家，更希望女主人
> 此時正在家。開門的是女工，我問：「丁太太在家
> 嗎？」
> 「丁太太？」女工瞪大了眼。
> 「這裏不是姓丁的嗎？」我希望沒有找錯。
> 「只有丁先生在家。」
> 「那麼……」我有些猶豫，但這時從屋裏出來一個
> 男人他客氣地問：「我姓丁，你是找……？」
> 「啊……，我姓林，是丁薇薇的老師。」
> 「是林老師……孩子沒有母親，我又沒有時間管
> 她，薇薇一定給老師添了不少麻煩吧？」
> 沒有母親？「啊……？」我差點兒叫了出來，「啊
> ，不，不，薇薇是班上最乖的學生了。」
> （〈週記本〉，頁 122-123）

敘事者聽了薇薇父親的話後，對薇薇在週記本中所描述的
家，已經有所懷疑了，然而文本僅以「啊」字表示敘事者
對沒有女主人的丁家所感到的驚訝，敘事者內心的想法則
留給讀者去思考。

> 後來敘事者輾轉知道丁先生與丁太太分居的事。
> 想到那間空洞的房間裏，一燈昏黃下，坐著一個伏
> 案執筆的小女孩，她正以全力寫一部謊言，真是一

> 個小小了不起的女作家！她創造了一個快樂的王國
> ——家庭。（〈週記本〉，頁 126）

為此敘事者將週記本拿去給丁太太看。丁太太看完後激動的說：「我竟不知道一個小孩子是這樣的需要她的母親，需要一個完整的家庭！」（〈週記本〉，頁 129 ）敘事者並沒有再說明薇薇的母親聽了老師的話以後有何實際行動，薇薇的家庭因老師的造訪是否有所變化？敘事者也沒提及，僅以故事文本回到母姐會的現場：

> 「……這便是小女薇薇的一段不誠實的故事。」同
> 時，丁太太說到這裏，又側過頭去，我（敘事者）
> 隨著也轉過頭去看，啊，站在教室窗外的，是薇薇
> 和她的爸爸，正向我點頭微笑。
> （〈週記本〉，頁 129）

至此敘事者不須多說，讀者即可知薇薇一家人因薇薇的週記本而團圓了。〈週記本〉中筆墨省儉所留下的空白，雖為虛，思之則為實，讀者可以通過空白對故事有了更寬廣的想像空間。

《曉雲》中，當曉雲知道心上人（梁思敬）到新竹出差，主動追逐至梁思敬下榻的旅館房間，然後筋疲力竭地倒在沙發上：

> 這一天是悠長的一天，奇異的一天，掙扎在尋求歡
> 樂與毀滅的一天。我聽見他叫來女服務生，吩咐她
> 再訂下隔壁的房間。但我根本沒有過去。
> （《曉雲》，頁199）

就這樣簡單含蓄的幾句話，就交代了曉雲一夜間由少女變

爲婦人的經過，達到了筆不到而意到的聯想效果。[註18]

〈一件旗袍〉[註19] 敘述者爲了出席同學的聚餐，不希
望自己顯得太寒酸因而想做一件旗袍，無奈丈夫（祖華）
總說「我想想辦法吧！」（〈一件旗袍〉，頁156）但日
子一天天過去了，離聚會僅剩一個星期，丈夫沒拿出做旗
袍的錢，敘事者認爲丈夫根本無視她的需求，因此與先生
冷戰。聚餐當日正當敘事者對鏡傷懷時，祖華進來了，他
忽然和顏悅色地對敘事者說：

> 一百五十塊錢，我給妳放在手提包了。……會計上
> 這些日子凍結款子，同人都不許借支，我還是跟老
> 孫私下通融的。

但此時根本來不及做旗袍了，敘事者仍是滿懷不悅。此時
小美（敘事者的小孩）看見敘事者穿了件花衣裳，認爲她
要出門了，便拉住她的衣服不放。敘事者盛怒之下打了小
美一頓，在小美嚎啕哭聲中赴宴了。到了會場她才發現：

> 其實今天聚餐會上並沒有人注意到我的穿著，那麼
> 爲了做旗袍嘔這麼大氣，實在犯不上，早知如此…
> …唉！（〈一件旗袍〉，頁158）

敘事者的輕聲一嘆，已表達了她心中的悔意，爲了一件旗
袍和丈夫嘔氣，責打無辜的小孩，愛慕虛榮的代價實在太
大了。餐後敘事者又偕同眾人到孫蕊的府上去玩。同學們
一到孫蕊家就按在牌桌上了，因三缺一的狀況，同學們強
推敘事者共同玩牌。敘事者自揣：

[註18] 參考彭小妍〈巧婦童心──承先啓後的林海音〉《中國時報》第
35版（1994年1月8日）。

[註19] 林海音〈一件旗袍〉，《冬青樹》（臺北，純文學出版社，1971
年 7 月）頁 155-159。本文所引用之〈一件旗袍〉內文，皆以此版
爲本。

> 豁出去了，要玩就玩個痛快，何必牽腸掛肚老惦記
> 那勞什子的家，我實在太苦了。
> （〈一件旗袍〉，頁 158）

一場場牌局下來敘事者提包內的一百五十塊錢一下就輸光
了。

> 從孫府上出來，我有點麻木，走近家門，才清醒過
> 來，加緊了腳步。推開屋門，靜悄悄無聲也無光，
> 把電燈捻亮，才看見祖華抱著通紅小臉的小美坐在
> 床沿，我跑過去趕快抱起一天不見的小美。祖華和
> 藹地問我：『吃過飯了嗎？我把飯菜都燉在煤油爐
> 上，大概不至於涼。』我點點頭又搖搖頭，也不知
> 道自己所表示的是什，只覺得一陣酸楚沖上鼻尖，
> 轉過身去，把臉貼在小美滾燙的額角上，我哭了。
> （〈一件旗袍〉，頁 158-159）

敘事者為了一件旗袍苛責丈夫，但丈夫仍體貼地把飯
菜都燉在煤油爐上，怕她沒吃晚餐。想想一個原本和諧的
家庭因她一時虛榮心的作祟，無端蒙上一層陰影，她真是
罪魁禍首。如今丈夫辛苦借來的錢又在她的玩樂間全部花
完，相信此刻她的內心一定是更加的悔恨。雖然文本沒有
任何書寫她後悔的字眼，但從敘事者側面敘述的文辭中她
的悔意早已顯然如見，且一層一層加深： 1、大家根本不
在意她的穿著。 2、將丈夫千辛萬苦借來的錢揮霍光了。
3、丈夫對於她的無理取鬧並沒計較體貼如舊。故事文字敘
述中對於敘事者的悔意並不說盡說明，使情餘言外，讓讀
者自行尋繹個中感受。

《曉雲》中，有關梁思敬轉赴西德任職的一段閃爍其

詞的新聞，寫得耐人尋味。躲在鄉下待產的曉雲在悲傷中偶然看到包燒餅油條的《商工旬報》上有一則新聞：

> 本公司駐日梁思敬主任，已經奉命將赴西德就任新
> 誠……並聞梁夫人何靜娟女士（亦為本公司股東之
> 一）及梁氏掌上明珠晶晶小姐暫不隨梁思敬赴德，
> 因晶晶小姐在日勤習芭蕾舞，要待明春方畢業。
> （《曉雲》，頁 300）

梁思敬為什麼要轉赴西德任職呢？是他自己要求的？還是公司派他去呢？是否因梁夫人破壞了他與曉雲赴日共同生活的計劃而採取的消極反抗措施呢？這段新聞是否梁思敬向曉雲放出的一個訊息呢？作者沒有說，給讀者留下醇厚的餘味，供讀者咀嚼、思索。

陸、結語

林海音小說種種修辭技巧的運用，讓使用文字有了更靈動、更新奇的效果，並在技巧中表現故事中最深刻的意義。尤其空白修辭技巧的運用為讀者提供了再創造和想像的廣闊天地，並刺激讀者去想像、補白進而引起對道德層面問題的關注、自身家庭的省思、個人表現的思索等，這對於社會淳厚風俗的提昇及人心的導正有其重大的意義。

參考文獻

1、林海音《燭芯》,臺北,純文學出版社,1988 年 7 月 2 日。

2、林海音《曉雲》,臺北,純文學出版社,1988 年 7 月。

3、林海音《孟珠的旅程》,臺北,純文學出版社,1983 年 10 月。

4、林海音《城南舊事》,臺北,爾雅出版社,1992 年 12 月。

5、林海音《春風》,臺北,純文學出版社,1987 年 10 月 2 日。

6、林海音《綠藻與鹹蛋》,臺北,純文學出版社,1971 年。

7、林海音〈遲開的杜鵑〉,《冬青樹》,臺北,純文學出版社,1971 年 7 月。

8、楊昌年《現代小說》,臺北,三民書局,1997 年 5 月。

9、韓毓海《新文學的本體與形式》,瀋陽,遼寧教育出版社,1993 年 8 月。

10、楊匡漢〈唐山流寓話巢痕——試論臺灣當代文學的中國人文精神〉,《臺灣香港澳門暨海外華文文學論文選》,福州,海峽文藝出版社,1993 年 3 月。

11、聶光炎〈象徵主義戲劇梅特林克青年〉,《文藝月刊》第 53 期,1973 年 11 月,頁 78。

12、黃海章〈劉勰的創作論和批評論〉,《中國文學批評研究論文集——文心雕龍研究專集》,長沙,岳麓書社,1983 年,頁 176。

13、彭小妍〈巧婦童心——承先啟後的林海音〉,《中國時報》第 35 版,1994 年 1 月 8 日。

論高友工先生人文美學之架構

陳晉卿

親民工商專科學校國文組講師

摘要：

本文的研究，蓋著力於高友工先生＜詩經的語言藝術＞、＜中國語言文學對詩歌的影響＞、＜律詩的美典＞、＜論唐詩的語法用字與意義＞、＜分析杜甫的秋興－試從語言結構入手作文學批評＞、＜唐詩的語意研究＞等諸篇大作。試圖從中釐梳「人文美學」之意蘊。高氏之文學理論或批評，由語言入而超乎語言之侷限。因此，以詩歌的美學研究來籠括高氏所提見解並不恰當。事實上，高氏以語言學之進路對文學或詩歌所作的解析，不過是他的研究方法而已，其學術之理路實企圖建構出「人文美學」之架構。此一架構，可由（一）現實之知與經驗之知、（二）美感經驗與生命境界、（三）語言結構與形式意義、（四）解釋層次與再生境界等四個面向來展現。高友工先生的理論學說，由「語言向度」展開對「人文領域」的討論，並結合其研究內容的對象與方法，開展「人文研究」的目標與價值。通觀其理論架構，其誠以「經驗之知」擴展了「知識論」的領域；以「美感經驗」會通「生命智慧」之境界，開拓美學的視野。此固為其理論之「架構」，亦是其理論之「完成」。

關鍵詞： 高友工、人文美學、美學架構

壹、前言

高友工先生的幾篇大作，諸如：＜詩經的語言藝術＞、＜中國語言文學對詩歌的影響＞、＜律詩的美典＞、＜

論唐詩的語法用字與意象＞、＜分析杜甫的秋興－試從語言結構入手作文學批評＞、＜唐詩的語意研究＞等篇，就研究的對象與範圍觀之，似乎可說是以「語言學的研究來作文學批評的工作」。如此說來，高友工先生，亦不過是一位文學批評家，或文學理論研究者。然而，高友工先生所處理的問題與研究的目標並非如此簡單。高友工先生另有二篇大作：＜文學研究的理論基礎：試論「知」與「言」＞、＜文學研究的美學問題＞，這二篇文章，看似為文學研究前的準備工作，但從高先生於文中，對文學研究的理論基礎與美學問題之界定，同時亦在其基礎的鞏固與問題的剖析上，呈顯其對研究活動、目標之肯定與企望。

就上文所列高氏前六篇文章而言，筆者曾想以「中國詩歌美學之架構」一名來範疇高氏之文學理論。然而，在細讀高氏後二篇文章後，筆者發現，高氏以語言學之進路對文學或詩歌所作的解析，不過是他的研究方法而已。若以「中國詩歌美學之架構」一名統貫高氏之理論，可謂「以管窺天」。

一、高氏的人文美學

高氏在＜文學研究的理論基礎＞一文中設問：「分析美感經驗也許是一種知的活動，但美感經驗本身是不是一種知的活動呢？」[註1] 從高氏在該文中的解析，我們知道，

[註1] 高友工＜文學研究的理論基礎＞與＜文學研究的美學問題＞收錄於《政府遷台以來文學理論之研究》（台北市，台灣學生書局，民國77年初版）。見是書頁115。

答案既非肯定，亦非否定。透過「分析之知」的活動，也許能讓我們更趨向於「美感經驗」本身，但對「美感經驗」的「再經驗」或分析，都不應僅止於此。高氏在該文結尾時即指出：

> 今日的「我」作今日批評自然是不可避免的欣賞過程。但是如果以為批評可以使我們文學的視野擴大，那麼能把握住過去的意義價值大概仍舊是這個過程的起點吧？[註2]

則「批評」只不過是一個過程，它的起點在於把握過去的意義和價值，而成為一種對我們「潛移默化」的「人文教育」[註3]。故高氏最後指出：「文學批評則是每個尊重人生價值所不能避免的課題。」[註4]

　　如果「批評」或「研究」只是一種過程，則我們不免要探問它的終極目標何在？高氏在＜文學研究的美學問題＞一文中提出了解答。他指出：

> 「人文研究」的目的不僅是在追求客觀事實或真理，而是在想像自我存在於此客觀現象中的可能性。因此「人文研究」中的客觀性只是一種工具或手段，而其最終目的即是一種「價值」的追求，「生命意義」的了解。[註5]

[註2] 同註1。頁134。
[註3] 同註1。高氏云：「文學批評正如經驗之知是不能突然地改變我們的趣味，修養。但是潛移默化是可能的，正如傅瑞（NorthropFrye）所說文學批評是一種人文教育。」
[註4] 同註1。頁135。
[註5] 同註1。頁146。

透過「人文研究」的活動，研究者探索的是，人類歷史文化的價值與意義。探索只是過程，它的目的，在提供研究者及他人在經驗前人的經驗後，做他「自我的價值判斷」。[註6] 故高氏指出：「人文研究」的目的卻是在實現「人文教育」。[註7]

由上之析論，僅管我們認同高友工先生之意見，認定高氏之研究工作，亦是一項「過程」，但我們仍不應以此「中國詩歌美學之架構」來界定其理論學說。因為在其論文中，已經不只一次的標示出「人文研究」的終極目的。是以，我們願以「人文美學」一名來稱謂高氏的理論學。其理論為一種「人文研究」在前文中已闡明，至於何以可稱為「美學」呢？高氏云：

> 「文學」和「藝術」在整個人文教育中是一個核心，「美感經驗」是在現實世界中實現一個想像世界。而研究文學和藝術是是希望描寫各型想像世界建立的客觀條件，而鼓勵人去想像這種經驗的可能性。[註8]

則不論是從高友工先生之自述，或在其論文研究的成果上看來，高氏所做人文研究的核心固在「文學」與「藝術」，而其所處理的問題，則是「文學」、「藝術」中「美感經驗」的美學課題。故我們大可以「人文美學」一名來界說高氏的理論學說。

[註6] 同註 1。頁 147。
[註7] 同註 6。
[註8] 同註 6。

二、以語言學研究爲進程的架構

　　從高氏六篇對中國詩歌及語言之探討研究的論文觀之
，我們說，高氏的「**人文美學**」有一種以「**語言學**」研究
爲主的架構。然此所謂「語言學」並不單指由索緒爾或結
構主義者所開展出的語言學研究。以下我們將說明這點。
如果我們認肯，「語言」是人類交通的媒介；「語言」使
經驗之傳達成爲可能；「語言」的活力使文學成爲一有機
的結構體。則在人文研究的過程中，探討語言與文學的關
係，語言與經驗的關係，以及語言自身，正是此一過程的
起點。而高氏的研究工作正是由此展開。此由其幾篇的論
文題目就可窺見一般。高氏論及中國語文對中國文學的影
響時，更明確的指出：

> 藝術雖然可以是超越語言的，但它所根據的最本
> 原則卻也是與這種意象語言共同的。……中國藝
> 術的寫實表層總免不了質化的過程，這實是藝術
> 家的心放在類性的層次。無論是用文學，還是用
> 畫筆，最後還是回到抽象的深層。最高的成就還
> 是在傳神以韻。中國語文對中國文學的影響也莫
> 大乎此了吧！……人文中最可貴的方法也許是這
> 個「文」自身所體現的「人」的世界。這也是我
> 們應該了解中國文字語言的理由。[註9]

以上的意見，說明高氏所以由語言展開研究工作的理由及
其對「**中國語文與文學**」的研究成果。由他所陳述的意見
中，我們不難看出，其對「語言」與「文學」的探討，並

註9　高友工＜中國語言文字對詩歌的影響＞，《中外文學》第 18 卷第 5
　　期，民 78 年 10 月。

不僅限於語言學的或結構主義的領域，當然更非新批評的。在下文中，我們將擬由四個方面展開討論，以呈顯高氏理論學說的研究成果。因為，如果文學是以語言為藝術媒介，那麼「語言向度」註10 是我們首該了解的。而我們認為，高氏對「語言向度」的研究，至少須由以下四方面展開，這同時也是他的「人文美學」的架構。

貳、人文美學的架構

如果說人類是內在的以記憶來記錄經驗，外在的以語言來保存與傳達註11，則文學，正是以一種藝術語言來記錄傳達美感經驗。在此所謂「藝術語言」、「美感經驗」是與「日用語言」、「一般經驗」相對而稱的，然而既同為語言，同為經驗，它們的區分何在呢？要解決這些問題，我們就必須深入探討語言在文學藝術中所呈顯的諸多樣貌，及語言在多大的種程度上傳達了經驗，以及如何透過藝術的手段使語言的呈顯一「美感經驗」。我們說，高友工先生的研究首先面對的亦正是這些問題，而其解決的方法，則是由分析「語言向度」著手，而我們正可由以下四方

註10 這裡所說「語言向度」是指語言在文學中的功能、作用、影響、以及語言與美感經驗的關係等。

註11 誠如高氏在＜文學研究的理論基礎＞一文云：簡單的想像可以全不藉助於外在的傳達媒介。純屬內心的「回憶」和「幻想」即是如此。但一般的想像如要擴展、剪裁、以及保存、傳達則須媒介。而這媒介又不限於語言，……但是我們的最後對象既為文學研究，就不能不特別注重語言。

面來考察高氏所分析「語言向度」的內容，及他如何由「語言向度」的分析來構結「人文美學的架構」。

一、現實之知與經驗之知

基本上，不論是從認識論的立場，或存有論的觀點，人類都不能脫離語言而存在，語言或為人思考認知之工具，或為人了解他自己之媒界。然而，我們既為研究語言與經驗之關係，則我們的興趣在：語言在人類的活動（尤其是「知」的活動）中之功能為何，及語言究竟能發揮多大的功能。高友工先生＜文學研究的理論基礎＞一文，正是解決這些問題，而奠定他研究的理論基礎。

高氏在文中，分析知的三層次為「技能之知」、「經驗之知」和「現實之知」。並且高氏集中討論在「現實」和「經驗」的對照上，批評以「知識」為「現實之知」的偏見。 註12 高氏以為，雖然分析語言，可以將現實世界的現象「抽象」出來的「道」或「理」表現為真理，並且以其所組構的命題來代表外在現象，發揮「辨真功能」。然而，分析語言的局限，不僅限制了我們的視野，使哲學家日漸遠離哲學的理想而斷送對人生價值問題的探求。

因此，高氏認為，以分析語言而達成的現實之知或科學之知，並不能為增加人生的知，故我們的「知」，也不應僅止於「現實之知」一層，他進而提出另一可以表現價

值問題的「經驗之知」。

對照「現實之知」與「經驗之知」的不同，高氏云：

> 後者的知則以經驗本身不能分割，語言企圖表現的
> 是這經驗的整體，因此，所謂「知」是在這個整體
> 的體現中同時表現了一種個人對於此種經驗的價值
> 判斷；這也是在經驗中包涵了一種反省和批評的態
> 度。註13

則語言在此，除了在最大的程度上掌握經驗之整體內涵外
，並且在其記錄、傳達的同時，亦呈現出經驗者的價值判
斷。在此，實涉及了兩個問題，即（1）「經驗」為何？
（2）語言何以能「知」經驗或記錄傳達經驗。回答第一
個問題，高氏說：

> 「經驗」孤立地看是個人在某時某地的一種「心理
> 狀態」，或簡稱為「心象」。……「心象」因此是
> 整個個人和環境接觸而生的「感應」。……但就經
> 驗整體來看，它是完整一體，只能就時間一方面，
> 斷取其中片段。這種經驗的重現，也就是一個「心
> 象」的重現。註14

則經驗既有如此一複雜而完整的心理結構，欲將之重現，
不管是以我們的回憶想像，或是以語言描述、記錄，是否
可能呢？高氏說「雖云重現，但卻絕不能原版複製，必須
有一種有意無意地剪裁、調整。故實屬創造。」也就是說
，「經驗」是可再「重現」的，雖然此一重現的經驗已非

註13 同註1。頁123。
註14 同註1。頁125。

原版，但卻是在我們的剪裁、調整下所創造的「想像世界」。 [註15] 雖然，只是一個「重現的」，與「現實絕緣的」想像世界，但卻甚有「價值」，因為，如果經驗不被我們重現，他可能在我們的記憶底層中消失而不再成為可經驗的對象，如果一段人生歷程中儘是些不「重現」的「經歷」，那將是多麼可悲的灰色人生？！因此，所謂「重現」也可說是對「經驗」的「觀賞、反省」，也只有「『觀賞、反省』才可能把『經驗』自身帶入『知』的領域」[註16]，而體現我們的人生價值。這才是「經驗之知」的全面。

以上只是高氏對經驗內涵，及重現的可能性之看法，仍未觸及到上節所提第二個問題。高氏認為「一般的想像，如要擴展、剪裁，以及保存、傳達則須媒介」。高氏之討論則以語言媒介為主。語言何以能成為「經驗」傳達、保存的媒介呢？綜觀高氏之意見，我們將之整理為如下四點：

(1) 「性質」是此語言的重心，它能鮮明的創造出我們「感象」的部份內容。

(2) 這些語詞不再是代表世界，而是用以表現我們的心象。

(3) 僅管語言的運用已是對現象的分割，但透過心理綜合過程，卻能將破碎的觀念統一起來。

(4) 從功能來說，「象徵語言」是內向的，只求創造一個內在的、主觀的、相對的想像世界。

事實上，第一、二點已為我們的問題提出正面的解答，第三、四點涉及心理的時空與語言的構作之問題，也正是在

[註15] 同註 14。
[註16] 同註 14。

下二節中要繼續探討的。

　　由上論述，則高友工先生＜文學研究的理論基礎＞一文正是對「言」、「志」關係的全面性討論，我們很清楚的看到「言」，在「抒情言志」中所扮演的角色，以及「志」如何呈現其內在價值而為人所分享。「言足不足以達意」的問題，在此獲得一完滿的解決。無疑的，如果人文研究的核心在文學，那麼高氏以上的論說，則安頓了文學活動的價值與意義。研究對象的內在價值獲得肯定後，使研究的過程更有依據、目標可尋。

二、美感經驗與生命境界

　　在說明「想像世界」時，高友工先生說：「故其『感象』和情理上的心理反應並不是在現實生活領域中出現，而是在一個現實世界之外創造的一個想像世界。」[註17] 則「想像世界」的完成尚涉及一「心理反應」，而若企圖以語言為媒介來保存，傳達時更涉及語彙對現象的分割，及在怎麼樣的「綜合心理過程」中還經驗以整體。[註18] 也就是說「想像世界」的內涵與媒介都涉及一心理的問題，這些問題，則必須由高氏對經驗及語言在心理間架所展開活動的探討，方能獲得解決。

　　在此，我們仍須事先聲明，經驗的樣態活動實有多樣

[註17] 同註 14。
[註18] 同註 1。頁 128。

，而高氏探討的重心則在「美感經驗」，因為它較符合想像活動的特性。[19] 以下我們仍先將在這裡所將面臨的問題的層次作一提挈：（1）由「經驗」到「重現」的「想像世界」。（2）創作者、欣賞者與「美感經驗」。（3）作者、讀者與「想像語言」。茲將高氏之意見整理如下：

（一）由「經驗」到「重現」的「想像世界」

依我們上節之論述，在心理綜合過程中之所以 迻還經驗以整體，主要在於經驗是由「自我」、「現時」二定點而生。故僅管「現象」是客觀的，我們的「活動」是客觀，它之所以能成為經驗，必是存在於人的「意識」領域之中，高氏云：

> 而這一個「經驗」架構卻是完全存在於個人的「意識」領域之中，這則是一種私有的現象，因此有人以為是主觀的。然而它與其他架構的分別卻在它的內在結構，特別是它所包含的兩種對立，即「自我」與「客體」的對立與「現實」與「過去」的對立。[20]

「經驗」的內在對立，可說是「經驗」本身的內涵。而「『經驗』的『再經驗』也可以說是『經驗』的核心義。」[21] 此所謂再經驗，亦可說是一種「重現」的活動。高氏基於對「經驗」的內涵與「核心義」的斷定，因此將「不

為我們自己意識到」的及「未能保存於記憶層」的「經歷」剔除於「經驗」的領域之外。因此,他所談的「經驗」即是在意識層領域中完整統一的,及一種可「再經驗」的活動。因其內在統一,故難以言傳;因其是「再經驗」的故體現價值判斷。

然而「經驗」的此種「主觀性」,並未損其作為「人文研究」對象的價值。誠如,高氏自己在文中所云:

> 「人文研究」的目的不僅是在追求客觀事實或真理,而是在想像自我存在於此客觀現象中的可能性。因此「人文研究」中的客觀性只是一種工具或手段,而其最終的目的即是一種「價值」的追求,「生命意義」的了解。[註22]

以「經驗」為研究對象,並架構其在人文研究中的地位,正是這個「追求」的起點。

(二) 創作者、欣賞者與「美感經驗」

上文中,高氏說明了「重現」或「再經驗」是一種「心理綜合過程」。高氏進一步所要探究的是,以「美感經驗」作為經驗之一型,它在「心理的空間」領域中,究竟如何的被「重現」與「再經驗」。高氏云:

> 美感經驗中的「美感」與「快感」中最顯著的一個差異即是內心的感應過程中必然經過一個「中介因

[註21] 同註 1。頁 141。
[註22] 同註 5。

> 素」的有無。……由於我們把它（中介因素）看作
> 一個心理空間的領域，所以我們才可以把經驗材料
> 在這領域中展開。也正因為此領域，我們個人才能
> 作為「經驗主體」來觀照，內省這些經驗材料。[註23]

則「美感經驗」同「經驗」一樣，基本上是一種「再經驗
」的活動，並且它更滲合了「主體經驗」的「心志，意旨
」。高氏進一步指出此「美感經驗」的心境內容是：在客
觀材料層次溶入主觀的自我層次時得到一種「價值」。[註24]
所以美的一個重要條件，依高氏之見，即在「心理現象」
與「價值判斷」的融合的可能性；而美的最高意義，即在
「現象」與「價值」合一的中文所謂「境界」。因此，我
們可以說，一個「想像世界」的創造者，其「重現」的創
造活動本身，正體現出他個人的心志與價值判斷。並且，
如果他願意與他人分享，則這個欣賞者所回應的，亦應是
對他的心志與價值的了解，並在此中作自己的抉擇，了悟
自己的生命意義與價值。雖然有前後之分，但他們同在「
美感經驗」的這一層次中，體現一個自己所已解釋、了悟
的價值。高氏於此，遂可清楚的劃分「人文研究」與「科
學研究」的界限，因為科學之知所能掌握的，只是所謂「
現象世界中的絕對價值」。但它卻不是人生價值的全部。
「人文研究」則是透過對個人價值的掌握，將我們帶領入
人生經驗之知的智慧層境上。

（三）作者、讀者與「想像語言」

註23 同註1。頁156。
註24 同註1。頁157。

　　在上一小節中已提及「經驗」的分享與價值，然而「經驗」要與他人分享，或將之在記憶之外另作保存如何可能呢？誠如高氏所說：「我們都知道理論上任何經驗都不可能重複，但是藝術家與欣賞者都感覺實際上有些手段可以幫助我們再度經驗同一經驗。」[註25] 這個「手段」，依高氏之見，即透過「藝術媒介」忠實的描寫敘述經驗者的外在現象，以為人所領受。然而，這裡面臨一更大的難題，即若以「符號」、「語言」為媒介所表現的環境和現象，僅只是一種「代表」（representation），「代表」，並不直接等同於所欲傳達、保存的「美感經驗」本身，欣賞者如何透過這些「代表」去還原為原來的「原初經驗」？藝術家自身是否意識其所運用的媒介能否「代表」那「原初經驗」？高氏解決這些問題的方法是，將我們的解釋引入結構的層次，高氏云：「如果我們的解釋進入了『結構』的層次，不但經驗的材料可以體現一個大的結構，而且由這體現的結構還可以間接的表達未曾（或未能）表達的部份。」[註26] 這裡，高氏所說的「結構」，即我們除了要進入傳達、保存「美感經驗」的「符號」、「語言」之組織結構外，我們更要進入欣賞者或藝術家自身，對經驗材料的「解釋結構」。這兩項問題，也就是以下二節所將面臨的問題。

三、語言結構與形式意義

[註25] 同註 1。頁 166。
[註26] 同註 1。頁 167。

　　高氏的理論架構，在前二節的論述中已見模型，從「現實之知」到「美感經驗」的層第追索，高氏勾勒出其理論的研究範疇與價值，如果我們說，這些是高氏理論的肌裡，那麼在下二節所論述的將是其骨幹。此骨幹的主要課題在，語言具備那些條件使之能成爲一「藝術媒介」，及藝術家或欣賞者如何運作（不論是有意或無意）其「解釋結構」以領會語言所傳達、保存的「美感經驗」。本節將先論述前者。

　　我們從高氏幾篇文章中，不難發現其根本的興趣在於：中國的語言究竟具有那些特質或條件，使之成爲一高效率的藝術媒介，而影響中國文學的發展。[註27] 高氏對此問題所採的對策主要是由分析「語言的結構」入手。在此我們將整理高氏這幾篇文章中所論「中國語言」成爲一「藝術媒界」（或說是影響中國詩歌）的一些普遍性原則。

[註27] 如高氏＜詩經的語言藝術＞（收入《第二屆國際漢學會議論文集》，台北市：中央研究院，民國78年）一文云：「這個角度可以說仍然回到我對中國詩的語言的發展脈絡影響的根本興趣。」又如＜中國語言文字對詩歌的影響＞一文云：「所以以下文是從對語言學的回顧開始。……而我在這裡希望能提出這種文字語言也許在中國是獨立的。也許藉此可以部份地回答中國詩詞文字的魅力這個問題。」（同註9）又如＜律詩的美典＞一文云：「這個新詩體的主要形式特徵即採用一種新的音律格式，這在中國詩史上，是第一個『基於字的』，或簡言之，『音節的』（syllabic）模式。」（《中外文學》第18卷第2、3期，民78年7、8月）又如＜唐詩的語意研究＞一文云：「在『論唐詩的語法、同字與意象』一文中，我們曾探討唐詩意象的主要形態與特徵，以及用字與語法兩者在意象創造與運運所佔的地位。本文將唐詩中語意的功能作一番較詳盡的解析。」（《中外文學》第4卷第7至9期，民64年12月至民65年2月）

高氏論及詩作的整體藝術效果時說：

只有當形式方面的組成元素對詩作的整體藝術效果
有相當助益時，一種嚴密設計的詩體才能被肯定具
有藝術上的價值。[註28]

然則，以詩而言，究竟有多少「形式方面的組成元素」呢
？依高氏之見，如果我們將詩歌的其他條件撇開，集中在
聲讀表層本身，則最重要的是「語言的節奏感」。[註29] 高
氏在論述中，援用音樂理論家朱克坎《聲音與象徵》一書
說明「節奏」可體現出「時間架構」與「空間架構」，在
詩歌的聲讀上正可增強其「動感」的可能性。

其次，高氏進一步論述節奏與節律之關係後，進而指
出「節律」這一元素在詩歌中的作用。高氏云：

用最粗略的公式來看，節拍中可以體現兩種相反的
意義。一方面是每一節拍是前一節拍的重複，因此
不斷『回歸』、另一方面每一節拍又是前一節拍的
加強，這是持續的『強化』。[註30]

這一「回歸」及「強化」正使詩歌所以能成為一封閉與自
是之圈體。

高氏認為，在「句式音節外的另一種形式發展是中國
詩中對仗的運用」[註31]。依高氏之見，「對仗是在語意和語
音兩層次上重複」，因此它能體現一種「空間性的象徵」

[註28] 高友工〈律詩的美典〉同上註。
[註29] 高友工〈中國語言文字對詩歌的影響〉「詩歌的形式意義」一節，
同註9。
[註30] 同註26。
[註31] 同註26。

。由對仗最有力的手段運用，將意義的解釋徹底地擺脫指稱義的層次；而把焦點放在字意與字意的關係上，而構作出一「內涵的意義」。借由對仗的「橫讀」所建立的是一個新的「抽象意義」的意義層面。

之前，我們曾提及高友工先生語言研究的進路與西方「語言學」者或「結構主義」者並不相同，在此正可有一適切的說明，蓋高氏雖然強調形式方面的組成元素的重要性，並進而分析詩歌語言結構中的元素，但他更強調的是這些元素所組構的形式，如何在人類智慧文化的運作下，將形式的意義轉化爲象徵的意義之層次面。高氏云：

> 藝術在它最高的層次一定要把它所有層次的意義都能組合在一起而體現一個象徵的意義。低層次的意義可以包括藝術品的每一方面：代表的，象徵的；快感的，功用的；外投的，內斂的。但它最後必須在一個整體的架構中體現出個人最關切的生命意義一端，這種形式表現的意義自是象徵性的。[註32]

至於這種象徵性的意義之內容，或者說藝術媒介所傳達、保存的「美感經驗」爲何，則「由個人的解釋方式來決定，也可以說最後的依歸仍然是文化的因素。」[註33] 由此，我們逐可亦必須導入下一節「解釋層次與再生境界」主題的討論。

[註32] 同註 9。
[註33] 同註 26。

四、解釋層次與再生境界

雖然,「文字是保存記憶的最好媒介」[註34],運用「語言文字」,我們亦能將「原初的經驗」記錄保存下來,或傳達予他人分享,但作為一個欣賞者,面對這些「經驗材料」時,他如何將「經驗材料」轉化組織為「經驗的對象」而領會之呢?高氏認為,這得從「解釋」的方法與「觀照」的對象入手。他提出材料解釋的四種方式,此四種方式分別為:「直覺」的、「等值」的、「延續」的、「外緣」的。[註35]

所謂「直覺」的,高氏說:

> 在美感經驗中,其材料與經驗者的關係是一個「藝術品」與「經驗者」的自足關係,因此主要的是「物」與「我」之間的交流。[註36]

在這個交流過程中,「物像」所予欣賞者的「直覺印象」似乎就是「藝術品」的全部意義了。[註37]

所謂「等值」的,高氏以為,為了了解語料,必須有其他條件是「發言者」與「聽者」所共有的,即「語典」與「語境」。等值的解釋層,則指「語典」而言。「語典」即語言的典式,在此語言符號取得其意義。所以,在藝術的解釋過程中,「欣賞者」必須能控制,運用它有關的

[註34] 同註 9。
[註35] 同註 1。頁 159。
[註36] 同註 1。頁 160。

「典式」。

在「延續」的解釋層，「語境」為了解語料的條件。「語境」是一種「指稱」功用，它是指詞的「外延」、同時亦暗示了一種「延續」關係。語料可以利用「外指」的方式，指向一個「言者」和「聽者」所共知的「語境」；同時亦可以「內指」，將語料中散漫成份組成一個模倣「外象」的結構。所以，在藝術的解釋中，「欣賞者」所面臨的是一個「藝術品」利用「內指」關係組成一個「延續」的模式。

在「外緣」的解釋層中，其重要的成分為「語境」的假想「外境」，與「語料」在創造時具體「外境」的功用與目的。所以，我們的解釋也就由「語料」本身印象與結構的討論轉向「語料」與兩種重要外在因素的關係：「語境」與「語旨」。註38

高氏以此四者為一解釋過程的「理想間架」，並且欲達致深刻動人的「境界之美」，必須是此四階段的完成。我們認為高氏於此對「解釋層次」作一理論性之界說，而在其＜律詩的美典＞、＜論唐詩的語法、用字與意象＞、＜分析杜甫的秋興＞、＜唐詩的語意研究＞等諸篇文章中，則是他對自身理論的實踐。這些實踐同時也強化了理論的嚴整和完密。尤其是＜律詩的美典＞一文，可說是此四層解釋階段的完成。高氏在＜律詩的美典＞一文中，對「

註37 同註1。頁161。
註38 以以上對四種解釋層次的敘述，為剪裁高友工先生之文而言其大概，詳細內容請參見高氏＜文學研究的美學問題＞。

潛藏的美典」的追索與以之爲「解釋符號」的運用，完成
了解釋的四個層次，使唐代詩人的生命境界一一再現，而
爲他自己和我們心領神會。

參、結論

　　在文章前頭「釋題」一節中，我們並未對「人文美學
之完成」做一界說。因爲，我們認爲在此任何界說或解釋
，都不能窮盡「完成」之一義。唯有透過高氏「人文美學
之架構」，「完成」之義蘊方能透顯。任何浮誇之言，不
過是好高鶩遠的作風。雖然，在前文「架構」的論述中，
已隱約可見蘊含於其中的「完成」義蘊，在文章最末我們
仍願做一通貫的回顧。

　　高友工先生的理論學說，由「語言向度」展開對「人
文領域」的討論，並結合其研究內容的對象與方法，開展
「人文研究」的目標與價值。通觀其理論架構，其誠以「
經驗之知」擴展了「知識論」的領域；以「美感經驗」會
通「生命智慧」之境界，開拓美學的視野。此固爲其理論
之「架構」，亦是其理論之「完成」。我們以「人文美學
」稱之，良有以也。誠如高氏在＜中國語言文字對詩歌的
影響＞中所云：

> 我只說「人文學」而不用「人文科學」，因為科學
> 方法不正是化解這個人文理想的利器麼？人文中最
> 可貴的方法也許是這個「文」自身所體現的「人」
> 的世界。

我們也認為，在「人」的世界中最可貴者莫過生命的存在價值與意義之追尋。所以，我們一旦踏上「人文研究」的道路，也就是我們自我生命意義之反省與追尋的開始。然而，這個「追尋」非無目標，而其「完成」更不是句點。

參考文獻

1、高友工＜文學研究的理論基礎＞、＜文學研究的美學問題＞收錄於《政府遷台以來文學理論之研究》，台北市，台灣學生書局，1988年，初版。

2、高友工＜中國語言文字對詩歌的影響＞，《中外文學》第18卷第5期，1989年10月。

3、高友工＜詩經的語言藝術＞收入《第二屆國際漢學會議論文集》，台北市，中央研究院，1989年。

4、高友工＜律詩的美典＞《中外文學》第18卷第2、3期，1989年7、8月。

5、高友工＜唐詩的語意研究＞《中外文學》第4卷第7至9期，1975年12月至1976年2月。

詩歌與人生

邱燮友

臺灣師範大學國文系教授

摘要：

　　詩人面對人生，體驗生活，將生活經驗，化成詩歌，將情感生命，寫成詩句。因此詩歌是詩人的生活寫照，生命的昇華。古今中外詩人皆然。中國詩人在詩歌中表現「溫柔敦厚」的情操；而西方人，在作品中，往往表現矛盾的諷刺詩，以諷喻人生。透過閱讀詩歌，可以排遣憂悶，開拓視野；透過吟唱詩歌，可以抒吐情意，舒解壓力。總之：人事滔滔，紅塵滾滾，人生提供了多元的素材，讓詩人從中著筆，人生豐富了詩人，詩人豐富了詩歌。就如德國海德格的美學著作，《思想‧語言‧詩》他說：「存在就是美。」又說：「最真實的語言，便是詩歌。」我們可以從詩歌中，得到人生的種種啟示。

關鍵詞： 詩歌、人生、詩經、楚詞、吟唱、境界

壹、前言

　　閱讀詩歌有甚麼好處？吟唱詩歌有甚麼作用？閱讀詩歌能排遣憂悶，開拓視野；吟唱詩歌能抒吐情意，解除壓力。其實吟讀或創作詩歌，好處很多，我國前賢早已探討過這個問題，就如《論語‧陽貨》云：

　　　　子曰：「小子何莫學夫詩。詩可以興，可以觀，可以群，可以怨，邇之事父，遠之事君，多識鳥獸草

> 木之名。」[註1]

又如《禮記・經解篇》：「溫柔敦厚，詩教也。」[註2]

學習詩歌的好處，孔子（551~479B.C.）已有具體的說明，詩歌以激發情志，觀察興衰，溝通群志，抒吐怨憤，可以行孝行忠，增加鳥獸草木之名的常識。而儒家提倡的詩教在於「溫柔敦厚」，發揮發乎情止乎禮義的人性美德。這些都是學習詩歌的效用，包括詩人寫詩和讀者讀詩二者，並非指讀者而已。

今日大專的通識教育，其中有關詩教的課程不少，如「詩詞曲欣賞」、「現代詩欣賞與創作」、「民歌選讀」、「樂府詩選讀」、「詩歌與人生」、「詩歌美讀與朗誦」等，都是一般大專生所喜愛的課程。我國是愛好詩歌的民族，詩歌薪火相傳，永世不絕。在大專的課程中，詩歌教學一向被重視；同時，在學生的社團活動中，有詩社、詩歌吟社或朗誦隊的組成，成為大專學生社團的特色。詩歌彩繪人生，使世間生機蓬勃，多彩多姿。

貳、教材的設計與編纂舉隅

所謂人生，即人們世代生存活動的空間，而詩歌便是

[註1] 宋朱熹《四書集注・論語》，台北，世界書局，1965 年 8 月，頁 121~122。

[註2] 《十三經注疏本・禮記》，台北，國立編譯館主編，新文豐出版社，1997 年，頁 2107。

記錄這一代人情意活動的事實。常言道：「一種米養百種人。」同樣地，一代詩歌反映百態人生。今從詩歌發展的角度看詩歌中所反映的人生。

一、先秦詩歌中的人生

《詩經》和《楚辭》是先秦（公元前 206 年）的詩歌，《詩經》代表北方文學，《楚辭》代表南方文學。

我們讀《詩經》，可以體會西周開國到東周定王八年（公元前 1066 至前 581 年），其間約五百年的詩歌，他們在迎親道上，鼓吹吹響二月的桃紅；日出日落，他們在杵歌中，響起豳風七月的收穫[註3]。305 篇《詩經》象徵著周代人們的生活和願望，反映了朝野各階層的人生。同樣地讀戰國時代屈原（公元前 343 至前 277 年）的〈離騷〉、〈九歌〉、〈漁父〉等楚辭，彷彿看見被貶謫的三閭大夫，行吟於湘江澤畔，與漁父交談，漁父勸他能與世推移，不要深思高舉，遭人流放。然而他依然含忠履潔，不改操守，「製芰荷以為衣兮，集芙蓉以為裳」，以香草美人比喻君子，以惡鳥雲霓比喻小人。[註4] 司馬遷曾批評道：「國風好色而不淫，小雅怨誹而不亂，若〈離騷〉者，可謂兼之矣。」[註5]

[註3] 《十三經注疏本·詩經》，台北，國立編譯館主編，新文豐出版社，1997 年，〈桃夭〉頁 96，〈七月〉頁 770。

[註4] 見漢劉向編，王逸注《楚辭章句》，台北，世界書局，1956 年 12 月，頁 107，頁 10。

[註5] 《史記·屈賈列傳》，台北，開明書店版，1934 年 9 月，頁 210。

　　《詩經》用詩篇歌頌人生，而《楚辭》是屈原用生命創作詩篇。

二、漢詩歌中的人生

　　漢代（公元前 206 至 220 年）〈古詩十九首〉中，詩人一再提到「人生」，可謂對生命的珍惜和醒覺。作者希望借詩歌延長生命，也就是人的生命有限，而所寫的詩篇，不敢說永恆，起碼比自己的生命活得更長。

> 青青陵上柏，磊磊澗中石，人生天地間，忽如遠行客。斗酒相娛樂，聊厚不為薄。驅車策駑馬，遊戲宛與洛。洛中何鬱鬱，冠帶自相索。長衢羅夾巷，王侯多第宅。兩宮遙相望，雙闕百餘尺。極宴娛心意，戚戚何所迫！（其三）
> 迴車駕言邁，悠悠涉長道。四顧何茫茫，東風搖百草。所遇無故物，焉得不速老？盛衰各有時，立身苦不早。人生非金石，豈能長壽考。奄忽隨物化，榮名以為寶。（其十一）
> 生年不滿百，常懷千歲憂。晝短苦夜長，何不秉燭遊。為樂當及時，何能待來茲。愚者愛惜費，但為後世嗤。仙人王子喬，難可與等期。（其十五）[註6]

沈德潛云：

> 十九首大率逐臣棄妻，朋友闊絕，死生新故之感，中間或寓言，或顯言，反覆低徊，抑揚不盡，使讀

[註6]《文選》卷 29，台北，藝文印書館，1955 年 4 月，頁 270~271。

者悲感無端，油然善入，此國風之遺也。[註7]

讀漢人詩，以漢樂府最具特色，大抵爲「感於哀樂，緣事而發」的敍事詩，其中如〈陌上桑〉、〈孤兒行〉、〈婦病行〉、〈孔雀東南飛〉等，爲描寫小人物悲劇的寫實詩，與六朝江南水澤小篇的情歌，大異其趣。

三、晉南北朝詩歌中的人生

曹操（155至220年）〈短歌行〉是一首膾炙人口的詩歌，他感歎人生苦短，在亂世希望能招攬天下人才，共同治國，表達他勤政愛民的真誠。其詞曰：

> 對酒當歌，人生幾何。譬如朝露，去日苦多。慨當以慷，憂思難忘。何以解憂，惟有杜康。青青子衿，悠悠我心。但爲君故，沈吟至今。呦呦鹿鳴，食野之苹。我有嘉賓，鼓瑟吹笙。明明如月，何時可掇。憂從中來，不可斷絕。越陌度阡，枉用相存。契闊談讌，心念舊恩。月明星稀，烏雀南飛。繞樹三匝，何枝可依。周公吐哺，天下歸心。[註8]

魏晉玄學，開展遊仙文學，晉郭璞（276至324年）〈遊仙詩〉十四首，在追求隱逸高蹈的人生。東晉陶淵明（365至427年）開田園詩的領域，「採菊東籬下，悠然

[註7] 清沈德潛《古詩源》，台北，商務印書館，1956年4月，頁56。
[註8] 今人逯欽立輯《先秦漢魏晉南北朝詩》魏詩曹操，台北，學海出版社，頁349。

見南山」,「俯仰終宇宙,不樂後何如」[註9],成為陶詩的代表句。南朝宋謝靈運(385 至 433 年)開展山水詩的天地,「池塘生春草,園柳變鳴禽」、「明月照積雪,朔氣勁且哀」[註10],開拓了人類與自然和諧共處的人生。

從文人詩到魏晉南北朝民歌,由悲憤到隱逸,由詠物到田園、山水,到宮體戀歌,所謂「清新庾開府,俊逸鮑參軍」,以及「歌謠數百種,〈子夜〉最可憐。慷慨吐清音,明轉出天然」[註11]。還有北朝的〈敕勒歌〉、〈木蘭詩〉,說明人與自然的關係,人與親情、愛情的可貴。

四、隋唐五代詩歌中的人生

隋代享祚最短,從 589 至 618 年,共二十九年,詩風與六朝相近。唐代(618 至 906 年)是詩歌的黃金時代,詩人輩出,最稱著者,有詩仙李白(701 至 762 年)、詩佛王維(701 至 761 年)、詩聖杜甫(712 至 770 年)。他們的詩歌,揮灑人生。寫豪情如李白的〈將進酒〉:「人生得意須盡歡,莫使金樽空對月。天生我材必有用,千金散盡還復來」[註12]寫幽情,如王維的〈積雨輞川莊作〉

[註9] 同注 8 晉詩陶淵明〈飲酒詩〉其五,頁 998,〈讀山海經詩〉其一,頁 1010。

[註10] 同注 8 宋詩謝靈運〈登池上樓詩〉,頁 1161,〈歲暮詩〉,頁 1181。

[註11] 宋敦茂倩輯《樂府詩集》卷 45,台北,里仁書局,1980 年 12 月,頁 654。

[註12] 清曹寅敕編《全唐詩》卷 162,台北,明倫出版社,1974 年 12 月,頁 1682。

：「山中習靜觀朝槿，松下清齋折露葵。野老與人爭席罷
，海鷗何事更相疑？」[註13]寫悲情，如杜甫的〈古柏行〉：
「大廈如傾要梁棟，萬年回首丘山重。……志士幽人莫嗟
怨，古來材大難為用！」[註14]其他如寫親情，有白居易的
〈自河南經亂，關內阻饑，兄弟離散，各在一處〉：

> 時難年饑世業空，弟兄羈旅各西東。田園寥落干戈
> 後，骨肉流離道路中。弔影分為千里雁，辭根散作
> 九秋蓬。共看明月應垂淚，一夜鄉心五處同。[註15]

寫愛情，有李商隱的〈無題〉：「相見時難別亦難，東風
無力百花殘。春蠶到恐絲方盡，蠟炬成灰淚始乾。……」
[註16] 情非一端，化作千萬柔情，千萬蝴蝶，飛舞於千花萬
卉的情意世界，共享繽紛的人生。

五、宋詞、元曲、明清時調中的人生

宋以後至明清（960 至 1911 年），將近一千年，是長
短句詩歌流行的年代，詩人用歌聲探測人生的舞臺，唐詩
典雅，宋詞香豔，元曲俚俗，各自反映不同的人生。

唐以前的民歌，稱樂府詩，是鄉間的歌手唱出大地的
心聲；唐以後的民歌，卻來自市井的歌手，開始在青樓茶
館走唱，如柳永所說的「忍將浮名，換作了淺酌低唱」，

[註13] 同注 12，卷 128，頁 1298。
[註14] 同注 12，卷 221，此詩詠州諸葛廟的古柏，雖詠物，但有弦外之音
，而以「材大難為用」為浩歎。頁 2334。
[註15] 同注 12，卷 436，頁 4839。
[註16] 同注 12，卷 539，頁 6168。

又如姜夔路過揚州寫下〈揚州慢〉:「杜郎俊賞,算而今,重到須驚。縱豆蔻詞工,青樓夢好,難賦深情。」[註17] 其後文人加入創作,便不以花間、尊前的詞人為限,擴而大之,寫一己的情懷和遭遇,不再以女子的口吻,道述輕豔綺麗的風情。

蘇軾的詞,便是寫自己親身體驗悲歡離合的人生,他在〈水調歌頭・中秋〉寫道:

> 明月幾時有?把酒問青天。不知天上宮闕,今夕是何年?我欲乘風歸去,唯恐瓊樓玉宇,高處不勝寒。起舞弄清影,何似在人間。　　轉朱閣,低綺戶,照無眠。不應有恨,何事長向別時圓?人有悲歡離合,月有陰晴圓缺,此事古難全。但願人長久,千里共嬋娟。[註18]

蘇軾才情卓絕,他將歌者之詞開拓成文人之詞,使題材擴大,意境提高,不再局限於男女戀情和離愁別緒的內容,而用長短句寫人間的悲歡離合。

元代(1277 至 1367 年)蒙古人統治中原,不重視文人和儒學,其間曾有三十幾年廢科舉,文人無所事事,隱於漁樵之間,故元人散曲成為漁樵之歌。如盧摯的〈雙調・蟾宮曲〉:

[註17] 近人唐圭璋輯《全宋詞》姜夔,台北,中央輿地出版社,1970 年 7 月,頁 2181。

[註18] 同註 17,蘇軾〈水調歌頭・丙辰中秋,歡飲達旦,大醉,作此篇,兼懷子由〉,頁 280。

　　想人生七十猶稀，百歲光陰，先過了三十。七十年
　　間，十歲頑童，十載尪羸，五十歲除分晝黑，剛分
　　得一半兒白日。風雨相催，兔走烏飛。子細沈吟，
　　都不如快活了便宜。[註19]

人生苦短，不如快活過日子。在元曲中馬致遠的〈秋思〉
更是膾炙人口：

　　〈雙調‧夜行船〉百歲光陰如夢蝶，重回首往事堪
　　嗟。昨日春來，今朝花謝，急罰盞夜闌燈滅。
　　〈喬木查〉想秦宮漢闕，都做了衰草牛羊野。不
　　恁漁樵無話說，縱荒墳、橫斷碑，不辨龍蛇。
　　〈慶宣和〉投至狐蹤與兔穴，多少豪傑，鼎足三分
　　半腰折，魏耶，晉耶。
　　〈落梅風〉天教富，不待奢。沒多時好天良夜，富
　　家兒更做道你心似鐵，爭辜負了錦堂風月。
　　〈風入松〉眼前紅日又西斜，疾似下坡車。不爭鏡
　　裏添白雪，上床和鞋履相別。休笑巢鳩計拙，葫蘆
　　提一向裝呆。
　　〈撥不斷〉利名竭，是非絕。紅塵不向門前惹，綠
　　樹偏宜屋角遮，青山正補牆頭缺，竹籬茅舍。
　　〈離亭宴煞〉蛩吟一覺才寧貼，雞鳴萬事無休歇，
　　何年是徹。密匝匝蟻排兵，亂紛紛蜂釀蜜，急攘攘
　　蠅爭血。裴公綠野堂，陶令白蓮社。愛秋來那些，
　　和露摘黃花，帶霜烹紫蟹，煮酒燒紅葉。人生有限
　　杯，幾箇登高節。人問我頑童記者，便北海探吾來
　　，道東籬醉了也。[註20]

[註19] 王忠林等編《中國文學史初稿》，第六編，〈元代文學〉，頁775
　　。
[註20] 同注19，頁780。

這則套數，前半在歎世，帝王顯赫的功業也罷，英雄豪傑的建樹也罷，人間的富貴也罷，都不足據。後半則重在自我表達，透露出自我的徹悟和生活態度。

明清（ 1368 至 1664 年 ，1645 至 1911 年）時調，大抵爲市井小調，如馮夢龍《山歌》、華廣生《白雪遺音》，用活潑生動的語言，寫純真的情感，表現民間歌手的風味。如《山歌》中的〈素帕〉：

> 不寫情詞不寫詩，一方素帕寄心知。心知接了顛倒看，橫也絲來豎也絲，這般心事有 誰知？[註21]

又如《白雪遺音》中的〈大雪紛紛〉：

> 大雪紛紛迷了路，前怕狼來，後怕是虎，嚇的我身上酥。往前走，盡都是些不平路，往後退，無有我的安身處。你心裡明白，俺心裡糊塗。既相好，就該指俺一條明白路。且莫要指東說西，將俺誤。[註22]

在大雪紛飛的人生道上，容易迷路，且陷阱多，請指示正確的前途。

六、新詩、現代詩中的人生

民國以來（1911 年以後），五四運動，提倡白話文學，就新詩而言，抗戰其間，臧克家（ 1905 年以後）寫了《泥土的歌》（1943 年）中的〈三代〉：

[註21] 明馮夢龍輯《山歌》卷 10，蘇州，江蘇古籍出版社，1993 年 6 月，頁 102。

[註22] 清華廣生輯《白雪遺音》，台北，金楓出版社，1986 年 10 月，頁 24。

> 孩子在土裡洗澡，
> 爸爸在土裡流汗，
> 爺爺在土裡葬埋。[註23]

在文革期間（1955 至 1966 年），顧城寫下〈一代人〉：

> 黑夜給了我黑色的眼睛，
> 我卻用它尋找光明。[註24]

詩不在於行數的多寡，這三行或兩行詩，已寫下三代或一代人的歷史，真實的人生，便是動人的詩篇。同樣地，北島的〈宣告〉，末了兩句，對大眾的宣告，爭取自由，是要付出代價的：

> 從星星的彈孔中，
> 將流出血紅的黎明。[註25]

　　在台灣，詩人的作品，便反映出這個時代人的生活，就如鄭愁予的〈錯誤〉：

> 我達達的馬蹄是美麗的錯誤，
> 我不是歸人，是個過客。[註26]

又如苗栗海寶國校何麗美的〈酒〉：

> 年輕的媽媽像一瓶酒，
> 爸爸嘗一口就醉了。

大陸地區的詩，充滿了與命運搏鬥和爭取生存的意識；臺灣地區的詩，卻充滿了活生閒情和浪子情懷的詩趣，由於人生的際遇不同，所寫的詩，也迥然有別。

[註23] 今人吳奔星編《中國新詩賞大辭典》，蘇州，江蘇文藝出版社，頁374。
[註24] 今人唐祈編《中國新詩名篇鑑賞辭典》，成都，四川辭書出版社，頁586。
[註25] 同注23，頁1343。
[註26] 同注23，頁1132。

參、詩歌教學對人生的啟示

一、詩中的哲理，是生活中的至理名言

詩中有很多哲理名言，經常被引用，便成成語。例如王之渙的〈登鸛雀樓〉：「欲窮千里目，更上一層樓。」漢樂府的〈長歌行〉：「少壯不努力，老大徒傷悲。」在歷代的聯語中，留有人生的至理名言，明代徐文長曾說：「好讀書，不好讀書；好讀書，不好讀書」。年輕時要好好讀書，但外務太多，不好讀書；中晚年時，好讀書，但體力衰退，不能好好讀書。例如近人傅狷夫的楹聯：

　　閒思宇宙多情放，

　　極目天下已心平。

閒暇時想想宇宙何等浩瀚，人生如同恆河邊的一粒砂子，心情自然會開放，看看天下何等遼闊，心胸已然平靜，這是何等開闊的心境。又如佚名的聯語：

　　友如作畫須求淡，

　　文似看山不喜平。[註27]

《禮記》有云：「君子之交淡如水。」與志趣相投的人交往，經常是清且淡，如同作畫，人們喜愛清新淡雅，才能耐看。但寫文章，卻要跌宕起伏，一波三折；正如人們遊覽名山，多愛它的嵯峨多姿，變化莫測。

[註27] 今人顧平旦等編《名聯鑑賞詞典》，合肥，安徽黃山書社，1988年5月，頁153。

二、詩歌中的境界，反映人生的面面觀

詩歌的境界，反映人生的面面觀，同樣一首詩，每個人讀後的感覺不一樣，如同一首歌，歌詞歌曲相同，但唱出來的效果，便有差異。這是接受美學的區別。同樣地，一首詩含有很多境界，成為綜合的藝術。例如《詩經・桃夭》詩：「桃之夭夭，灼灼其華。之子于歸，宜其室家。」寫桃花之美，花紅灼灼，這是物境；接著寫新娘出嫁，適合她的丈夫、她的夫家，這是人的境界，也是情境，又有人倫之美。拿二月桃花暗示年輕的新娘，便是物境和情境融合，達到情景交融的境界。如把整首詩讀完：

桃之夭夭，有蕡其實。之子于歸，宜其家室。

桃之夭夭，其葉蓁蓁。之子于歸，宜其家人。[註28]

詩中所描寫的桃花，是北方桃，先開花，再結小桃實，然後長葉子，與台灣的桃程序不同，台灣的桃樹是先開花，再長葉子，然後結桃子。而桃花暗示新娘的美貌，桃實暗示新娘的傳宗接代，桃葉暗示新娘嫁到夫家，能庇蔭夫家家業興隆。全詩是一首周代北方讚頌新娘的民歌，於是桃花象徵了春天、愛情、年輕的新娘、二月花、傳統家庭的婦女等涵意。

詩歌反映種種人生，種種境界，「曾經滄海難為水，除卻巫山不是雲。」（元稹・離思）「春蠶到死絲方盡，蠟炬成灰淚始乾。」（李商隱・無題）這些都是情到深處無怨尤的情境。「千山鳥飛絕，萬徑人蹤滅。孤舟簑笠翁

[註28] 同注3，《詩經・桃夭》，頁96。

，獨釣寒江雪。」（柳宗元・江雪）「眾鳥高飛盡，孤雲獨去閒。相看兩不厭，只有敬亭山。」（李白・敬亭山獨坐）這又是一種孤絕的境界，物我相忘的意境。「南窗日日看青山，歲歲青山不改顏。我問青山何日有？青山問我幾時閒。」（佚名・看山）這又是一種禪的意境。

三、從詩詞中，開拓人生的境界

讀南宋人蔣捷的〈虞美人・聽雨〉：

少年聽雨歌樓上，紅燭昏羅帳。

壯年聽雨客舟中，江闊雲低、斷雁叫西風。

而今聽雨僧廬下，鬢已星星也。

悲歡離合總無情，一任階前、點滴到天明。[註29]

蔣捷為南宋末葉人，宋亡後，元人入主中原，蔣捷遁跡不仕。這首詞，寫人生三個境界，少年聽雨歌樓，沈醉在綺羅香中；壯年作客，聽雨舟中，飄泊如孤雁，不勝浪跡之苦；晚年聽雨僧廬，然人已老，回想離合總無情，又是一種境界。

又如王國維《人間詞話》云：「古今之成大事業、大學問者，必經過三種之境界：『昨夜西風凋碧樹，獨上高樓，望盡天涯路。』此第一境也。『衣帶漸寬終不悔，為伊消得人憔悴。』此第二境也。『眾裡尋他千百回，回首驀見，那人正在燈火闌珊處。』此第三境也。」[註30]

[註29] 同注17，蔣捷，頁3443。

[註30] 近人王國維《人間 詞話》卷一，台北，三民書局，1994年3月，頁39。

　　王國維引晏殊的〈蝶戀花〉、柳永的〈鳳棲梧〉、辛
棄疾的〈青玉案〉詞句，比喻成大事業、大學問家，必經
過三階段，在艱苦執著的追求中，一旦收穫時所得欣喜之
情。原詞本是抒情詞，經王國維的組合，產生新的聯想，
賦予原詞所沒有的人生哲理，這是讀詩詞所開拓的新世界
。

四、從詩歌中，體會收放的人生

　　詩歌有起、承、轉、合的結構，起承是放，轉合是收
。其實任何事物或情理，也都有對比或正反的現象，二者
放在一起，效果特別顯著，在藝術的術語中，稱之爲蒙太
奇。例如屈原的〈離騷〉：「紛吾既有此內美兮，又重之
以修能。」「內美」是天賦的內在美，「修能」是後天修
爲的才能。那內美是收，修能是放。一般的絕句，一二兩
句是放，三四兩句是收。但杜甫的〈江南逢李龜年〉：「
岐王宅裡尋常見，崔九堂前幾度聞。正是江南好風景，落
花時節又君。」這是三一格的寫法，前三句寫盛況，後一
句寫衰況，造成對比，那前三句是放，後一句是收。

　　我們把這道理，用在日常生活上，白天工作是放，夜
間休息是收，發言時是放，沈默時是收。在收放之間，如
果用在人生哲理上，管控得宜，便是智者。讀詩使人智慧
，不亦宜乎？

肆、結語

詩人的思想和語言，豐富了詩歌的內涵
；詩歌的內涵，豐富了彩色的人生。

詩人面對人生，體驗生活，將生活經驗，化成詩歌，將情感生命，寫成詩句。因此詩歌是詩人的生活寫照，生命的昇華。古今中外詩人皆然。誠如王國維《人間詞話未刊稿》云：「詞人之忠實，不獨對人事宜然。即對一草一木，亦須有忠實之意，否則所謂游詞也。」[註31]

同時中國詩人在詩歌中表現「溫柔敦厚」的情操，西方詩人，在作品中，往往表現矛盾的諷刺詩，以諷喻人生。在中國則是「還君明珠雙淚垂，恨不相逢未嫁時。」（張籍〈節婦吟〉）在西方則是「貧窮從門口進來，愛情從窗口飛走。」（泰戈爾《飛鳥集》）

總之：人事滔滔，紅塵滾滾，人生提供了多元的素材，讓詩人從中著筆，人生豐富了詩人，詩人豐富了詩歌。就如德國海德格的美學著作，《思想‧語言‧詩》，他說：「存在就是美。」又說：「最真實的語言，便是詩歌。」我們可以從詩歌中，得到人生的種種啟示。

2002.6.15.

[註31] 同注 30，頁 170。

參考文獻

1、《十三經注疏本・禮記》，台北，國立編譯館主編，新文豐出版社，1997年。

2、《十三經注疏本・詩經》，台北，國立編譯館主編，新文豐出版社，1997年。

3、《史記・屈賈列傳》，台北，開明書店，1934年9月。

4、漢劉向編，王逸注《楚辭章句》，台北，世界書局，1956年12月。

5、《文選》，台北，藝文印書館，1955年4月。

6、宋朱熹《四書集注・論語》，台北，世界書局，1965年8月。

7、宋敦茂倩輯《樂府詩集》，台北，里仁書局，1980年12月。

8、明馮夢龍輯《山歌》，蘇州，江蘇古籍出版社，1993年6月。

9、清曹寅敕編《全唐詩》，台北，明倫出版社，1974年12月。

10、清沈德潛《古詩源》，台北，商務印書館，1956年4月。

11、清華廣生輯《白雪遺音》，台北，金楓出版社，1986年10月。

12、近人王國維《人間詞話》，台北，三民書局，1994年3月。

13、王忠林等編《中國文學史初稿》，第六編，〈元代文學〉。

14、近人唐圭璋輯《全宋詞》，台北，中央輿地出版社，1970年7月。

15、今人逯欽立輯《先秦漢魏晉南北朝詩》，台北，學海出版社。

16、今人吳奔星編《中國新詩賞大辭典》，蘇州，江蘇文藝出版社。

17、今人唐祈編《中國新詩名篇鑑賞辭典》，成都，四川辭書出版社。

18、今人顧平旦等編《名聯鑑賞詞典》，合肥，安徽黃山書社，1988 年 5 月。

國文語言「表現風格」教學探索

廖志強
親民工商專科學校國文組副教授

摘要：

現、當代的學者中，較早明晰論述「語言風格」的，要算張靜《新編現代漢語》了；至於以專著論述的，則有張德明《語言風格學》。但是以上所述及的有關言論，亦只是說明到了現代，「語言風格」特別為學者所關注。至於專在「語言風格」這個方面上，突出注重語言藝術的「表現風格」的說法，則要以黎運漢《漢語風格探索》、《漢語風格學》為開路先鋒；加以發揮的專著，則要算新近的鄭榮馨《語言表現風格論 — 語言美的探索》了。晚近幾年，臺灣學者則以竺家寧《語言風格與文學韻律》專書論析「語言風格」最為新著；雖然標目專論「文學韻律」，但對「語言風格」亦有所界說，並更進一步建立出一些研究的法則及方向。另外，本文著者的另一著作：〈藻麗語言的藝術———一種語言表現風格的探析〉亦在教學餘暇，從「藻麗」的語言藝術，來探析「表現風格」的一個側面。如今本文改從另一角度，作一次粗略的教學談，來概簡「表現風格」的一些特色。

關鍵詞：表現風格、語言風格、國文教學

壹、前言

現、當代的學者中，較早明晰論述「語言風格」的，要算張靜《新編現代漢語》了；[註1]至於以專著論述的，則

註1 張靜《新編現代漢語》：「表現風格，根據表現手法的異同，可以把語言風格分為幾種類型。表現風格就是這些風格類型的總稱。」下冊頁 284，上海教育出版社，1980 年。

有張德明《語言風格學》^{註2}。但是以上所述及的有關言論，亦只是說明到了現代，「語言風格」特別為學者所關注。^{註3} 至於專在「語言風格」這個方面上，突出注重語言藝術的「表現風格」的說法，則要以黎運漢《漢語風格探索》為開路先鋒；加以發揮的專著，則要算新近的鄭榮馨《語言表現風格論——語言美的探索》了。^{註4} 鄭榮馨在這本書中，雖然常常看到他撰作的獨有心思，但仍可以看出有很多地方是跟黎運漢所研究的語言風格學有著密切的關係的。最近黎運漢又修訂增補原著，並正名為《漢語風格學

註2 張德明《語言風格學》〈語言風格與語言修辭〉曾論及到：「語言風格是語言的最高平面。風格原是作家的『寫作筆法』或『藝術的獨特表現手法』等意思。語言風格就是修辭效果的集中表現。例如所謂語言的『表現風格』是和選用修辭手段有直接聯繫和對應關係的，所以又叫『修辭風格』」。他也有說明「表現風格」是「『表現上的分類』，主要是由於運用語文表現方法不同而形成的風格類型 — 共性風格。而語文表現方法主要是修辭方法和藝術手法，自然要適應『題旨情境』，自然要有語言風格手段和非語言風格手段的適當配合。」以上俱見該書的頁118至120，高雄，麗文文化公司，1995年10月。

註3 自程祥徽《語言風格初探》（台北，書林出版社，1999年8月）以來，朝語言學角度析述有關「語言風格」的論著，晚近的先有鄭運漢《言語風格學》，武漢，湖北教育出版社，1990年。後來又有王殿珍《言語風格論》，長春市，吉林人民出版社，1998年10月。這些著作都是明晰地把話語和書面語區分開來，並且多只重視從話語的角度來論析的。

註4 鄭榮馨《語言表現風格論 — 語言美的探索》則更把近十多年來在語言風格學的發展 — 特別是「表現風格」概述出來，他說：「陳望道《修辭學發凡》中論及語言表現風格，開了現代漢語修辭學研究表現風格的先河。後來，有很長一段時間並未受到人們的關注。進入八十年代（1980）以來，才逐步受到人們的重視，研究取得了一定的成果。但從整體上看，語言表現風格的研究還是個薄弱領域，缺少突破性成就……八十年代（1980）以來，陸續有研究語言風格的著作問世，專門論述語言表現風格的文章不多見。比較有分量的論述當是張德明先生的《語言風格學》、黎運漢先生的《漢語風

》；在論析「表現風格」一項，大底仍保守原來在《漢語風格探索》的大旨；只是在「表現風格」上，多分出一些不同的種類。[註5] 晚近幾年，臺灣學者則以竺家寧《語言風格與文學韻律》專書論析「語言風格」最爲新著；雖然標目專論「文學韻律」，但對「語言風格」亦有所界說，並更進一步建立出一些研究的法則及方向。[註6] 另外，拙著〈

格探索》。但在這些著作中，表現風格僅僅是語言風格大廈的一個小小組成部份，與其他部份相比，仍然處於不引人注目的次要地位。……特別是對語言表現風格類型的認識離全面、深入有較大距離。《漢語風格探索》作為一本風格學的專著，也只列述了八種風格類型，連常見的莊重、幽默風格也未予討論，更不必說疏放、縝密等類型了。」頁9至10，廣西師範大學出版社，1999年5月。黎運漢《漢語風格探索》詳列專章論析了八種不同的「表現風格」。他對「表現風格」的看法是：「語言「表現風格是風格範疇的一種抽象概括，表現風格的術語是廣泛應用的」。它可以用來概括民族風格、時代風格、流派風格、語體風格和個人風格。（原註：「張德明〈試論語言修辭和語言風格〉，見《修辭學論文集》第2集，福建人民出版社，1984年。」謹識。）」（頁191）。他亦說：「語言風格是在綜合運用語言表達手段中形成的，從調音、遣詞、擇句、設格到謀篇，綜合地反映在一篇文章、一部作品、或一種語體，或一個作家的作品，或一個時代作家的作品，或一個民族作家的作品裡，這就形成了它們的語言風格特點。」頁5，北京，商務印書館，1990年6月。

[註5] 黎運漢《漢語風格學》頁219至222及264至269，廣州，廣東教育出版社，2000年2月。另外，從文體風格學的角度論述的，有秦秀白《文體學概論》，長沙，湖南教育出版社，1990年6月；又有郭鴻《英語文體分析》，北京，新華書社北京發行所，1998年8月；這兩部著作都可以說是具有時代特徵性的論著。

[註6] 竺家寧《語言風格與文學韻律》：「『語言風格學』是一門新興的學科，它是語言學和文學相結合的產物。換句話說，它是利用語言學的觀念與方法來分析文學作品的一條新途徑。……近世語言風格學的興起，正是針對這樣的現象，企圖把文學說出個所以然來。語言學者運用其豐富的語言分析經驗，以及精準、客觀的分析技術，把探索領域由自然語言轉到文學語言上來。」（頁1）。他又說：「『風格』一詞是文學上常用的術語，而且有著相當長久的歷史。

藻麗語言的藝術 — 一種語言表現風格的探析〉亦在教學
餘暇，試從「藻麗」的語言藝術，來鑑賞作品的「表現風
格」的一種「美」，並從而探析「表現風格」的「藻麗」
特色。如今亦擬就「表現風格」角度，作一次粗略簡概的
教學談。[註7]

貳、表現風格教學談[註8]

一、從詞句到篇章看兩首古詩的「表現風格」：

（一）陶淵明〈歸園田居〉（少無適俗韻）自然完美
的特色：

　　全詩依內容大意，可分四段。第一段是首四句，作者

語言風格學也是研究風格問題，但是觀念和方法跟傳統的風格的概
念頗有不同，因此有必要在名稱上作一區分。我們把傳統的風格研
究稱為『文藝風格學』。凡是以文學的方法研究，涉及作品內容、
思想、情感、象徵、意象、藝術性的，稱為『文藝風格學』。凡是
用語言學的方法研究，涉及作品形式、音韻、詞彙、句法的，為『
語言風格學』。」（頁13）台北，五南圖書出版公司，2001 年 3 月
。

[註7] 拙著〈藻麗語言的藝術——一種語言表現風格的探析〉見《親民學
報》第五期，苗栗，親民工商專科學校，2001 年 10 月。

[註8] 本論文所舉作品析例，概以大專國文教學為範圍，詳見 1、王基倫
等合編《國文（三）》，臺北，三民書局，1999 年 8 月。2、師大
、臺大、政大各教授合編《大專國文選》，臺北，三民書局，1999
年 8 月。3、吳椿榮《大專國文選》，臺北，文京圖書公司，1999
年 4 月；若果引例不在這些書內，才另註明。

開宗明義地說出鄙視俗世和不同流合污的志向，又表明本
性愛好自然的品格；但人生總是會為現實生活而迷惘，作
者也明確說出求官的錯誤。第二段是次四句，承接所說的
誤入官場，所以便好像「羈鳥」「池魚」一樣地，思念「
舊林」「故淵」；作者就是這樣地表明：要「守拙歸園田
」的隱居生活。第三段是中間八句，作者層次分明地由遠
到近、由外到內、由夜到晨等三個不同角度，把家園環境
描繪得直是一幅閒靜純樸的村居圖。第四段是末四句，作
者先以「戶」「室」「餘閒」「虛」「無塵雜」來總應歸
隱的閒靜純樸的生活；繼以「久在樊籠」遙應最初求官的
錯誤，又以「返自然」再表明心志地遙應本性愛好自然的
品格。總的來說，陶淵明〈歸園田居〉（「少無適俗韻」
）反映出他厭棄官場俗世，盼切繼續在家鄉深山過著歸隱
的心情。

　　陶淵明〈歸園田居〉（「少無適俗韻」）的「羈鳥戀
舊林，池魚思故淵」一聯，在寫作技巧上的特色是沖淡自
然，以「鳥」及「魚」來比喻自己，又以「舊林」及「故
淵」來比喻家鄉。再分別加上「羈」及「池」字，充份點
出自己對當官受祿的厭棄。這樣的運用具體景物來表情達
意，正使這兩句造句自然而象徵生動；並能巧以形象景物
，完全把他內心的境界點化出來。正是陶淵明這一聯的詩
句風格沖淡自然，充份表現出他當時的心境當是厭棄官場
俗世，與及具有深慕深山隱居的情懷的。

　　〈歸園田居〉一詩，從「主題結構」角度來看，全詩
環繞著「歸園田居」的主題來寫作：先是說明「歸園田居
」的原因，是「誤落塵網」「三十年」，所以萌生「戀舊

林」、「思故淵」起來，於是便「守拙歸園田」了；詩中並說明「田」「園」生活的概況；最後又以「戶庭」「虛室有餘閒」和「復得返自然」，來歸結回歸自然的主題。

〈歸園田居〉一詩，從「章法佈局」角度來看，首四句說明歸隱的根由，從而帶「起」全詩；次四句「承」接開頭詩句，進一步說明「守拙歸園田」；跟著詩中的八句「轉」而概寫「歸園田居」的生活大略；在最後的四句又籠「合」到歸隱的「閒」趣「自然」，來總結全詩。

〈歸園田居〉一詩，從「照應脈絡」角度來看，詩中從遠近、前後、高低等不同角度，描述「歸園田居」的生活大略，表現出脈絡井然。又以「舊林」、「故淵」與「戶庭」、「虛室」作巧妙照應；並在詩篇的首尾處，以「俗韻」、「塵網」呼應「樊籠」，與及以「丘山」呼應「自然」；俱能表現出照應有序。

陶淵明篇章結構完美緊密，詞句寫來信手自然，字句表面不著雕艷，加上體驗酷愛自然的人生觀；正就像詩中所說「性本愛丘山」、「復得返自然」一樣。

（二）謝靈運〈登池上樓〉雕藻華麗的特色：

謝靈運在〈登池上樓〉主要抒發出的心情，是一種低沈憂鬱、進退維谷而又無可奈何的歸思。作者當時出任永嘉太守，明顯是已遭排擠，不被在朝當權者所重用；所以在詩裡亦抒發出一些牢騷出來，而且詩中明顯地表現出滿心眷戀的「徇祿」，不能承受歸隱後的「退耕力」；這些亦在在俱見出他的熱中於功令的思想。雖然還是在政府裡

為官，但是最根本的出發點，卻並不是純為忠愛國家的情操表現啊！

謝靈運〈登池上樓〉的「潛虯媚幽姿，飛鴻響遠音」一聯，在寫作技巧上的特色是造句精鍊，以「潛虯」借喻隱退，以「飛鴻」借喻求進大官；並相對比。又用作全詩的起首，全以形象比喻的「比興」手法，引發整首詩的思路發展。謝靈運詩的這一聯造句精鍊，並以此引發全詩思路，充份表現出他理性心境的一面。但從詩的下文發展來看，當知他仍眷戀當官，並無隱退的心意的。

〈登池上樓〉一詩，從「比興構篇」角度來看，全詩的開首即以具體形象化地，分別以「潛虯媚幽姿」象喻「退耕力」的隱士，與及以「飛鴻響遠音」象喻「進德智」的仕宦；從而帶起下文「園」「林」「索居」「離群」的生活「無悶」的心境。

〈登池上樓〉一詩，從「敘寫有序」角度來看，先以比興寫法，透過「潛虯」「飛鴻」的象喻，帶引出一番議論；接續即描述「臥病」「窺臨」「空林」，並以芙蓉出水般的精細筆觸，摹描出「池塘生春草，園柳變鳴禽」的千古名句；最後並以《詩經》、《楚辭》的感傷及《周易》自勵「持操」，說明「索居」「離群」而「無悶」的心境。

從敷藻華詞及篇章精雕細密來看，正就像他這首詩的主題思想一樣，有說不盡的用心，盡在作品詞句間表露出來。

（三）小結：

　　鍾嶸《詩品》曾說陶淵明詩：「文體省靜，殆無長語，篤意真古，辭興婉惬……世歎其質直。」又說謝靈運詩：「才高詞盛，富艷難蹤」；但終不免「頗以繁富為累。」[註9] 借用鍾嶸這些話，正好作為陶、謝這兩詩的評語。

二、從「表現風格」看兩首唐詩：

（一）飄逸『詩仙』——李白〈宣州謝朓樓餞別校書叔雲〉：

　　李白一生豪氣，性疏財，好任俠。幼年即隨父遊商南北西東，又娶富家女為妻。少年得志，因緣際會，於天寶初年，巧會東突厥降書的機會，當時的唐玄宗破格任用為「翰林供奉」；據說又曾在宮殿上受到楊貴妃調羹，權宦高力士又為脫靴服務。所以被權貴排擠，一年餘即離開京師。在晚年的時候，適值當安史賊亂；李白避走江南，入唐永王璘幕；唐肅宗即位，坐永王璘罪，流放夜郎。綜觀李白一生追摹六朝「小謝」（謝朓）詩法，從存世的詩作來看，亦可確知李白精長於古風而拙於近律。

　　〈宣州謝朓樓餞別校書叔雲〉正屬古風的歌行體，詩中句式長短參融，一任詩思飄逸，作出天馬行空式的架構：詩首四句直道「煩」心，又以「長風」「秋雁」興起全

註9　見古直《鍾記室詩品箋》，臺北，廣文書局，1977 年 7 月。

詩;中間四句借寫「建安骨」、「小謝」「清發」,運用古往今來的巧喻,他與叔叔李雲一樣,俱是俊傑豪才,便不言而然了;最後四句承接中間所寫的古往今來的豪情氣慨,又直抒胸臆,並兼點明題意總結全詩。三層詩意不獨突接遒健,即「長風」、「秋雁」、「建安骨」、「小謝」「清發」、「上青天攬明月」、「抽刀斷水」、「散髮」、「扁舟」等等,亦是用語清新的表徵。以遒健清新的語言,寫「煩憂」「不稱意」的內涵;說來亦是豪情氣慨,卻又一任自然。這正是李白飄逸詩風的最佳明徵。

誠如張高評論析所說:

本詩在結構上使用突接,故句意十分緊湊而壯健。敘事未了,即以另一端直起突接,轉敘他事,雖感突兀,卻能脫冗雜和庸俗。……這首詩的緊湊壯健,固然是結構美的表現,更是李白灑脫奔放性情的反映。以詩中浮現的意象來說,像『長風萬里』、『酣高樓』、『懷逸興』、『壯思飛』、『上青天』、『攬明月』、『抽刀斷水』、『散髮弄扁舟』,都含有明快奔放,高逸超邁,不可羈束的態勢,可見詩文的風格多少可以徵見作家的性情。再就節奏而言,首句十一字,連用九個仄聲字,正表現出『一腔鬱勃牢落的情緒』。第二句即用三平聲來救轉,於是起勢便豪邁奔放,如風雨之驟至了。當然,這跟他以文為詩,一瀉千里,勢不可當也有關係。黃永武先生曾分析本詩的用韻,謂李白先用了四句極響的『留、憂、樓』,末段再用四句極響的『流、愁、舟』,這些尤韻(平聲韻)感慨最深。但中間四句,轉寫逸興清發,飛天攬月時,亦用輕約

的月韻（入聲韻），月韻與入夢輕飛的情節是諧合的。（《中國詩學・設計篇・談詩的音響》）可見就音響而言，也願能象徵作者闊大高遠，超凡脫俗的襟抱。（《唐詩三百首鑑賞》）[註10]

（二）淺易近人『老嫗都解』──白居易〈賣炭翁〉

白居易處於藩鎮割據的中唐時代，政局的動盪不安，苛政的迫壓與及民生的困苦，這些時代烙印在他的詩裡是常常都可以見睹的。就在把握時事的典型性來加以敘述的特色上，他確實在一定的程度上延續了杜甫的「詩史」、「詩聖」的特色。但是杜甫詩語常常表現出錘鍊精密的特色，在白居易的詩裡，卻每多運用了淺易通曉的語言，啷啷上口的語句；在前人的記載裡，就說過他在詩寫了後，便拿去與路旁的老嫗談談，把老嫗聽不曉的詞語，都再改寫成淺易曉的。除了在詩語上淺易通曉的特色外，白居易與杜甫在創作詩體上，亦有不同的展現：綜觀杜甫一生的詩作成就，當是以七言近體最爲代表；白居易則以倡導「新樂府」詩體最爲突出。

從白居易〈賣炭翁　宮使〉裡，「賣炭翁」的形象和遭遇，則中唐的「宮市」制度幾再現人前。「賣炭翁」的形象：（1）在寒冷的雪天下，白髮蒼蒼的賣炭老翁，（2）仍只能寄著單薄的衣服，一面挺著寒凍，（3）一面還得挺饑抵餓的環境下，（4）辛苦地熬夜，砍伐木材，

[註10] 黃永武、張高評《唐詩三百首鑑賞》，台北，黎明文化事業公司，1986 年 11 月。

來燒成柴炭。（5）這些燒炭的煙火，弄得十指黑黑的，（6）還有滿臉都是塵灰；（7）在這樣艱苦急忙地工作中，仍時時流露著為賣炭生意憂心的愁容出來。（「賣炭翁……市南門外泥中歇」）

「賣炭翁」的遭遇：（1）這位一把蒼老年紀的老翁，天天都是捱饑抵餓地辛苦工作來維生。（2）經過艱辛的熬夜工作後，才弄得一車千斤的炭；（3）還寄望著天氣愈寒，可以賣得更好的價錢。（4）但是宮使翩翩而來的時候，只要宣示文書敕旨，便強制執行「宮市」的制度；（5）即以半疋紅紗和一丈綾織的低廉價格，強行把千斤炭都換取去了。（6）這時候，賣炭老翁仍只得啞忍地承受著「宮市」不公平的壓迫欺侮。（「翩翩兩騎來是誰……繫向牛頭充炭直」）

（三）小結：

李白一生，為人為文的作風，可謂相當一致。從〈與韓荊州書〉即可具見李白一生用心仕途，但歷史上又未有確載李白中式科舉的紀錄，配合他傳奇性的一生風雲際遇，可見他疏性任俠的作為，與聰明豪氣的才情，正好造就出「飄逸出群」的風格特色。

白居易〈賣炭翁〉屬「新樂府」，他是就當時創造的音樂來作配合創作的詩體；再加上喜歡以淺易通曉的語言，來表達具有時代烙印的典型時事；所以他的詩作連老嫗都能曉解其中內容，這亦應是白居易詩最突出的成就處。

三、從「表現風格」看幾首詞：

（一）溫飛卿〈更漏子〉（柳絲長）的雕藻華麗：

溫飛卿〈更漏子〉（柳絲長）一詞雕藻華麗的特色，現析述如下：

（1）代言體：溫飛卿好用他人口吻來填詞，如這首詞裡的主人翁正就是一位閨婦，訴說他思夫的心情。（2）雕藻綺麗：近人王國維《人間詞話》也說溫飛卿詞是「金鷓鴣」[註11]，這也說明溫飛卿詞的雕藻華麗的特色。如這首詞修辭繁多，用語亦多華麗：「柳絲」、「春雨細」、「漏聲迢遞」、「塞雁」、「城烏」、「畫屏」、「金鷓鴣」、「池閣」、「紅燭」、「繡簾」等等。（3）描述細密：溫飛卿這首詞也是描述細密，起首處即由室外景物加以描述，在詞的中間處即轉到室內景物的描述，到詞的最後一句，又勾連起離家遠去的丈夫。每一處景物的描述都是細膩密致的。

（二）晏幾道〈臨江仙〉（夢後樓臺高鎖）的細密情致：

甲、上片的善寫事物的典型特徵：（1）詞中：「樓臺高鎖」（大霧）、「落花」及「微雨」等語的運用，都能表現出作者善於把握著「春」季景物的特徵。（2）另外，詞中：「夢後」、「酒醒」、「簾幕低垂」、「

人獨立」及「燕雙飛」等語的運用，正就是把「春恨」的特徵點出來了。

乙、下片的善寫人事的細節特徵：詞中：「兩重心字羅衣」（衣飾特徵）、「琵琶絃上」（音樂演奏）、「說相思」（談情說愛）及「明月在，曾照『彩雲』歸」（歸家身影）等語，正就是作者對「記得小蘋初見」（初戀）一事留下永遠忘不掉的細節特徵啊。

（三）秦觀〈踏沙行〉（霧失樓臺）的委婉柔約：

甲、善寫景物的典型特徵：詞中：「霧失樓臺」（大霧）、「月迷津渡」（月色朦朧）、「杜鵑聲裡」及「斜陽暮」（春日晚霞）等語，正就是作者表述出的「春寒」的特徵。

乙、連綿柔密的章法結構：（1）照應周密：「驛」跟「孤館」及「樓臺」互相照應，「孤館閉」照應「霧失樓臺」，「霧失樓臺」、「月迷津渡」、「杜鵑聲裡斜陽暮」等語都是照應了「春寒」。（2）層次井然：因為「霧失樓臺，月迷津渡」，所以才會「桃源望斷無尋處」；因為「杜鵑聲裡斜陽暮」，所以才會「可堪孤館閉春寒」；因為「驛寄梅花，魚傳尺素」，所以才有「砌成此恨無重數」；因為心想隨水「流下瀟湘去」，所以才覺得「郴江幸自繞郴山」。就上片來說，也即是：因為第一、二句，所以才有第三句；因為第五句，所以才會有第四句

註11 佛雛《新訂「人間詞話」》上海華東師範大學出版社，1980年。

。到了下片，也是一樣的寫法：因為第一、二句，所以才有第三句；因為第五句，所以才會有第四句。（3）柔筆句法連綿勾扣：上片首三句採用一組因果句連貫在一起，上片的末兩句也是一組因果句連貫在一起；而上片都是寫出「春寒」的節候特徵，來歸結在一起。下片也是一樣，首三句採用一組因果句連貫在一起，下片的末兩句亦是一組因果句連貫在一起；而下片總的來說，就是寫出「此恨」的心情。最後，又以「桃源望斷無尋處，可堪孤館」獨處，辭官歸隱不得，來交待出「無重數」的「此恨」；亦即以「此恨」歸結全篇旨義。這種連貫句式配內容脈絡的照應，亦正是秦觀善用的筆法特色。

　　丙、「柔情寫景」的特色：上片的「霧失樓臺，月迷津渡。桃源望斷無尋處。可堪孤館閉春寒，杜鵑聲裡斜陽暮。」這裡以「桃源」借代歸隱，並藉驛館所見樓臺、津渡一帶景色：春天的斜陽暮色下，所形成的朦朧閉月的寒霧景色，以柔順的筆觸，暗地裡透示出作者歸隱無路的感慨。又如下片的「驛寄梅花，魚傳尺素。砌成此恨無重數。」這裡以「梅花、尺素」借代書信，並就常見梅花、遊魚的驛館裡，寄遞繁多書信等的平常事情，輕柔巧妙地運用形象化的描述手法，勾引出作者歸隱不得的無限「恨」痛。

（四）柳永的「雅」、「俚」詞風：

　　甲、柳永一生的詞作風格的演變：（1）柳永原名柳三變，早年沈迷妓院，並為歌妓填詞製歌；製作率為風花雪月，紙醉金迷等等的卑下的生活題材。因精於音樂

律調，又創爲「慢」詞長調，採用通俗語言入詞，風靡一時，成爲當時的流行歌曲，並因而名傳於世；於是士大夫們都引以爲恥，多加鄙視。這一時期是他的早期作品的風格特色。代表詞作，如：〈鶴沖天〉（黃金榜上）：

　　黃金榜上，偶失龍頭望。明代暫遺賢，如何向？未遂風雲便，爭不恣遊狂蕩。何須論得喪，才子詞人，自是白衣卿相。　　煙花巷陌，依約丹青屏障。幸有意中人，堪尋訪。且恁偎紅倚翠，風流事，平生暢。青春都一餉。忍把浮名，換了淺斟低唱。^{註12}

（2）柳三變多次科舉考試失敗，後來改名柳永，便一躍龍門而科舉入仕；官至屯田員外郎，世稱柳屯田。當官以來，填詞便多羈旅行役及家國天涯的生活題材，因善於融情入景和鋪敘景物，又多感傷離別的作品，所以藝術感染力也特別豐富。這一時期是他的後期作品的風格特色。代表詞作，如：〈八聲甘州〉（對蕭蕭暮雨灑江天）一詞的「漸霜風淒緊，關河冷落，殘照當樓。是處紅衰翠減，苒苒物華休。惟有長江水，無語東流。」這即是融情入景的名句。又如：〈雨霖鈴〉（寒蟬淒切）一詞的：「今宵酒醒何處？楊柳岸、曉風殘月。」這正是千古以來傳誦的名句。

乙、柳永詞風──「善於鋪敘」、「融情入景」

：柳永〈八聲甘州〉（對蕭蕭暮雨灑江天）「善於鋪敘、融情入景」特色，現例析論述如下：好像上片的「漸霜風淒緊，關河冷落，殘照當樓。」這裡把秋冷的「風霜」景色、荒涼邊地的「關河」和在驛樓所見的夕陽殘景「照當

---

^{註12}　見唐圭璋編《全宋詞》頁51至52，北京，中華書局，1965年6月。

樓」等等景色，都一一鋪述出來。並且巧妙地加上「淒緊
、冷落、殘」等感情色彩的形容詞語，這樣便把作者的感
情都融化地進入描寫景物的文句裡去了。

（五）小結——詞風、詞體遞變大略：

　　甲、詞以「**婉約**」**爲大宗**：（１）晚唐溫飛卿專
以濃艷語言風格填詞，又開創了「代言體」，漫延至五代
宋初，蔚然成風。（２）及至五代，韋莊以直率胸襟，淺
白流暢的語言，開創淡麗清新的語言風格。（３）南唐則
由中主李璟、後主李煜及宰相馮延巳等，開創出獨特一面
的情致細密吞吐的詞風；（４）尤以後主李煜更集溫飛卿
濃艷及韋莊淡麗的詞風於一身，最是五代詞壇大家。（５
）宋初晏殊、晏幾道、歐陽修及柳永等詞，仍不出細密語
言曲述情事。（６）自晚唐溫飛卿等詞風大盛以來，詞壇
亦以「婉約」爲宗了。

　　乙、詞以「**豪放**」**闊視野**：（１）自北宋中期蘇
東坡開創直抒豪情的詞風，到南宋辛棄疾繼續豪情雄風的
填詞特色，於婉約詞宗以外，便開拓出新的詞風視野。（
２）惟終兩宋詞壇，仍以「婉約」爲宗。

　　丙、「**小令**」**的演進**：就小令片數來說：（１）
晚唐詞家多爲單片小令，溫飛卿詞即以單片小令成家。（
２）詞至五代，率多演成兩片的小令；淡麗詞風的韋莊固
多雙調填詞；集溫、韋詞風的李煜，名作亦多屬雙調小令
。（３）終及兩宋，雙調小令已爲詞家常用。就小令筆法

來說：（4）晚唐溫飛卿爲首的詞風，多爲「代言體」。
（5）逮至五代，韋莊率爲自述情懷而又流暢淺白的詞風
。（6）南唐李、馮詞風則改以細密情致。（7）爰及兩
宋，情、景入詞，率爲詞家常法；於是有倡導「上片寫景
、下片抒情」的說法。

　　丁、「慢詞」的創格：（1）北宋中期的柳永，流
連妓院，也常爲歌妓填詞及製作歌曲，所以也把詞的字數
擴充敷衍成「慢詞」，亦即「長調」。（2）柳永創製「
慢詞」的成就，主要是透過鋪敘、領字句式等寫法，來把
敷布內容。（3）自柳永始創「慢詞」，到北宋末的周邦
彥，更把「慢詞」發展，不獨鋪敘、領句來敷衍成詞，更
注重章法、修辭的潤飾。「慢詞」自始即以柳、周二家爲
「定格」。

四、從「表現風格」看幾首元曲：

（一）關漢卿散曲的「本色派」特色：

　　關漢卿〈四塊玉〉（南畝耕）一曲，在語言上表現出
語詞口語化及通俗自然的句式，亦正是關漢卿作爲元曲的
「本色派」（善用白話來直抒豪情的作風）作家的代表作
品。如「『世態』『人情』」、「思量『過』」的重複運
用口語詞，「世態人情經歷多」、「賢的 是他」、「愚的
是我」、「爭甚麼」的口語化句子，皆是白話的表現。從
作者的看透世情，遠離名利，享受閒適人生的人生觀，正
就是表現出他的感情充沛的性格。

（二）馬致遠散曲的「閒雅」特色：

甲、馬致遠〈壽陽曲〉（花村外）：這首曲是描述湖南洞庭湖一帶清新秀麗的風光景色，並把當地山村傍晚雨過天晴後的美麗景色，輕描淡寫地摹描出來。從這曲裡亦可看到，當時他的心境應是過著悠雅閒適的。

乙、馬致遠〈壽陽曲 漁村夕照 〉（鳴榔罷）：本曲章法結構上，主要是緊扣主題和層遞有序，現析述如下：首先以「鳴榔罷」、「數聲漁唱」的聽覺描寫，將「漁村」主題扣著。並以「閃暮光」、「綠楊隄」的視覺描寫，又將「夕照」主題扣著。以上是遠景描寫，跟著遞入近景的「掛 柴門幾家閒曬網」，這樣便使「漁村夕照」的主題緊扣在一起了。最後又再一層遞入更收緊的小畫面：「都撮在捕漁圖上」，並總烘出主題「漁村夕照」的特色來。

（三）張可久〈寨兒令 西湖秋夜〉（九里松）的清麗派特色：

張可久可算是元代中後期的散曲名家。從流傳的存世曲作中，他非常明顯地是以寫作散曲名家的。他的〈寨兒令〉（九里松）一曲，就是逢雙句即造工整對偶：「九里松，二高峰。」「花外嘶驄，柳下吟篷。」「舉頭夜色濛濛，賞心歸興匆匆。」「青山銜好月，丹桂吐香風。」另外，全曲僅有第三句輔助句意的小字「破」是襯字。這樣的精鍊字句，正是張可久散曲的修辭清麗的作風。

　　從章法結構來看這首曲，也是符合依元曲家喬吉對元曲小令「鳳頭、豬肚、豹尾」^{註13}的結構要求的：起首即以數字對，將西湖的兩個奇景都描繪出來；中間的句子除了繼續描述西湖的奇景外，還把觀賞西湖的遊人興致勃勃的玩賞心情，都琳璃盡致地描述出來；最後就以「中，人在廣寒宮」的句子巧妙地歸結出樂在其中的心情。

（四）喬吉的散曲理論和他的散曲清麗派的特色：

　　喬吉曾提出曲要有「鳳頭、豬肚、豹尾」的特色。所謂「鳳頭」即指在曲的開頭，便用上華麗的字句來寫；所謂「豬肚」即指在曲的中間句子，要把內容重點寫出來；所謂「豹尾」即指曲的結尾句子，要寫得餘音不盡的。

　　在喬吉〈水仙子〉（尋梅）這首曲的開頭：「冬前冬後幾村莊，溪南溪北兩履霜，樹頭樹底孤山上」三句裡，便運用了對偶、疊詞的修辭技巧，把整首作品也馬上美麗起來了；這就算是「鳳頭」了。在這曲的中間：「冷風來何處香？忽相逢縞袂綃裳」兩句，便把〈曲序〉：「尋梅」的主題點寫出來了；這便是「豬肚」了。在這曲的尾處：「酒醒寒驚夢，笛淒春斷腸，淡月昏黃」三句，就使人有一點點的淒冷悲涼的感覺；這種餘音裊裊的特色，便是「豹尾」了。

（五）小結：

　　關漢卿和馬致遠屬元代前期的曲作家，兩人的散曲作

註13　詳參任中敏《〈作詞十法〉疏証》香港，龍門書店，1970年。

風迴然不同。張可久和喬吉屬元代後期的曲作家，兩人同
是元曲清麗派的翹楚，被譽爲元曲「雙璧」。若果以關漢
卿作爲元曲的「本色派」（善用白話來直抒豪情的作風）
的代表人物，張可久則可以說是元曲的「清麗派」（善用
麗詞鍊句來修飾作品的作風）的代表人物了。

五、〈爲徐敬業討武曌檄〉的華麗「表現風格」

　　駱賓王〈爲徐敬業討武曌檄〉是一篇駢文。本師張仁
青《駢文學》曾說明駢文構成的要件。今借以探論駱賓王
這篇作品在駢偶華麗的「表現風格」特色。^{註14}

（一）聲偶工整：

　　爲解說方便，把「對偶」及「聲律」兩項合論如下：
文中有八組句中對。若不計句中對的對偶句組共有三十六
組，當中有六組雙句對，餘下三十組皆是單句對。至於聲
、偶的配合運用來說，六朝中後期已有學者注意到字音聲
律的特徵，來構築駢儷的文章。南齊永明年間，四聲八病
盛行，注重平、上、去、入四種聲調的運用。到了唐代，
已逐步改爲注重平、仄兩類聲調的運用。現舉例分析說明
如下，以概見本文「聲偶工整」的表現。

註14 本師張仁青《駢文學》：「駢文凡分三體：（一）六朝末期以前
　　以雙行意念行文者，是爲雛形之駢文，亦即廣義之駢文。（二）
　　六朝末期以後嚴守：1、對偶精工，2、用典繁夥，3、辭藻華麗，
　　4、聲律諧美，5、句法靈動五種原則者，是爲定型之駢文，一曰
　　標準之駢文，通稱四六文，亦即狹義之駢文。」頁133，臺北，
　　文史哲出版社，1984年3月。

句中對：句中詞組自行對偶，叫做句中對。
（動名）
　殺姊
　仄
　屠兄。
　平

單句對：一句和一句的對偶，叫做單句對。
（副動形名介代）
潛隱先帝之私。
仄 仄 平
陰圖後房之釁。
平 平 仄

雙句對：兩句和兩句的對偶，第一句與第三句對偶，
第二句與第四句對偶，叫做雙句對。
（動名動代。名詞副詞動名）
入門見嫉。蛾眉不肯讓人。
平 仄　平 仄 平
掩袖工讒。狐媚偏能惑主。
仄 平　平 平 仄

（二）華麗詞句：

現略舉文中數例概析如下：如以「蛾眉」作美人的代
稱，文中借指武曌。又如用「狐媚」一詞，以狐能為魅而

媚悅以惑人。又如以「神器」代指帝位。又如以「冢子」
代指長子。又如以「海陵紅粟」極言徐敬業軍糧豐足。又
如比擬句：「燕啄皇孫」。又如比喻句：「虺蜴為心」。
又如數字對：「南連百越。北盡三河。」又如誇張對：「
人神之所共嫉。天地之所不容。」這些代詞、比擬句、比
喻句、誇張對、數字對等等的大量運用，足見本文詞句華
麗的表現。

（三）鋪陳典故：

　　鋪陳典故亦是駢文常用的技巧，現僅舉一、二例子概
見本文特色。如「霍子孟之不作」即用霍光輔政的典故，
又如「朱虛侯之已亡」即用劉章滅呂后戚患的典故等，以
上這兩個典故亦同時暗示徐敬業輔佑李唐來滅武曌。

（四）四六句調：

　　六朝末期已開四字句及六字句來構成駢文句調的先聲
，到了初唐四傑的駱賓王時，行文已成四六句調的時代了
。本文共有三十六組對偶句組，用上四字句或六字句的對
偶句組計共三十一組，即全文共八成的對偶句是以四六句
調構成的。由於基本上是以四六句調構成文章的句型節奏
，所以誦讀起來，是容易感受到舒緩有節的效果的。

（五）小結：

　　駢體文興盛於六朝，到了唐代已經成為「四六」體了
。駱賓王〈為徐敬業討武曌檄〉一文屬「檄」，《文心雕

龍》也說：「檄者，皦也。」[註15] 即軍旅在討伐前以曉達
的文詞寫成的一種宣戰文書。在崇尚六朝駢儷風氣下的初
唐時代，這篇檄文已經具備開啓唐代「四六」體的條件。
不論從聲律、對偶、詞藻、用典、四六句調等，俱見這篇
檄文的華麗的「表現風格」特色。

六、從「表現風格」看蘇氏的幾篇作品：

（一）「三蘇」簡介：

自唐代韓愈、柳宗元倡導古文，以先秦、兩漢散文爲
模仿標準來寫作；到宋代歐陽修、曾鞏、蘇洵、蘇軾、蘇
轍、王安石等先後繼起仿效；在宋代即有把這八位古文（
散文）編集一起成書，「唐宋古文八大家」便流行起來，
經歷明代「唐宋派」及清代「桐城派」的助長發展，「唐
宋古文八大家」已成爲仿效寫作「古文」的標準楷模了。
「唐宋古文八大家」各家的文風特徵是不盡相同的。韓愈
古文最有奇崛氣勢，柳宗元古文最爲綿密，歐陽修古文盡
顯風神，曾鞏古文以柔密最爲突出，三蘇俱以文氣見長，
王安石古文以辛辣取勝。蘇洵（世稱：「老蘇」）早年在
家曾以《戰國策》來教導蘇軾（蘇洵的大兒子 — 世稱：
「大蘇」）及蘇轍（蘇洵的小兒子 — 世稱：「小蘇」）
寫作文章；後來蘇洵帶著蘇軾及蘇轍，一起上京赴考，一
起受到歐陽修的重視，他們的文章也一起成名；所以世稱
「三蘇」。

[註15] 王更生《文心雕龍讀本》上冊，臺北，文史哲出版社，1984 年 3
月。

（二）《辨奸論》看「老蘇」的老練文風：

本文論述的重點在於辨識王安石是奸臣，最終是會禍害國家的；並希望君主能「靜」，才會「見微而知著」，不要受好惡、利害影響，不要重用王安石。

本文多次提用歷史人事，來佐證文章論述。其中尤以三次明用王衍、盧杞兩個奸臣，最為主要佐證論述的重點。（1）在文章的第二段裡，一共明用了兩次王衍、盧杞的有關事情，第一次是用來說明王衍、盧杞兩人皆是誤國的庸才，第二次是用來說明主要的關鍵，是由於昏鄙的君主（分別是晉惠帝、唐德宗）受到王衍、盧杞這種小人的奉承，才會重用他們，致使誤國。（2）在這第二段裡所運用的寫作手法是屬於舉例證明。（3）到了第三段，最後一次明用王衍、盧杞的事，進行類似點的推理，來進一步說明王安石比起王衍、盧杞兩人，將會是更加奸惡誤國的。（4）在這第三段裡所運用的寫作手法是屬於類比推論。

從段落章法來看，依文意可分五段：（1）首段即提出論點：「事有必至，理有固然」來說明世上的事理都有必然固定的演變發展的規律的；跟著又提出君主要能「靜」，才能「見微而知著」，才能清晰地「辨奸」；最後再更進一步說明能不能「靜」？主要關鍵就是不要受到「好惡亂其中」和「利害奪其外」的影響。（2）次段利用歷史上的誤國奸臣：王衍、盧杞為例，說明不能重用奸臣；在這第二段裡，先是分別借用山巨源、郭汾陽批評王衍、盧杞的先見卓識，來承接第一段所提：「事有必至，理有

固然」的論點；然後再分別提到晉惠帝、唐德宗的庸鄙，才會錯用王衍、盧杞這種小人，致使禍害國家。（3）第三段再利用王衍、盧杞的事例，和王安石進一步進行類似點的比較，來說明王安石是更加奸惡。（4）第四段是緊承第三段的類比推理而來，再從容貌外表、言談說話和為人性格三方面，進一步驗證王安石是屬於奸惡弄權的奸臣。（5）末段借用孫子：「善用兵者，無赫赫之功」的名言，來說明急功近利、炫耀功勞的官員，只會是小人奸臣，並不會是具有真正才幹的賢臣；並期盼君主明察辨識，用以遙應首段要求君主要能「靜」的說法；最終仍是希望君主不要重用王安石。

從佈局技巧來看，應具有以下的寫作特色：（1）先是採用單刀直入的寫法，在文章的開始處，把全文的論點直接寫明。（2）跟著採用例證、類比的寫法，把歷史上誤國的奸臣：王衍、盧杞等事情，跟王安石作比較，然後彰顯出王安石都具備有弄權禍國的奸臣特徵。（3）最後採取引用名言的寫法，借孫子的話來說明王安石正就是一個急功近利、炫耀功勞的奸險小人，希望君主千萬不要重用他。

從組織結構來看，亦應有以下的寫作特色：（1）行文脈絡呼應、層次有序：文章是從理論闡述，到史例證明，再到實際人物評鑒，最後又以名言理論來歸結，這樣寫來便使得內容層次更顯脈絡有序；而首、尾兩段又都期盼君主要能「靜」才能辨奸，這又巧妙地構成首尾呼應。（2）文章論證嚴密、緊扣主題：全文透過常理、例子、驗證、名言及期盼等不同的層面，都是來論證王安石正就是

一個禍國的奸臣；這與文題〈辨奸論〉正好緊緊互扣，相映成趣。

（三）「大蘇」〈赤壁賦〉的氣慨：

甲、「散文賦」與〈赤壁賦〉：「賦」流行於漢代，主要的特徵是語言奇瑋僻字、鋪排敘述和終篇諷諭。到了六朝時候，隨著駢儷風尚，便出現了重視聲、偶的「駢賦」。唐代除了「駢賦」外，還流行考試任官的限韻的「律賦」。一直到北宋中期，歐陽修帶動起以（1）順暢通達的散文和（2）再次重視諷諭（漢賦的特徵）的「散文賦」的風潮，蘇軾便是其中一個主力大作家。

蘇軾〈赤壁賦〉是一篇「散文賦」。（1）雖然是有鋪排賦述的特點，（2）但是已加進了濃重的抒情效果和散文句式，來構成作品的主要特徵。（3）這篇文章有對偶句式，又有散文句式；（4）有押韻的句子，也有不押韻的句子；（5）整首作品是假借蘇子和客人對話來寫成的，最終還是說明蘇軾豁達的人生觀，這也是旨要所在。

乙、〈赤壁賦〉裡「蘇子」和「客人」的人生觀： 在這首賦裡，「客人」提到曹操的事情，主要是說明萬事都會有成功或失敗的時候，成功的人生固然喜悅，失敗的人生易感傷悲。「客人」這樣說，主要是感傷人生的短暫和渺少，雖然當時能夠跟「蘇子」快樂地敘宴，但是日後或會有傷悲的事情發生。這樣的寫法是屬於「睹物傷情」的特色。至於「蘇子」主要是抒發出豁達的人生觀。他先借水、月作為比喻，從變與不變的相對觀點，說

明人生在大自然裡是無窮無盡的（「造物者之無盡藏」），做人處事應該要有豁達觀點態度，才會有快樂的人生。「客人」聽了便由「悲」轉為「喜而笑」了。

（四）小結：

　　蘇氏文章頗重文氣，這主要是得力於《戰國策》馳騁縱橫的語言風格；但是蘇氏父子互相也有不同的文風：「老蘇」字句最為老練，「大蘇」行文最顯氣勢暢達。這從合觀兩人作品：〈辨奸論〉和〈赤壁賦〉，便可看到語言風格的差異了。

參、語言表現風格的比較

一、「自然」與「雕琢」：

　　陶淵明〈歸園田居〉（「少無適俗韻」）反映出來的內容意境，與他的〈歸去來辭 並序〉所說：

> 質性自然，非矯勵所得；……雲無心而出岫，鳥倦飛而知還；……善萬物之得時，感吾生之行；……聊乘化以歸盡，樂夫天命復奚疑。

兩文比較來看，意境是很相近的。他盼切在家鄉深山過著歸隱的心情，透過完美緊密的篇章結構，信手寫來即覺自然的詞句，字句表面不著雕艷，加上體驗酷愛自然的人生觀；正就像詩中所說「性本愛丘山」、「復得返自然」一樣。

謝靈運在〈登池上樓〉一詩亦在在俱見出他的熱中於功令的思想。詩中分別以「潛虯媚幽姿」象喻「退耕力」的隱士，與及以「飛鴻響遠音」象喻「進德智」的仕宦；從而帶起下文「園」「林」「索居」「離群」的生活「無悶」的心境。又整首詩「敘寫有序」，先行象喻，繼以一番議論；接續即以芙蓉出水般的精細筆觸描述莊園環境景色，並專心摹描出「池塘生春草，園柳變鳴禽」的千古名句；但相比陶淵明的「性本愛丘山」、「復得返自然」等語，即見雕琢刻意的痕跡。詩的結尾，以感傷、自勵「持操」，說明「索居」「離群」而「無悶」的心境；則更表現出諺語所謂「無私顯見私」的刻意用心。

二、「飄逸」與「曠達」：

李白一生，為人為文的作風，俱表現出「飄逸出群」的特色。在〈宣州謝朓樓餞別校書叔雲〉詩裡，一任詩思飄逸，作出天馬行空式的架構；用語遒健清新，說來雖是豪情氣慨，卻又一任自然。這正是李白飄逸詩風的最佳明徵。正如張高評《唐詩三百首鑑賞》所說：

> 這首詩的緊湊壯健，固然是結構美的表現，更是李白灑脫奔放性情的反映。……這跟他以文為詩，一瀉千里，勢不可當也有關係。[註16]

蘇軾〈赤壁賦〉借「客人」提到曹操的事情，說明萬樣事情都有成、敗、得、失；並說明人生苦短的觀點。這

[註16] 同註 10。

樣「睹物傷情」並不影響到「蘇子」的豁達人生觀，並借水、月的比喻，從變與不變的觀點，說明人生是自然無盡的道理（「造物者之無盡藏」），充份反映出作者具有快樂的豁達人生。最後並透過「客人」聽了便由「悲」轉為「喜而笑」作結。全文俱見作者曠達的作風。

三、「細密情致」與「委婉柔約」：

　　晏幾道詞善寫事物的典型與善寫人事的細節。就如〈臨江仙〉（夢後樓臺高鎖）裡對「春」的特徵，深深地把握著；並藉著「夢後」、「酒醒」、「簾幕低垂」、「人獨立」及「燕雙飛」等語的運用，即把「春恨」的特徵點化出來。又如詞中描述作者對「記得小蘋初見」（初戀）一事所留下永遠忘不掉的細節一樣。這些都是晏幾道透過「細密」的筆觸，抒發出深摯的「情致」的地方。

　　秦觀詞亦具細密的筆觸，但不像晏幾道詞的著眼於語詞的運用；秦觀更多表現於構句方式上，並寫出好像〈踏沙行〉（霧失樓臺）的委婉柔約的作品出來。其中尤以連綿柔密的結構，配合柔筆句法連綿勾扣特色，寫出「春寒」的節候特徵和「此恨」「無重數」的情思旨義。這種連貫句式配合內容脈絡的照應，亦正是秦觀獨特的「委婉柔約」特色。

　　雖然晏幾道和秦觀的作品，都屬宋詞的綺約派；但仔細析分，從選詞造語和構句方式來看，他們的詞作仍是各具不一樣的語言風格的。

四、「雕藻」與「老練」：

溫飛卿詞雕藻華麗固不待言，他的〈更漏子〉（柳絲長）一詞不單以「代言體」寫出，更用細密的筆觸，描述景物由室外，轉到室內，並在末句勾連起思夫的情懷。至於雕藻用語，就如王國維《人間詞話》所說「金鷓鴣」一樣是細膩密致、金碧輝煌的。

《辨奸論》亦可見出蘇洵的老練文風。本文論述的重點在於辨識王安石是奸臣，最終是會禍害國家的；並多次提用歷史人事來佐證；末段順勢借用孫子：「善用兵者，無赫赫之功」的名言，印證首段要求君主要能「靜」的說法；最終仍是希望君主不要重用王安石。全文組織結構緊密有序，與文題〈辨奸論〉正好緊緊互扣，相映成趣。這些黏著話題不放，不著閒話，迫切猛打的構句成段的論證，亦即是蘇洵獨特的語言老練的特色。

五、「淺近」、「俚俗」與「本色」：

白居易常用淺易通曉的語言，瑯瑯上口的語句；達致淺易通曉的特色。即如詩的開始就用淺近的話，說「賣炭翁，伐薪燒炭南山中」的日常生活。又如詩的後部份說：「手把文書口稱敕，回車叱牛牽向北……繫向牛頭充炭直」等語，便把「宮使」的欺悔壓迫的作風表露出來了。

　　柳永早年耽迷逸樂，雖創爲「慢」詞長調，卻採用通俗語言入詞。這是他早期作品的風格特色，現就〈鶴沖天〉（黃金榜上）一詞，加以舉述說明。

（1）通俗的句式有：

　　　　黃金榜上，「偶失」龍頭望。

　　　　「如何向？」

　　　　「未遂」風雲便，

　　　　「爭不」恣遊狂蕩。

　　　　「何須」論得喪，

　　　　才子詞人，「自是」白衣卿相。

　　　　「幸有」意中人，「堪」尋訪。

　　　　青春「都」一餉。

　　　　忍「把」浮名，「換了」淺斟低唱。

（2）口語有：

　　　　「爭不」、「何須」、「論得喪」、「依約」、

　　　　「幸有」、「意中人」、「堪」、「且恁」、

　　　　「風流事」、「平生暢」、「忍把」、「換了」

（3）俚詞有：

　　　　「龍頭望」、「論得喪」、「意中人」、

　　　　「都一餉」

柳永詞大量的口語、俚詞及通俗句式，配合他的低俗內容，「俚俗」的表現，正是恰如其份。白居易雖然是「老嫗都解」，用語即使淺易近人，亦只在通曉暢達，並未多見口語的泛濫，更不見俚詞的採用。這正就是表現出運用語言的「淺易」與「俚俗」的分別地方。

　　作爲元曲「本色派」代表的關漢卿，雖然亦有語詞口語化及通俗自然的句式，直接採用白話來直抒豪情；就如

他的〈四塊玉〉（南畝耕）一曲，即就是元曲「本色派」代表作。但是作者充份表露出他的感情充沛的性格，這是白居易詩和柳永詞所沒有具備的。

六、「雅麗」的一些語言表現：

駱賓王〈爲徐敬業討武曌檄〉充份展現出駢偶華麗的「表現風格」特色。在崇尚六朝駢儷風氣下的初唐時代，這篇檄文已經具備開啓唐代「四六」體的條件。不論從聲律、對偶、詞藻、用典、四六句調等，俱見這篇檄文的華麗的「表現風格」特色。

柳永的「雅」詞作品，雖然較多羈旅行役及家國天涯的生活題材，但善於融情入景和鋪敘景物，又多感傷離別的作品，所以藝術感染力也特別豐富。就好像他的〈雨霖鈴〉（寒蟬淒切）一詞，「今宵酒醒何處？楊柳岸、曉風殘月」等語，正是千古傳誦的名句。

馬致遠散曲的『閒雅』特色，就如他的〈壽陽曲〉（花村外）一曲，悠雅閒適的閒點幾筆，便將湖南洞庭湖一帶清新秀麗的風光景色寫了出來。又如他的〈壽陽曲 漁村夕照〉（鳴榔罷）一曲，「漁村夕照」下的「掛 柴門幾家閒曬網」景象，亦是他一貫的作法，透過閒來幾筆，便能塑造一種悠雅閒適的意境出來。

張可久〈寨兒令 西湖秋夜〉（九里松）和喬吉〈水仙子〉（尋梅）兩首曲，正就是屬於元曲的「清麗派」（善用麗詞鍊句來修飾作品的作風）的代表作。至於這兩首曲

所具備「鳳頭、豬肚、豹尾」的結構特色，亦正說明從語詞到篇章，都表現出「雅麗」的語言特色。

這幾家作品，雖然都具有清雅秀麗的語言特色；但是駱賓王駢文則又偏顯雄博，柳永詞則又突示淒美，馬致遠則又點綴悠閒，張可久和喬吉則又塑造精緻。這可以說，他們各具不一樣的清雅秀麗的特色。

肆、結語

不同的作家在作品裡，各自展現獨特的語言風采；從語言藝術的角度來看，透過歸納整理，就會呈現出不同的語言「表現風格」。上述的文學作品，有些文章體裁不同，有些作者情志不一樣，但在語言運用上，都發揮出「表現風格」的特色。隨著最近又再興起的研究語言「表現風格」的熱潮；[註17] 祈盼這種對「語言風格」的研究路向，能在學術研究上，語文教育上，都能有正面的發展。本文的撰作，亦是在教學餘閒，對語文教育的體驗及對文學作品的謬賞，所得的一些淺識；在這裡亦祈盼「文學是語言的藝術」的真理奇葩，能夠長放異采！至於論證未有周詳及謬誤的地方，敬請不吝指正為幸！

民九十一年六月初稿
民九十一年七月定稿

[註17] 詳參黎運漢《漢語風格探索》、《漢語風格學》及鄭榮馨《語言表現風格論 — 語言美的探索》，詳見前，同註4及註5。

參考文獻：(略依出版先後為序)

1、任中敏《〈作詞十法〉疏証》香港，龍門書店，1970 年。

2、古直《鍾記室詩品箋》，臺北，廣文書局，1977 年 7 月。

3、張靜《新編現代漢語》下冊，上海，上海教育出版社，1980
年。

4、佛雛《新訂「人間詞話」》上海，華東師範大學出版社，
1980 年。

5、本師張仁青《駢文學》，臺北，文史哲出版社，1984 年 3 月。

6、王更生《文心雕龍讀本》上冊，臺北，文史哲出版社，1984
年 3 月。

7、程祥徽《語言風格初探》，台北，書林出版社，1999 年 8 月
。另這本書初版於香港，三聯書店香港分店，1985 年。

8、黃永武、張高評《唐詩三百首鑑賞》，台北，黎明文化事業
公司，1986 年 11 月。

9、秦秀白《文體學概論》，長沙，湖南教育出版社，1990 年 6
月。

10、黎運漢《漢語風格探索》，北京，商務印書館， 1990 年 6
月。

11、鄭運漢《言語風格學》，武漢，湖北教育出版社，1990 年。

12、張德明《語言風格學》，高雄，麗文文化公司，1995 年 10
月。

13、郭鴻《英語文體分析》，北京，新華書社北京發行所，1998
年 8 月。

14、王殿珍《言語風格論》，長春，吉林人民出版社，1998 年
10 月。

15、吳椿榮《大專國文選》，臺北，文京圖書公司，1999 年 4
月。

16、鄭榮馨《語言表現風格論──語言美的探索》，合肥，安徽
大學出版社，1999 年 5 月。

17、師大、臺大、政大各教授合編《大專國文選》，臺北，東大
圖書書局，1999 年 8 月。

18、王基倫等合編《國文（三）》，臺北，東大圖書書局，1999
年 8 月。

19、黎運漢《漢語風格學》，廣州，廣東教育出版社，2000 年 2
月。

20、程祥徽、鄧駿捷、張劍樺合著《語言風格學》，南寧，廣西
出版社，2000 年 8 月。

21、竺家寧《語言風格與文學韻律》，台北，五南圖書出版公司
，2001 年 3 月。

22、廖志強〈藻麗語言的藝術──一種語言表現風格的探析〉見
《親民學報》第五期，苗栗，親民工商專科學校，2001 年 10
月。

論章法與國文教學

陳滿銘

國立臺灣師範大學國文系教授

摘要：

國文教學的內容，就能力而言，主要有「聽」、「說」、讀、「寫」等。而一般來說，「聽」和「說」的教學，都融在「讀」的教學裡一併完成，尤其是在中學階段，更是如此。所以本文探討章法與國文教學的關係，其重點就放在「讀」和「寫」之上。由於近幾年來，對章法的研究，已逐漸「集樹成林」，不僅確定了它的原則、內容和範圍，也找出了它大致的心理基礎與美感效果，建構了相當完整之體系，而形成一個新的學門。眾所周知，「讀」與「寫」，是離不開章法的，因爲章法所關注者乃「篇章條理」。若從邏輯思維角度來看，這個「篇章條理」，可以說就是「聯句成節（句群）、聯節成段、聯段成篇的邏輯結構」。疏理了這種「邏輯結構」，既在「讀」的教學上，可收到凸顯義旨、辨明技法、掌握美感等效果；也在進行「寫」的教學時，無論是要命題、指引或批改、評析，都可循此切入，使學生熟練「謀篇佈局」的條理。而章法在國文教學上的重要性，也由此可見。

關鍵詞： 章法、邏輯、結構、國文教學、讀、寫。

壹、前言

國文教學的主要內容，在中學階段，含「聽」、「說」、「讀」、「寫」等四方面[註1]；而其中又以「讀」和「

[註1] 小學國語文之教學內容，主要含「聽」、「說」、「讀」、「寫」、「作」等。其中的「寫」，指寫字（書法），而「作」才指作文，與一般以「寫」指寫作（含作文）的，是有所不同的。嚴格說來

寫」，受到更多的重視，因爲「聽」和「說」，在小學的
國語文課裡，已經打好了很好之基礎，因此在中學時，「
聽」和「說」，只要融在「讀」或「寫」的教學中，伺機
逐步加強就可以了。由於章法，是組織篇章以求合於邏輯
結構的一種條理或方式，簡單地說，就是「謀篇佈局」的
法則。因此章法在進行國文教學，尤其是「讀」、「寫」
教學之際，佔有十分顯著的地位。本文即著眼於此，試以
「何謂章法」、「章法與閱讀教學」、「章法與寫作教學
」三者爲主要內容，舉例並附結構（章法）分析表，一一
加以探討，以見章法在國文教學中的重要性。

貳、何謂章法

　　大體而言，「辭章是結合『形象思維』與『邏輯思
維』而形成的[註2]。這兩種思維，各有所司。一般說來，如
果是將一篇辭章所要表達之『情』或『理』，訴諸主觀，
直接透過各種聯想，和所選用之『景（物）』或『事』連

　，「寫」，含「傳統式作文」與「限制式寫作」。其中「限制式寫
　　作」，一般稱之爲「非傳統式作文」，見拙著《作文教學指導》（
　　臺北，萬卷樓圖書公司，1994 年 10 月，初版）頁 32-89。

[註2] 吳應天：「人們的思維既有形象性，也有邏輯性，所以既可寫成形
　　象體系，也可寫成邏輯體系。前者是文學作品，後者是科學理論。
　　這樣劃分，同樣也是客觀事物的反映，但是這仍然是片面的看法。
　　如果辨證地看問題，那就知道形象體系中寓有邏輯性，邏輯體系中
　　也包含著形象性，兩者不僅互相聯繫、互相滲透，而且還互相結合
　　、互相轉化。原因在於形象性和邏輯性具有對立統一關係。正由於
　　這個緣故，由於簡明扼要的邏輯系統很容易爲人們所理解，而生動
　　具體的形象體系更容易使人感動，所以許多文學作品往往是形象性
　　和邏輯性結合的複合文。」見《文章結構學》（中國人民大學出版
　　社，1989 年，一版三刷）頁 345。

接在一起^{註3}，或者是專就個別之『景』（物）、『事』等
材料本身設計其表現技巧的，皆屬『形象思維』；這涉及
了『立意』、『取材』與『措詞』等問題，而主要以此為
研究對象的，就是主題學、意象學與修辭學。如果是專就
『景（物）』或『事』等各種材料，訴諸客觀，對應於自
然規律，按秩序、變化、聯貫與統一之原則，前後加以安
排、佈置，以具體表達『情』或『理』的，皆屬『邏輯思
維』；這涉及了『運材』、『佈局』與『構詞』等問題，
而主要以此為研究對象的，就字句言，即文（語）法學；
就篇章言，就是章法學。至於合『形象思維』與『邏輯思
維』而為一，探討其整個體性^{註4}的，則為風格學」^{註5}。

　　如此說來，章法所探討的，為篇章之邏輯結構，是源
自於人類共通之理則，亦即對應於自然規律來說的。所以
一般創作者雖日用而不知、習焉而不察，但很早就受到辭
章學家的注意，只不過所看到的都是其中的幾棵「樹」，
而一概不見其「林」。一直到晚近，經過多年努力的探
究，才逐漸「集樹成林」，並確定它的原則、範圍和主要
內容（含類別與模式），尋得它的哲學基礎和美感效果，

註3　彭漪漣：「形象思維需要遵守聯想律，也就是形象結合的方式。具
　　體一點說，人們在文藝創作中，必須從對象中選取最足以揭示其本
　　質的形象，用聯想律（如時空上的接近聯想、現象上的相似聯想、
　　事件間的因果聯想和對立面的對比聯想等）來把握形象的內在聯繫
　　，形成具體的詩的意境，或構想出典型環境中的典型性格。」見《
　　古典詩詞邏輯趣談》（上海，上海人民出版社，2001年9月，一版
　　一刷）頁13。
註4　陳望道：「語文的體式很多，……表現上的分類，就是《文心雕龍
　　》所謂的『體性』的分類，如分為簡約、繁豐、剛健、柔婉、平淡
　　、絢爛、謹嚴、疏放之類。」見《修辭學發凡》（大光出版社，
　　1961年2版）頁250。
註5　參見拙作〈論章法與邏輯思維〉，《第四屆中國修辭學國際學術研
　　討會論文集》(臺北，洪葉文化公司，2002年5月，初版)，頁2。

建構了一個體系，而形成一個新的學門[註6]。而目前所能掌
握之章法，約四十種，那就是：今昔、久暫、遠近、內
外、左右、高低、大小、視角轉換、知覺轉換、時空交
錯、狀態變化、本末、淺深、因果、眾寡、並列、情景、
論敘、泛具、虛實（時間、空間、假設與事實、虛構與真
實）、凡目、詳略、賓主、正反、立破、抑揚、問答、平
側（平提側注）、縱收、張弛、插補[註7]、偏全、點染、天
（自然）人（人事）、圖底、敲擊[註8]等。這些章法，用在

[註6] 研究「章法學」，一路辛苦地走來，很慶幸地已逐漸受到兩岸學者
之肯定。如台灣學者張春榮教授以為「其用志『章法』，深耕廣織
，握管不輟，……全力聚焦章法結構，漸成體系……。是自歲月自
學養中鍛鍊出的一把利刃，揮向國文教材教法，揮向章法學的未來
，以結合心理基礎與美感效果的目標，其建構之功，誠有目共睹」
（見〈拓植與深化——陳滿銘《章法學新裁》〉，《文訊》，2001
年6月，頁26-27）；又如大陸學者鄭韶風強調台灣的章法學，已開
拓了漢語辭章學研究的新領域，和大陸的北京（以張志公為首）、
福州（以鄭頤壽為首），各以所長，形成了三支強而有力的隊伍，
且認為「陳滿銘教授抓住『章法』作了深入的開挖，除了寫論文
外，還寫幾部專著來論析辭章章法論」，而「開了『章法』論的專
門辭章學先河」（見〈漢語辭章學四十年述評〉，《國文天地》，
2001年7月，頁93-97）；再如大陸鄭頤壽教授，在去年（2001）十
一月於廈門舉行的「海峽兩岸閩南文化學術研討會」上發表〈台灣
辭章學研究述評〉一文，以重點方式加以評述，認為台灣之章法學
研究具有「哲學思辨」、「多科融合」、「（讀寫）雙向兼顧」、
「體系完整」、「重點突出」、「行知相成」等六大特點，並且指
出「台灣學者陳滿銘教授，在研究（章法學）這一方面具有突出的
成就，雖非絕後，實屬空前。……從辭章章法理論研究方面，由前
人『見樹不見林，語焉而不詳』的狀況，發展到對章法的範圍、原
則與內容等多視角的切入，形成一個體系」（見論文頁1-15）。這
些肯定，在週遭一些「章法無用」的打擊聲中，是彌足珍貴的。

[註7] 以上章法，見拙作〈談辭章章法的主要內容〉，《章法學新裁》（
臺北，萬卷樓圖書公司，2001年1月，初版）頁319-360。又見仇
小屏《篇章結構類型論》上、下（臺北，萬卷樓圖書公司，2000年
2月，初版）頁1-620。

[註8] 以上五種章法，見拙作〈論幾種特殊的章法〉（臺北，臺灣師大《

「篇」或「章」（節、段）都可以擔負組織材料情意之作
用。茲依章法之四大律[註9]，約略說明如下：

　　首先是秩序律：所謂「秩序」，是將材料依序加以整
齊安排的意思。任何章法都可依循此律，形成其先後順序
。茲舉較常見的十幾種章法來看，它們可就其先後順序，
形成如下結構：（一）今昔法：「先今後昔」、「先昔後
今」；（二）遠近法：「先近後遠」、「先遠後近」；（
三）大小法：「先大後小」、「先小後大」；（四）本末
法：「先本後末」、「先末後本」；（五）虛實法：「先
虛後實」、「先實後虛」；（六）賓主法：「先賓後主」
、「先主後賓」；（七）正反法：「先正後反」、「先反
後正」；（八）抑揚法：「先抑後揚」、「先揚後抑」；
（九）立破法：「先立後破」、「先破後立」；（十）平
側法：「先平後側」、「先側後平」；（十一）凡目法：
「先凡後目」、「先目後凡」；（十二）因果法：「先因
後果」、「先果後因」；（十三）情景法：「先情後景」
「先景後情」；（十四）論敘法「先論後敘」、「先敘後
論」；（十五）底圖法：「先底後圖」、「先圖後底」。
這些「順」或「逆」所形成的結構，隨處可見[註10]。

　　其次是變化律：所謂「變化」，是把材料的次序加以
參差安排的意思。每一章法依循此律，也都可造成順逆交
錯的效果。同樣以上舉十幾種常見章法來看，可形成如下
結構：（一）今昔法：「今、昔、今」、「昔、今、」；
（二）遠近法：「遠、近、遠」、「近、遠、近」；
（三）大小法：「大、小、大」、「小、大、小」；

國文學報》，31 期，2002 年 6 月）頁 193-222。
[註9] 見拙作〈論辭章章法的四大律〉（臺北，《國文天地》17 卷 4 期）
　　　頁 101-107。
[註10] 參見拙作〈論辭章章法的四大律〉頁 101-102，同註 9。

（四）本末法：「本、末、本」、「末、本、末」；
（五）虛實法：「虛、實、虛」、「實、虛、實」；
（六）賓主法：「賓、主、賓」、「主、賓、主」；
（七）正反法：「正、反、正」、「反、正、反」；
（八）抑揚法：「抑、揚、抑」、「揚、抑、揚」；
（九）立破法：「立、破、立」、「破、立、破」；
（十）平側法：「平、側、平」、「側、平、側」；（十一）凡目法：「凡、目、凡」、「目、凡、目」；（十二）因果法：「因、果、因」、「果、因、果」；（十三）情景法：「情、景、情」、「景、情、景」；（十四）論敘法：「論、敘、論」、「敘、論、敘」；（十五）底圖法：「底、圖、底」、「圖、底、圖」。這些「順」和「逆」交錯的結構，也到處可以見到[註11]。

又其次是聯貫律：所謂「聯貫」，是就材料先後的銜接或呼應來說的，也稱為「銜接」。無論是那一種章法，都可以由局部的「調和」與「對比」，形成銜接或呼應，而達到聯貫的效果。在約四十種章法中，大致說來，除了貴與賤、親與疏、正與反、抑與揚、立與破、眾與寡、詳與略、張與弛……等，比較容易形成「對比」外，其他的，如今與昔，遠與近、大與小、高與低、淺與深、賓與主、虛與實、平與側、凡與目、縱與收、因與果……等，都極易形成「調和」的關係。通常：

前者會因此而產生對比美，後者則會產生調和美；不過第三種情形是：有一些章法所組織起來的內容材料，並非絕對會形成對比或調和的關係，而是必須視個別篇章的情況來判定，因此它可能產生對比美，也可能產生調和美，圖底法、今昔法和空間諸

註11　參見拙作〈論辭章章法的四大律〉頁 103，同註 9。

法等就是如此。^{註 12}

　　最後是統一律：所謂的「統一」，是就材料情意的通貫來說的。這裡所說的「統一」，乃側重於內容（包含內在的情理與外在的材料）之整體而言，與前三律之側重於個別或部分內容材料者，有所不同。也就是說，這個「統一」，和聯貫律中由「調和」所形成的「統一」，所指非一。因此要達成內容的「統一」，則非訴諸主旨（情意）與綱領（大都爲材料的統合）不可。而綱領既有單軌、雙軌或多軌的差別，就是主旨（含綱領）也有置於篇首、篇腹、篇末與篇外的不同^{註 13}，這就必須主要由「邏輯思維」，而輔以「形象思維」來加以完成。一篇辭章，無論是何種類型，都可以由此「一以貫之」，以呈現其特殊條理^{註 14}。

　　如此由不同的章法，以形成不同的章法結構，如「先遠後近」、「先平提後側注」、「先凡後目」、「先敘後論」等；而同一個章法，又可形成不同的結構類型，如「先正後反」、「先反後正」、「正、反、正」、「反、正、反」等。教師熟悉了這些條理，才能夠對應於每一作者「習焉而不察」之各種邏輯思維，將其篇章的邏輯結構疏理清楚，從而深入辭章的義蘊、辨析佈局的奧妙、掌握鑑賞的要領，以提昇「讀」與「寫」的教學效果^{註 15}。

---

^{註 12}　見仇小屏〈論章法的對比與調和之美〉，《第四屆中國修辭學國際學術研討會論文集》頁 118，同註 5。

^{註 13}　見拙作〈談辭章章法的主要內容〉，《章法學新裁》頁 351-359，同註 7。

^{註 14}　見拙作〈論章法與邏輯思維〉頁 19，同註 5。

^{註 15}　見拙作〈談課文結構分析的重要——以高中國文課文爲例〉，《兩岸暨港新中小學國語文教學國際研討會論文集》（臺北，臺灣師大中輔會，1995 年 6 月）頁 13-41。

參、章法與閱讀教學

閱讀教學,本有課內與課外之別,但在此,則只談課內教材。而課內教材之閱讀教學,其範圍、步驟,大致爲「題解」、「作者生平」、「單詞分解」(形、音、義)、「語句剖析」(文法)、「義旨探究」(主題、意象)、「作法審辨」(修辭、章法)、「深究鑑賞」與「評量」等[註16],其中與章法有直接而密切關係的,就是「作法審辨」。這個部分,主要訴諸主觀,特別講求「形象思維」的,爲「修辭」;而主要訴諸客觀,特別講求「邏輯思維」的,則是「章法」。底下即專著眼於「章法」,探討它與辭章「作法」、「義旨」與「鑑賞」之間的緊密關係,分項舉例,略予說明,以見章法在閱讀教學上的重要性。

一、凸顯主旨

主旨乃一篇辭章之中心意旨,是作者所要表達的「情」或「理」。雖然它有顯隱之別,而造成層次,但都一樣是主旨。[註17]譬如列子〈愚公移山〉一文,它的主旨是隱於篇外的,而其首層爲「有志竟成」,次層爲「人助天

[註16] 參見章微穎《中學國文教學法》(臺北,蘭臺書局,1969 年 9 月,再版)頁 37-60。又參見黃錦鋐《中學國文教材教法》(臺北,教育文物出版社,1973 年 2 月,初版)頁 57-158。

[註17] 參見拙作〈談辭章主旨的顯與隱——以中學國文課文爲例〉,《章法學新裁》頁 240-249,同註 7。

助」，三層為「天人合一」（由人為的努力帶動天然的力
量，使它產生作用）註18。這種不同層次的顯隱主旨，很多
時候是可由一篇辭章的章法結構來推得或驗證的。如方苞
的〈左忠毅公軼事〉：

> 先君子嘗言，鄉先輩左忠毅公視學京畿。一日，風
> 雪嚴寒，從數騎出，微行，入古寺。廡下一生伏案
> 臥，文方成草。公閱畢，即解貂覆生，為掩戶，叩
> 之寺僧，則史公可法也。及試，吏呼名，至史公，
> 公瞿然注視。呈卷，即面署第一；召入，使拜夫人
> ，曰：「吾諸兒碌碌，他日繼吾志事，惟此生耳。
> 」
> 及左公下廠獄，史朝夕窺獄門外。逆閹防伺甚嚴，
> 雖家僕不得近。久之，聞左公被炮烙，旦夕且死，
> 持五十金，涕泣謀於禁卒，卒感焉。使史公更敝衣
> 草屨，背筐，手長鑱，為除不潔者，引入，微指左
> 公處，則席地倚牆而坐，面額焦爛不可辨，左膝以
> 下，筋骨盡脫矣。史前跪，抱公膝而嗚咽。公辨其
> 聲，而目不可開，乃奮臂以指撥眥，目光如炬。怒
> 曰：「庸奴！此何地也，而汝來前！國家之事，糜
> 爛至此。老夫已矣，汝復輕身而昧大義，天下事誰
> 可支拄者！不速去，無俟姦人構陷，吾今即撲殺汝
> 。」因摸地上刑械，作投擊勢。史噤不敢發聲，趨
> 而出。後常流涕述其事以語人曰：「吾師肺肝，皆
> 鐵石所鑄造也！」
> 崇禎末，流賊張獻忠出沒蘄、黃、潛、桐間，史公
> 以鳳廬道奉檄守禦，每有警，輒數月不就寢，使將

註18　參見拙著《文章結構分析——以中學國文課文為例》（臺北，萬卷
　　　樓圖書公司，1996 年 5 月，初版）頁 129-133。

士更休，而自坐幄幕外，擇健卒十人，令二人蹲踞
，而背倚之，漏鼓移，則番代。每寒夜起立，振衣
裳，甲上冰霜迸落，鏗然有聲。或勸以少休，公曰
：「吾上恐負朝廷，下恐愧吾師也。」史公治兵，
往來桐城，必躬造左公第，候太公、太母起居，拜
夫人於堂上。
余宗老塗山，左公甥也，與先君子善，謂獄中語乃
親得之於史公云。

這篇文章藉左光斗的一件軼事，以寫其「忠毅」精神
，是用「先順敘、後補敘」的結構來寫的：

「順敘」的部分，由起段至四段止，採「先點後染」
之條理加以安排。其中「點」指起句，而「染」則指首段
的「鄉先輩」句起至第四段止，乃用「先主後賓」的順序
來寫，從內容來看，可分如下三部份：

頭一部分為首段，為本文的序幕，寫的是左光斗識拔
史可法的經過。在這個部分裡，作者借其父親之口，敘明
左公曾「視學京畿」，將左公所以能識拔史公的原因作個
交代；接著以「一日」與「及試」作時間上之聯絡，依次
記敘左公於微服出巡時在一古寺識得史公，以及主持考試
時當史公面為署第一的情形；然後以「召入」二字作接榫
，引出「使拜夫人」數句，藉史公入拜左公夫人的機會，
用「吾諸兒碌碌」三句話，寫出左公對史公的深切期許，
認為只有史公才足以繼承他忠君愛國的志業，將左公為國
舉拔英才的忠忱與苦心，寫得極其生動。這就第二部分（
主體）來說，是背景之陳述，為「底」，主要是用「主、

賓、主」的結構來敘述的。

　　第二部分即次段。是本文的主體，對第一段而言，為
「圖」，主要是用「賓、主、賓」的結構加以陳述，陳述
的的是左公被下廠獄後史公冒死探監的經過。這段文字以
「及」字承上啟下，首先用四句敘明左公被下牢獄與禁人
接近的事實；接著用「久之」與「一日」作時間上的聯絡
，依次寫左公受刑將死、史公冒死買通獄吏，以及史公探
監、左公怒斥史公使離去的情形；然後著一「後」字，帶
出史公「吾師肺肝」的兩句感慨的話，充分的寫出左公的
公忠憂國（忠）與剛正不屈（毅）來。以上兩個部分，主
要在寫左光斗，為「主」。

　　第三部分，包括三、四、五段，是本文的餘波。這個
部分，先以第三段寫史公受左公感召，繼其志業，「忠毅
」的奉檄守禦流寇的辛苦；再以第四段寫史公篤厚師門，
時時不忘拜候左公父母及夫人的情事；這寫的主要是史可
法，對前兩部分而言，為「賓」。

　　而末段則補敘本文所記的軼事，確係有根有據，以回
應篇首的「先君子嘗言」，以收束全文。

　　縱觀此文，作者始終是針對著對「忠毅」二字來寫的
。其中寫左公「忠毅」的部分是「主」，而寫史公「忠毅
」的部分則為「賓」；也就是說，寫史公的「忠毅」，便
等於在寫左公的「忠毅」，所謂「借賓以定主」，手段是
相當高明的。附其結構分析表如後（〈左忠毅公軼事〉結
構表詳後【附表1】）。

　　可見這篇文章，最主要的章法結構爲「先主後賓」。
這所謂的「主」，指的是左公（光斗）；所謂的「賓」，
指的是史公（可法）。就在「主」的部分裡，又形成「主
、賓、主」與「賓、主、賓」的結構，其中的「主中主」
，是指左公（光斗）；而「主中賓」，則指史公（可法）
。至於「賓」的部分，雖與上個部分（主）一樣，也形成
「主、賓、主」的結構，但其中的「賓中主」，指的是史
公（可法），而「賓中賓」，則指的是「健卒」。這樣就
形成了「四賓主」（「主中主」、「主中賓」、「賓中主
」、「賓中賓」）[註19]。很明顯地，在此「四賓主」中，以
「主中主」最爲重要，乃一篇主旨之所在[註20]。所以這篇文
章的主旨，一定落在「主中主」的左公（光斗）身上。一
直以來，有人以爲此文之主旨在於寫「師生情誼」，這就
不分賓主了；又有人以爲它是在寫「尊師重道」，這就喧
賓奪主了。由此可知透過章法結構，是可以凸顯主旨的。

[註19]　「四賓主」之說，起於清代的閻若璩：「四賓主者：一、主中主
　　　，如一家人唯有一主翁也；二、主中賓，如主翁之妻妾、兒孫、
　　　奴婢，即主翁之身分以生內事者也；三、賓中主，如親戚朋友，
　　　任主翁之外事者也；四、賓中賓，如朋友之朋友，與主翁無涉者
　　　也。於四者中，除卻賓中賓，而主中主亦只一見；惟以賓中主鈎
　　　動主中賓而成文章，八大家無不然也。」見《潛丘札記》，《四
　　　庫全書》八五九冊（臺北，臺灣商務印書館，1983 年 6 月）頁
　　　413-414。

[註20]　劉衍文、劉永翔針對閻若璩「主中主亦只一見」之說加以申釋：
　　　「所謂『主中主亦只一見』云云，就是指一篇文章的重心，即現在
　　　我們所說的整個主題思想的突出體現處只能有一個。整個主題思想
　　　要統率其他各個分主題和題材所反映出來的內容。」見增補本《文
　　　學鑑賞論》（臺北，洪葉文化公司，1995 年 9 月，初版一刷）頁
　　　615。

又如賈誼的〈過秦論〉：

　秦孝公據殽函之固，擁雍州之地，君臣固守，以窺周室；有席卷天下，包舉宇內，囊括四海之意，并吞八荒之心。當是時也，商君佐之，內立法度，務耕織，修守戰之具，外連衡而鬥諸侯。於是秦人拱手而取西河之外。

　孝公既沒，惠文、武、昭襄，蒙故業，因遺策，南取漢中，西舉巴蜀，東割膏腴之地，北收要害之郡。諸侯恐懼，會盟而謀弱秦，不愛珍器重寶肥饒之地，以致天下之士，合從締交，相與為一。當此之時，齊有孟嘗，趙有平原，楚有春申，魏有信陵；此四君者，皆明智而忠信，寬厚而愛人，尊賢重士，約從離橫，兼韓、魏、燕、趙、齊、楚、宋、衛、中山之眾。於是六國之士，有寧越、徐尚、蘇秦、杜赫之屬為之謀；齊明、周最、陳軫、召滑、樓緩、翟景、蘇屬、樂毅之徒通其意；吳起、孫臏、帶佗、兒良、王廖、田忌、廉頗、趙奢之倫制其兵。嘗以十倍之地，百萬之眾，叩關而攻秦。秦人開關延敵，九國之師，逡巡遁逃而不敢進。秦無亡矢遺鏃之費，而天下諸侯已困矣。於是從散約解，爭割地而賂秦。秦有餘力而制其敝，追亡逐北，伏尸百萬，流血漂櫓；因利乘便，宰割天下，分裂河山，強國請服，弱國入朝。施及孝文王、莊襄王，享國日淺，國家無事。

　及至始皇，奮六世之餘烈，振長策而馭宇內，吞二周而亡諸侯，履至尊而制六合，執捶拊以鞭笞天下，威振四海。南取百越之地，以為桂林、象郡；百

越之君，俛首係頸，委命下吏；乃使蒙恬北築長城
而守藩籬，卻匈奴七百餘里；胡人不敢南下而牧馬
，士不敢彎弓而報怨。於是廢先王之道，燔百家之
言，以愚黔首；墮名城，殺豪俊，收天下之兵，聚
之咸陽，銷鋒鏑，鑄以為金人十二，以弱天下之民
。然後踐華為城，因河為池，據億丈之城、臨不測
之谿以為固。良將勁弩，守要害之處；信臣精卒，
陳利兵而誰何？天下已定，始皇之心，自以為關中
之固，金城千里，子孫帝王萬世之業也。

始皇既沒，餘威震於殊俗。然而陳涉，甕牖繩樞之
子，甿隸之人，而遷徙之徒也，才能不及中人，非
有仲尼、墨翟之賢，陶朱、猗頓之富，躡足行伍之
間，倔起阡陌之中，率罷散之卒，將數百之眾，轉
而攻秦；斬木為兵，揭竿為旗，天下雲集而響應，
贏糧而景從。山東豪俊，遂並起而亡秦族矣。

且夫天下非小弱也，雍州之地，殽函之固，自若也
；陳涉之位，非尊於齊、楚、燕、趙、韓、魏、宋
、衛、中山之君也；鉏耰棘矜，非銛於鉤戟長鎩也
；謫戍之眾，非抗於九國之師也；深謀遠慮，行軍
用兵之道，非及曩時之士也；然而成敗異變，功業
相反也。試使山東之國，與陳涉度長絜大，比權量
力，則不可同年而語矣；然秦以區區之地，致萬乘
之權，招八州而朝同列，百有餘年矣；然後以六合
為家，殽函為宮，一夫作難而七廟墮，身死人手，
為天下笑者，何也？仁義不施，而攻守之勢異也。

　　這篇課文，如同分析表所列，由「敘」與「論」兩部
分組成：

　　「敘」這個部分，包括一、二、三、四等段，用「先反後正」之結構，敘秦強之難（反）與秦亡之速（正）：

　　首先由反面敘秦強之難，包括一、二、三等段。其中第一段，用以寫秦強之初，在這裡，作者以「先因後果」之結構來敘述：先以「秦孝公據殽函之固」起至「并吞八荒之心」，敘秦併吞天下的巨大野心：再以「當是時也」起至「外連橫而鬥諸侯」，敘秦併吞天下的積極措施，這是「因」；然後以「於是秦人拱手而取西河之外」一句，敘秦併吞天下的具體成果，這是「果」。全段是用簡筆來寫秦國之強大的[註21]。

　　它的第二段，用以敘秦強之漸，作者在此，用「擊、敲、擊」的結構來安排。它先以「孝公既沒」起至「北收要害之郡」止，：承首段簡敘在惠、文、武、昭襄時「秦謀六國」的措施與成果，這是頭一個「擊」；再以「諸侯恐懼」起至「叩關而攻秦」，繁敘六國抗秦的策略、人力與行動，其中又特別著重於人力上，分賢相、兵眾、謀士、使臣、將帥等方面，加以詳細的介紹，這是「敲」的部

[註21]　本來要敘明秦孝公時商鞅變法與併吞六國的成果，是用幾千，甚至幾萬字，都不爲過的，但作者在這裡所看重的，只在於簡略的事實，而非其內容與過程，因此只用了幾句話來交代而已。而在敘併吞天下的野心時，則一連用了「席卷天下」等句意相同的四句話，這顯然是因爲要特別強調秦國君臣有併吞天下的強烈意願，這樣當然要比一句帶過好得很多。所謂「可以多說，也可以少說」的道理，可以從這裡約略體會出來。見拙作〈談辭章剪裁的手段〉，《國文教學論叢續編》（臺北，萬卷樓圖書公司，1998年3月，初版）頁439。

部分[註22]；然後以「秦人開關延敵」起至「國家無事」，綜合上兩節，敍明秦謀六國與六國抗秦的結果，並簡略地交代孝文王、莊襄王時事；這屬後一個「擊」[註23]。對應於起段，此段是用繁筆從側面來寫秦國之強大的[註24]。

它的第三段，用以寫秦強之最，在這段文字裡，作者先以「及至始皇」起至「委命下吏」，寫秦亡諸侯；再以「乃使蒙恬北築長城而守藩籬」起至「以弱天下之民」，寫秦弱天下；然後以「然後踐華為城」起至「子孫帝王萬世之業也」，寫秦守要害；這完全依時間之先後來寫，可

[註22] 「敵」這個部分，一般文論家都視為「反襯」，如王文濡在「相與為一」句下評注：「正欲寫秦之強，忽寫諸侯，作反襯。」又在「尊賢而重士」句下評注：「極贊四君，以反襯秦之強。」又在「趙奢之倫制其兵」句下評注：「極寫諸侯得人之盛，以反襯秦之強。」見《古文析義合編》上冊（臺北，廣文書局，1965 年 10 月，再版），卷 6，頁 6-7。再如王根林在論此文特色時，特標「反襯」一項：「上篇寫秦始皇以前幾代君主雄踞關中、俯視山東各國的形勢，是從描寫山東諸國的威勢著筆的：『當是時……中山之眾』，還有一大批優秀的政治家、外交家、軍事家為本國出謀獻策、馳騁疆場，『常〔嘗〕以十倍之地、百萬之眾叩關而攻秦』。儘管他們地廣兵眾，人才薈萃，然而『秦人開關而延敵，九國之士〔師〕逡巡遁逃而不敢進』。這樣寫，比直接描繪秦國如何強大，顯然能收到更好的效果。同樣，寫秦王朝在風雨飄搖中一朝傾覆，也是用它的對立面陳涉之弱小加以反襯的。」見《古代文學作品鑑賞》〔上海，上海古籍出版社，1988 年 3 月，一版一刷〕頁 48-49。

[註23] 詳見拙作〈論幾種特殊的章法〉頁 216，同註 8。

[註24] 總括起來看，這一段文字是用繁筆寫成的。作者在此，儘量避開正面，從側面下手，用了許多材料來介紹六國之強大，這無非是為了替末段「比權量力」的部分，預先提供足夠的材料，作為立論的憑據，而作者卻沒有讓「喧賓」奪「主」，特地用「秦人開關延敵，九國之師，逡巡遁逃而不敢進」等句，輕輕一轉，成功地將六國之強轉為秦國之強，這種剪裁與安排的手段，是十分高明的。見拙作〈談辭章剪裁的手段〉，《國文教學論叢續編》頁 441，同註 21。

說也是用繁筆從正面寫秦國之強大的[註25]。

　　然後用正面寫秦亡之速，僅一段，即第四段。作者在此，用「先因後果」的條理來呈現：它先以「始皇既沒」起至「贏糧而景從」，寫陳涉首義，這是「因」；後以「山東豪俊，遂並起而亡秦族矣」二句，寫豪傑亡秦，這是「果」。對應於「反」的部分，是用至簡之筆來寫秦國之敗亡的[註26]。

　　「論」這個部分，僅一段，即末段。在這裡，作者先以「且夫天下非小弱也」起至「為天下笑者何也」止，用以上各段所提供的材料（其中於一、二、三、四等段直接提供秦的材料外，又分別於二、四等段從旁提供六國與陳涉的材料），將秦、六國與陳涉「比權量力」一番，認為六國該勝秦、秦該勝陳涉，而結果卻正相反，即秦勝六國、陳涉勝秦；於是由此作一提問，逼出一篇的主旨「仁義不施而攻守之勢異也」十一字，以收束全篇。從內容來看是如此，若著眼於章法結構，則形成了「實、虛、實」之結構。其中由「且夫天下」起至「功業相反也」止，實寫秦與陳涉比較卻「成敗異變」之事實，為頭一個「實」；

[註25] 這一段可以說完全捨去了秦亡六國的實際過程，卻不厭其煩地針對著篇末「仁義不施」四字來取材，換句話說，如果作者在這一段不安排這些材料，是得不出「仁義不施」的結論來的。同註 21，頁 442。

[註26] 這一段用至簡之筆寫成，它先寫「陳涉首義」，再寫「豪傑並起而亡秦」。就在寫「陳涉首義」的部分裡，特殊強調陳涉不值一顧的地位、才能與武器，這顯然也是預為末段的「比權量力」提供材料。不然，這一段可以寫得更短，與前四段之「強」作成更強烈之對比，以強化「強」之難、「亡」之易的意思。同註 21，頁 442。

由「試使山東之國」起至「則不可同年而語矣」止，透過
假設，虛寫六國與陳涉「比權量力」之「成敗」結果，爲
「虛」的部分；由「然秦以區區之地」起至末，用「果（
問）後因（答）」的結構，實寫秦亡於陳涉的結果與原因
，爲後一個「實」。如此切入，可以充分幫助讀者去理解
文章之理路意脈。

　　總結起來看，此文旨在論秦之過在於「仁義不施而攻
守之勢異」，爲了要論說這個主旨，作者特先以第一、二
段及三段前半寫「攻」，第三段後半及四段寫「守」，以
見「攻守之勢異」，而又於第三段中述明「仁義不施」的
事實，於第四段交代「仁義不施」的結果；再以第五段利
用前四段所陳列材料，將六國、秦與陳涉的權力加以比較
，以見出「成敗異變、功業相反」的情形，進而逼出一篇
的主旨來。附其結構分析表如後（〈過秦論〉結構表詳後
【附表 2】）。

　　此文由其主旨「仁義不施，攻守之勢異也」看來，該
含有兩軌：一爲「仁義不施」，二爲「攻守之勢異」，而
它自古以來，就一直被認爲是用歸納法（先凡後目）所寫
成之代表作[註27]。這樣，應可以用雙軌來貫穿才對，不過，
事實卻非如此。其問題就出在第三、四段，因爲它對應於
第一、二段之寫「攻」，可以說是用以寫「守」的，卻與
「不施仁義」之內容相重疊。也正好有這種重疊，就產生
了提示作用，即「秦之過，主要在於『守不以仁義』」，

[註27]　以歸納法（先凡後目）分析此文，可形成不同的結構類型。參見
拙作〈如何進行課文結構分析——以高中國文教材爲例〉（臺灣省
高級中學國文科教學研究專輯第五輯，1999 年 6 月）頁 56-57。

這是「顯」的意思；如果換成「隱」的一層，從積極面來說，就是「守必以仁義」了。所謂「借古以喻今」，這種諷勸朝廷的意思，不言而喻。這就可看出章法結構之分析，對主旨之凸顯、確認而言，確是一把利器。

二、辨明技法

單就聯貫律來看，章法所探討的是辭章聯絡照應之技巧。而聯絡照應之技巧，又有基礎（有形）與藝術（無形）之別[註28]。在此，僅就其藝術聯絡照應的部分，舉兩個例子，作局部之說明，以見其技巧之一斑。如杜甫的〈聞官軍收河南河北〉詩：

> 劍外忽傳收薊北，初聞涕淚滿衣裳。卻看妻子愁何在，漫卷詩書喜欲狂。白日放歌須縱酒，青春作伴好還鄉。即從巴峽穿巫峽，便下襄陽向洛陽。

這首詩旨在寫「聞官軍收河南河北」時「喜欲狂」之情，是以「目（實）、凡、目（虛）」的結構寫成的。

> 首先在起聯，針對題目，寫『聞官軍收河南河北』（因）時自己（主）喜極而泣的情形（果），藉『忽傳』、『初聞』寫事出突然，藉『涕淚滿衣裳』具寫喜悅；接著在領聯，採設問的形式，由自身移至妻子（賓）身上，寫妻子聞後狂喜的情狀，很技巧地以『卻看』作接榫，帶出『漫卷詩書』作

註28 詳見拙作〈談辭章聯絡照應的幾種技巧〉，《國文教學論叢》（臺北，萬卷樓圖書公司，1991 年 7 月，初版）頁 409-450。

具體之描寫。以上全用以實寫『喜欲狂』，為『目一』的部分。而緊接著『漫卷詩書』而來的『喜欲狂』三字，正是一篇的主旨所在，為『凡』部分。繼而在頸聯，由實轉虛，以『放歌縱酒』上承『喜欲狂』、『作伴好還鄉』上承『妻子』，寫春日攜手還鄉的打算（時）；最後在結聯，緊接上聯『還鄉』之打算，一口氣虛寫還鄉所準備經過的路程（空）。以上全用以虛寫『喜欲狂』，為『目二』的部分。如此，由『忽傳』而『初聞』、『卻看』而『漫卷』、『即從』而『便下』，以單軌一氣奔注註29，將自己與妻子『喜欲狂』的心情，描摹得真是生動極了。註30

附其結構分析表如後（〈聞官軍收河南河北〉結構表詳後【附表3】）。

由此看來，此詩結構，主要除了用「目（實）、凡、目（虛）」（篇）外，也用「先因後果」、「先時後空」（章）等，以組合篇章，使全詩前後呼應，亦即「目」（實）與「目」（虛）、「因」與「果」、「賓」與「主」、「時」與「空」作局部之呼應，而以「凡」（喜欲狂）統攝一「實」一「虛」的兩個「目」，以統一全詩的情意

註29 　趙山林指出這是承續式意象之組合，以為：「這是一首情感真摯充沛的抒情佳作，但從意象結構上說，卻帶有一定的敘事特色。《杜詩詳注》引黃生說：『此通首敘事之體。』這是說得很有道理的。不僅從感情發展的內在脈絡說，即使從『忽傳』、『初聞』、『卻看』、『漫卷』、『即從』、『便下』這些字眼上，也可以明顯地看出前後續接、一脈相承的關係，錯亂不得，顛倒不得。這是典型的承續式意象組合。」見《詩詞曲藝術論》（杭州，浙江教育出版社，1998年6月，一版一刷）頁124。

。在此，值得注意的是：「漫卷詩書」的人，通常都以為是杜甫自己[31]，其實，「漫卷詩書」是妻子（賓）的動作，乃「愁何在」這一「問」之「答」，也就是「妻子」愁雲煙消雲散的具體憑據。這和詩人自己（主）「涕淚滿衣裳」的樣子，正好構成了一幅家人「喜欲狂」的畫面。如此以賓（妻子）主（詩人自己）來切入此詩，似乎比較能使全詩前後平衡，而且「一以貫之」，而合於章法之聯貫原理。

又如沈復的〈兒時記趣〉：

余憶童稚時，能張目對日，明察秋毫。見藐小微物，必細察其紋理，故時有物外之趣。

夏蚊成雷，私擬作群鶴舞空，心之所向，則或千或百，果然鶴也；昂首觀之，項為之強。又留蚊於素帳中，徐噴以煙，使之沖煙飛鳴，作青雲白鶴觀；果如鶴唳雲端，為之怡然稱快。

又常於土牆凹凸處，花臺小草叢雜處，蹲其身，使與臺齊；定神細視，以叢草為林，蟲蟻為獸，以土

牆凸者為丘，凹者為壑；神遊其中，怡然自得。
一日，見二蟲鬥草間，觀之，興正濃，忽有龐然大
物，拔山倒樹而來，蓋一癩蛤蟆也。舌一吐而二蟲
盡為所吞。余年幼，方出神，不覺呀然驚恐。神
定，捉蛤蟆，鞭數十，驅之別院。

此文旨在寫作者在兒時所常得到的「物外之趣」，是
用「先凡後目」的結構寫成的。

「凡」的部分，僅一段，即首段。作者直接以回憶之
筆，由因而果，拈出「物外之趣」的主旨，以貫穿全文。
「目」的部分，包括二、三、四等段：

首先在第二段，以一群蚊子為例，細察牠們的紋理，
把牠們擬作「群鶴舞空」、「鶴唳雲端」，寫出作者獲得
「項為之強」、「怡然稱快」的這種「物外之趣」之情
形，為「目一」。就在寫「群鶴舞空」的一節裡，「夏蚊
成雷」寫的是「物內」；「群鶴舞空」至「果然鶴也」，
寫的是「物外」；而以「私擬作」作橋樑，這是寫「細察
紋理」的部分。至於寫「物外之趣」的部分裡，「昂首觀
之」為聯貫的句子，而「項為之強」寫的則是「物外之
趣」。在寫「鶴唳雲端」的一節裡，「又留蚊」句起至
「使之沖煙」句止，寫的是「物內」；「青雲」二句，寫
的是「物外」；而以「作」字作橋樑；這又是「細察紋
理」的部分。至於寫「物外之趣」的部分，則以「為之」
作聯貫，而以「怡然稱快」寫「物外之趣」。

其次在第三段，以土牆凹凸處的叢草、蟲蟻為例，細

察牠們的紋理，把叢草擬作樹林、蟲蟻擬作野獸，寫出作者獲得「怡然自得」的這種「物外之趣」的情形，為「目二」。就在寫「細察紋理」的部分裡，「又常於」句起至「使與臺齊」句止，寫的是「物內」；「以叢草」句起至「凹者為壑」句止，寫的是「物外」；而以「定神細視」作橋樑。至於寫「物外之趣」的部分裡，「神遊其中」為聯貫的句子，而「怡然稱快」寫的則是「物外之趣」。

然後在末段，以草間的二蟲與癩蛤蟆為例，細察牠們的紋理，把癩蛤蟆擬作龐然大物，舌一吐便盡吞二蟲，寫出作者獲得「捉蛤蟆，鞭數十，驅之別院」[註32]的這種「物外之趣」的情形，為「目三」。就在寫「細察紋理」的部分裡，「一日」二句寫的是「物內」；「觀之」二句，是由「物內」過到「物外」的橋樑；「忽有」句起至「不覺」句止，寫的是「物外」；而特用「蓋一癩蛤蟆也」與「余年幼，方出神」等句，插敘[註33]在中間，作必要的說明。至於寫「物外之趣」的部分裡，「神定」為聯貫的詞語，而「捉蛤蟆」三句，寫的則是「物外之趣」。很特別的是：這個「物外之趣」是回到「物內」初時之情形加以交代的。

十分明顯地，全文是以「物外之趣」一意貫穿，自始至終無不針對著「趣」字來寫，使前後都維持著一致的情

[註32] 這三句用得到「物外之趣」之後的動作來寫「物外之趣」。見拙著《國文教學論叢續編》頁146，同註21。

[註33] 「插敘」如同「補敘」，是一種使辭章秩序產生變化的章法。詳見〈插敘法在辭章裡的運用〉，《國文教學論叢續編》頁277-288，同註21。

意。附其結構分析表如後（〈兒時記趣〉結構表詳後【附表4】）。

　　這篇文章在「篇」的部分，以「凡」和「目」形成呼應；在「章」的部分，連續以「因」與「果」、「人」（物內）與「天」（物外）彼此形成呼應。而就在寫「物外」由起點而過程而終點的時候，前後有著一些明顯的變化。首先看「私擬作群鶴舞空」句起至「果然鶴也」句止，即有起點、過程，亦有終點；其中「私擬作」句，為起點；「心之所向」二句，為過程；而「果然鶴也」句，則是終點。再看「作青雲白鶴觀」二句，卻以「作青雲白鶴觀」為起點、「果如鶴唳」為終點，而省略了過程。接著看「定神細視」五句，很明顯地只敘起點，而將過程和終點完全省略了。最後看「忽有龐然大物」七句，拿掉插敘的幾句不算，則都是就終點來寫，而省略了起點和過程。這種變化、省略的技巧，如不透過章法分析，是很難看出端倪來的。

　　此外，「項為之強」與「捉蛤蟆」三句：

　　　有人以為二段的『項為之強』，寫的不是『物外之趣』，這該是錯誤的看法。因為『趣』，不只限於寫心理而已，用動作或姿態來寫，更為具體而富變化。又有人以為篇末『捉蝦蟆，鞭數十，驅之別院』，是寫作者主持正義的行為，這也該是錯誤的看法。因為作者要是主持正義的話，必然是一鞭就把癩蝦蟆鞭死，怎麼可能在鞭數十下之後，竟然活得好好的，而又把牠趕到別院去呢？還有，果真如此，則寫的已不再是童心童趣，與前文也就不能維持

> 一致的意思了。所以此三句，寫的該是作者得到『
> 物外之趣』的動作，這樣，全文的意思就得以『一
> 以貫之』了。[註34]

由此可見章法「統一律」疏理辭章的妙處。

三、掌握美感

　　國文教學有三個層進的目標，即工具性之語文訓練、文學性之文藝欣賞與文化性之精神陶冶[註35]。而美感之掌握，為文藝欣賞（文學性）走向精神陶冶（文化性）的一座橋樑，絕不能稍予輕忽。國文教學如果不提昇至此，將是失敗的。由於它是整體性的，乃合形象思維與邏輯思維而為一的活動，所以章法只能作部分之處理、掌握，雖然如此，已可以稍稍訴諸條理，而非完全是靠自由心證了。如王維的〈輞川閑居贈裴秀才迪〉詩：

> 寒山轉蒼翠，秋水日潺湲。倚杖柴門外，臨風聽暮
> 蟬。渡頭餘落日，墟里上孤煙。復值接輿醉，狂歌
> 五柳前。

　　此詩乃作者與裴迪秀才相酬為樂之作。在一特定時空之下，作者藉自然景物與人物形象之刻劃，以寫自己閒適之情。它一面在首、頸兩聯，具體描繪了「輞川」附近的水陸秋景與暮色，勾勒出一幅有色彩、音響和動靜的和諧

[註34]　見拙作〈如何畫好國文課文結構分析表〉，《國為教學論叢》頁239，同註28。
[註35]　見章微穎《中學國文教學法》，同註16。又參見黃錦鋐《中學國文教材教法》頁6，同註16。

畫面；另一面又在頷、末兩聯，於一派悠閒之自然圖案中，很生動地嵌入了作者自己倚杖聽蟬，和裴迪狂歌而至的人事景象；使兩者相映成趣，而形成了物我一體的藝術境界，十分活潑地將「輞川閑居」之樂作了具體的表達。附其結構表如後（〈輞川閑居贈裴秀才迪〉結構表詳後【附表5】）。

此詩主要以「今（後）昔（先）」、「天（物象）人（人事）」、「遠近」、「高低」與「知覺（視、聽）轉換」等章法，形成其結構，以「調和」全詩。其中除「今昔」之外，又將「天人」、「高低」、「知覺轉換」組成雙疊的形式，以增添其節奏之美；這些都強化了作者閒逸之趣。李浩說此詩：

> 全詩具有時間的特指〔『落日』時分〕和空間位置的具體固定，通過『〔柴門〕外』、『〔渡〕頭』、『〔墟〕裡』、『〔五柳〕前』等方位名詞，勾勒出景物的相互位置關係，景物具有空間開發性，既活潑無礙，又彼此依存，是構成整個畫面諧調的一個部分。讀這樣的詩，應該在一個時間的片刻裡從空間上去理解作品，把握詩人用最高的藝術手腕所凝定下來的富有包孕性的瞬間印象[註36]

這種體會十分深刻。

又如辛棄疾的〈賀新郎〉詞：

> 綠樹聽鵜鴃，更那堪、鷓鴣聲住，杜鵑聲切！啼到春歸無尋處，苦恨芳菲都歇。算未抵人間離別：馬

註36　見《唐詩的美學闡釋》（合肥，安徽大學出版社，2000年4月，一版一刷）頁255。

上琵琶關塞黑，更長門翠輦辭金闕。看燕燕，送歸
妾。　　　將軍百戰身名裂，向河梁回頭萬里，故人
長絕。易水蕭蕭西風冷，滿座衣冠似雪。正壯士、
悲歌未徹。啼鳥還知如許恨，料不啼清淚長啼血。
誰共我，醉明月。

這闋詞題作「別茂嘉十二弟。鵜鴂、杜鵑實兩種，見
《離騷補註》」，是用「先賓後主」的順序寫成的。

其中的「賓」，先以「綠樹」句起至「苦恨」句止，
從側面切入，用鵜鴂、鷓鴣、杜鵑等春鳥之啼春，啼到春
歸，以寫「苦恨」；這是頭一個「敲」的部分。再以「算
未抵」句起至「正壯士」句止，由「鳥」過渡到「人」，
採「先平提後側收」[註37]的技巧，舉古代之二女〔昭君、
歸妾〕二男〔李陵、荊軻〕為例，用「先反後正」的形式
，來寫人間離別的「苦恨」，暗涉慶元黨禍，將朝臣之通
敵與志士之犧牲，構成強烈的對比，以抒發家國之恨[註38]；
這是「擊」的部分，也是本詞的主結構所在。末以「啼鳥
」二句，又應起回到側面，用虛寫（假設）方式，推深一
層寫啼鳥的「苦恨」；這是後一個「敲」的部分。

[註37]　見拙作〈談「平提側收」的篇章結構〉，《章法學新裁》，頁
435-459，同註7。

[註38]　鞏本棟：「鄧小軍先生所撰〈辛棄疾〈賀新郎・別茂嘉弟〉詞的古
典與今典〉一文……。認為辛棄疾〈賀新郎〉詞的主要結構，『乃
是古典字面，今典實指。即借用古典，以指靖康之恥、岳飛之死之
當代史。從而亦寄託了稼軒自己遭受南宋政權排斥之悲憤，及對南
宋政權對金妥協投降政策之判斷。』」見《辛棄疾評傳》〔南京，
南京大學出版社，1998年12月：一版一刷〕頁400-401。另見拙作
〈唐宋詞拾玉（四）——辛棄疾的〈賀新郎〉〉〔臺北，《國文天
地》，12卷1期，1996年6月〕頁66-69。

　　而「主」，則正式用「誰共我」二句，表出惜別「茂嘉十二弟」之意，以收拾全篇。所謂「有恨無人省」[註39]，作者之恨在其弟離開後，將要變得更綿綿不盡了。附其結構分析表如後（〈賀新郎〉結構表詳後【附表6】）。

　　如此，既以「賓」和「主」、「敲」和「擊」、「虛」和「實」、「凡」和「目」、「平提」和「側收」等結構，形成「調和」，又以「正」和「反」形成「對比」、「敲」和「擊」形成「變化」；也就是說，在「調和」中含有「對比」，在「順敘」中含有「變化」。而這「變化」的部分，既佔了差不多整個篇幅，其中「對比」又出現在篇幅正中央，形成主結構，且用「擊」加以呈現，這樣在「變化」的牢籠之下，特用「對比」結構來凸顯其核心內容，使得其他「調和」的部分，也全為此而服務，所以這種安排，對此詞風格之趨於「沉鬱蒼涼，跳躍動盪」[註40]，是大有作用的。掌握了這一點，則此詞之美，就可以大致領略出來了。

肆、章法與寫作教學

　　寫作教學的主要內容有三：一為命題，二為指引，三

[註39]　蘇軾題作「黃州定慧院寓居作」之〈卜算子〉詞下片：「驚起卻回頭，有恨無人省。揀盡寒枝不肯棲，寂寞沙洲冷。」見《東坡樂府箋》（臺北，華正書局，1978年9月，初版）頁168。

[註40]　見陳廷焯《白雨齋詞話》卷一，《詞話叢編》4（臺北，新文豐出版公司，1988年2月，臺一版）頁3791。

為批改（評析）。其中的指引，又可分為經常性的指引和臨時性的指引兩種[註41]。通常，這種指引可涵蓋審題、立意、運材、佈局與措詞等。而章法可著力的，就是「佈局」。底下就以「佈局」為重心，旁涉命題與批改，從「命題、指引」與「批改、評析」兩方面，予以舉例說明，以見章法與寫作教學的密切關係。

一、在命題、指引上

用章法來命題，既可適用於長篇之傳統式作文，也可適用於短篇之限制式寫作。一般來說，可配合課文之所學，選擇一、二種或幾種較常見的章法，在題目中作指引，要求從中擇一種或兩種，加以應用，來寫成結構表或文章，藉以訓練學生靈活運用各種章法之能力。如下列例子：

例一：

請試就「地球村的聯想」這個題目，畫出它

[註41] 「經常性的指引，是要在課文讀講時一併進行的，也就是說，要在講授課文之際，仔細分析課文，對文中有關立意、運材、布局、措辭等工夫，一一予以深究，使學生對寫作的方法，能由點而面，由面而立體地加以掌握，形成一個系統，這是指導學生作文最重要的一環。有不少人以為課文自課文，作文自作文，是兩碼子事，因此在指導學生作文時，往往另起爐灶，硬是將作文與課文拆開，這是本末倒置的作法，是十分不妥當的。至於臨時性的指引，則在出了作文題之後，要針對所出的題目，用極短的時間，對題目的意義、重心，可用的材料或章法，甚至措辭技巧等，給予必要的提示，以補經常性指引之不足。」見拙著《作文教學指導》頁115，同註1。

的章法結構表來。

　　附：學生實作（學生實作〈地球村的聯想〉結構表詳後【附表 7】）註 42

　　例二：

　　甲、以下是一則報紙專欄文章〈抽煙的少女〉註 43：

近來，常常和朋友約在泡沫紅茶店或新式咖啡館見面，有時候到得早，不免左右觀看一下，結果發現吸煙的年輕女孩特別多。這個發現讓我有些惆悵。大家都知道抽煙對身體不好；為了避免煙害，現在許多公共場所都禁煙，就連長途旅行的國際飛機上，以前還有小小的吸煙區，現在卻完全禁絕了。所以，有煙癮的人，無論上班、搭機或在任何公共場所，都會感到十分不便。過去，吸煙幾乎等於男人的專利，只有少數女性私下抽煙。現在男女平權，以前男人做的事情，不管好壞，女人都可以做。我會覺得惆悵，是發現如今吸煙的年輕男性反而少了，卻到處見到不顧煙害抽煙的年輕少女。吸煙倒也罷了，卻見到她們姿勢那麼不優雅，一副旁若無人、沒教養的樣子。男女平權，女性機會多了，不是應該讓自己過得更好才對嗎？

註 42　見仇小屏《深入課文的──把鑰匙─章法教學》（臺北，萬卷樓圖書公司，2001 年 2 月，初版）頁 276。

註 43　廖輝英：〈抽煙的少女〉，《國語日報》第五版，1999 年 11 月 5 日星期五。

乙、說明：

（一）正反法就是將差異極大的材料互相映照，作成強烈的對比，藉反面的材料襯托初正面的意思，以增強主旨的說服力與感染力。

（二）賓主法就是運用輔助材料「賓」，來襯托主要材料「主」，從而有力地傳達出主旨的一種章法。

（三）因果法是一種古老的法則，其簡單句式為「因為……所以……」。這「因為……」是「因」，「所以……」是「果」。

（四）請依前三項說明，以及專欄文章〈抽煙的少女〉，將正反法、因果法與賓主法三種運材方式結合，完成一篇「勸請在學少女不要抽煙」的文章。

（五）題目自訂。

（六）字數八百至一千字為限。

丙、章法結構提示：

（〈抽煙的少女〉結構表詳後【附表8】）

以上作法提示僅供參考，同學們可自行虛擬

勸說內容，安排各種親友勸說，勸說結果失敗或成功，亦可自行虛擬。

附：學生實作（1）〈請勿抽煙〉（劉宜銘）

第一部份　章法結構表：（〈請勿抽煙〉結構表詳後【附表9】）

第二部分　正文：

近年來抽菸的女性是越來越多了，尤其是年輕的女孩子。

小婕是一個剛從國中畢業的小女生，因為讀的是五專，學校對學生的約束比較放縱，所以小婕就常和同學到舞廳玩，因而學會了抽煙和喝酒。常將自己打扮成光鮮亮麗的交際花，三五好友到酒店參加派對，狀況實在是越來越糟，不但是小婕的父母擔心就連以前的朋友都看不下去了。

所以大家一直不斷的勸小婕，抽煙有害身體健康，而且是一件很傷害身心的事，年輕人應該好好享受生活，不要把自己的身體弄得像是個老人家，一旦再這樣下去，等到成年後身體一定會開始變差，而且也有可能影響到下一代，年輕人該為自己未來想想，整天玩樂總不是辦法，就算要玩也不可以影響到自己的健康。

而小婕的母親常告訴小婕說，就算是覺得自己的健康好壞無所謂，也要為你生活週遭的人想想，弟弟還小，妳

就不怕帶壞他嗎？而且在公共場合抽煙是很不禮貌的，那
會使不想抽煙的人吸二手菸，不但傷害了自己也會妨害別
人的健康。而且你現在是學生，應以課業為重才是。以前
的朋友也極力勸說小婕必須要戒煙，朋友總是說小婕變漂
亮了，但也不像從前來的健康、有活力，而且時常身上都
是煙味，和以前的小婕實在連不上來，如果這是所謂的男
女平權，那我寧可不要，希望下次同學會中出現的小婕能
和以往一樣的健康、一樣的有活力。說了那麼多，可是除
小婕本人，誰能完完全全的了解小婕她自己的想法呢？小
婕的年紀還小，但也有自己的想法、自己的觀點、自己的
是非，所以儘管小婕的父母及朋友如何的勸說小婕，小婕
也無法了解，因為小婕的身邊有太多的誘惑了，所以一切
也都只能靜觀其變，由小婕自己想通。小婕常頂撞父母，
他說其他同學都在抽煙，就算她不抽，也會吸到二手煙，
就這樣一再為自己找藉口和說詞，總是說抽煙可以使她放
鬆心情，忘掉不愉悅的事，還把這樣的壞習慣說成是正常
的，再不然就是嘴巴說要戒，但是私底下還是偷偷地抽，
如果被發現，就又會有另一番說詞，比方說戒煙很困難，
不是說戒就戒，或說自己是初犯，諸如此類，小婕的父母
為了這樣實在是很痛心。

　　過了許久，小婕發現父母親因為她的關係天天憂愁滿
面，慢慢的感覺到大家對她的關心，而且也可以體會父母
的擔心。

　　小婕終於決定開始戒煙了。戒煙後的小婕，日子過得
既充實而又健康。

　　以上的故事結局是好的，如果你我的身邊有人有抽煙

的壞習慣，那麼一定要勸他不要愛抽煙了，或者是你本身就有抽煙的壞習慣，那麼你一定要想辦法戒煙，因為我覺得抽煙無論年齡大小都對身體不好，一旦染上了煙癮就很難戒，所以最好不要碰，如果不抽煙，會有健康的身體；如果不抽煙，會有美好的人生；如果不抽煙，會有新鮮的空氣，抽煙絕對是一件百害無益的事，所以絕對不要去嘗試，抽煙不但危害自己的身體健康，也會造成空氣品質的惡化，更糟的是讓別人吸二手煙，而且抽煙在公共場合是不受歡迎的，所以大家「請勿抽煙」。[註44]

附：學生實作（2）〈迷途的羔羊〉（何敏聰）

第一部份　章法結構表：（〈迷途的羔羊〉結構表詳後【附表10】）

第二部份　正文：

某學校的一處角落，一名坐在樓梯斜角處年約十六、七歲的少女迅速掏出口袋的煙包，就這麼抽起煙來了。她沉浸在煙裡，沒聽到聞煙而來的危險腳步聲，當少女聽到鐘聲要離開時，才聽到樓梯傳來的腳步聲。她慌了，不知所措。當腳步聲離她越來越近、越來越近……直至樓梯轉角，定眼一看，出現在她眼前的是學校的教官。

[註44] 以上命題、指引與實作，見劉寶珠〈章法學運用在作文教學之操作實例〉（《國文天地》18卷1期，2002年6月）頁36-38。

　　少女被帶到了輔導室，教官看著這名不是太壞的少女，「既然她不是太壞，那一定有辦法輔導。」教官心想。於是，他決定給少女一個改過的機會，於是教官開口問這名驚慌的少女：「你抽煙是為了什麼？」

　　少女：「回答教官，我……我抽煙是為了……解除壓力而已！」

　　教官：「解除壓力的方法很多呀！為何要碰煙呢？」

　　少女：「當我第一次碰到同學交給我的煙時，又加上朋友縱容我，我便無法戒了。」

　　教官：「抽菸的壞處太多了，你知道嗎？」

　　少女：「有很大的壞處嗎？」

　　教官：「我跟你說明好了，例如：當你吸入那些煙，是不是有一種很特別的感受呀！」

　　少女：「嗯……有一點！」

　　教官：「那就表示這時煙裡的尼古丁……等已進到你的肺裡，想想一根煙將近有兩千種毒物，而這兩千種一個也不剩進到你的肺，有什麼感想呢？」

　　少女：「有……有這麼可怖嗎！」

　　教官：「你知道就好了，不抽煙還可以讓你的肺輕鬆一些，而且不會傷害到你的身體，只要你下大決心，克制自己，其實，解除壓力的方法很多的。」

少女：「謝謝教官，我一定會努力壓抑自己不受煙毒的迫害的。」

教官：「那要看你下多少決心囉！」

少女打開輔導室的大門，心想著一定要戒除菸癮。當她開心的走時，輔導教官也很高興：「我挽回一隻迷途的羔羊。」[註45]

二、在批改、評析上

作文之批改或評析，用章法的角度切入，以指導學生謀篇佈局之技巧，其成效是相當大的。既可以用章法之四大律（秩序、變化、聯貫、統一）加以疏理，以進行指導；也可以就某一些適用之章法加以組織，以進行批改或評析。如：

> 在上一輩人的心中，都市代表著進步、富貴，而鄉村卻代表著落後、貧賤。然而風水輪流轉，在現代人眼中，都市卻是罪惡的淵藪，而鄉村竟是令人嚮往的樂園。
> 我出生在一個小村莊裡，小時候看到的，不是人，就是牛，而很少看到汽車。一直到七歲，還不知道都市這種地方。整天只知道在水河中嬉水、抓魚，在田埂上奔跑、釣青蛙。這種鄉村生活的情趣，經過了幾年都市繁華富裕的生活之後，到

[註45] 同註44。

現在才真正體會出來。

　都市除了生活枯燥無味外，更增添了不安與不適，整天懼怕不良分子的騷擾、宵小的光顧，和交通壅塞、空氣汙染等。而鄉村現在又逐漸都市化了，大河成了水泥做的小水溝，田地、魚池也爭相聳立著大樓。我真怕有一天鄉村會從地球上消失，再也看不到小山、小河、樹木、花草，也聽不到鳥鳴、蟲叫、雞啼。

　既然鄉村都市化，已是必然的趨勢，而都市也該鄉村化，以減少它的缺點。所以讓都市與鄉村互助並存，才是我所希望的。

　　這篇文章題作〈都市與鄉村〉，撇開別的不談，單在篇章安排上，就有不少該修正的地方：

　　先就「秩序」（含變化）來說，作者在首段以今昔觀點說明一般人對都市與鄉村看法之轉變，次段用自己的經驗寫鄉村生活的情趣，三段論都市生活的不安和對鄉村都市化的憂慮，末段點明「都市與鄉村互助並存」的主旨。這樣寫，層次實在不夠分明。照末段的結論來看，最好先在第二段論鄉村都市化，再在第三段論都市鄉村化，以求合於「秩序」（含變化）的要求。

　　再就「聯貫」來說，第二段是由首段末尾「樂園」帶出的，而末段開端又與第三段「鄉村現在又逐漸都市化了」互相連絡，可說已注意到段落的「聯貫」；但第三段起句寫「都市除了生活枯燥無味外」，卻十分突然，顯然有「上無所頂」的缺憾，為了彌補這個缺憾，應該將第二段

末尾「都市繁華富裕生活」句中的「繁華富裕」改爲「枯燥無味」，來爲下段的論述預鋪路子。

　　末就「統一」來說，這篇習作把一篇的主旨置於末段，主張經由「都市鄉村化，鄉村都市化」來「讓都市與鄉村互助並存」，但在前三段裡卻始終找不到針對這個主旨來論述的文字，所以應該大作調整，從第二段開始採「先目（條分）後凡（總括）」的形式來寫，以使全文能「一以貫之」，收到「統一」的效果[註46]。

　　這是用四大律切入作指導的例子。

　　又如：
（一）〈妳說〉（雨夜星河）
　　　　妳說，妳愛虹
　　　　於是
　　　　我造了最美的虹
　　　　只爲妳

　　　　妳說，妳愛流星
　　　　於是
　　　　我帶來最閃耀的流星
　　　　只爲妳

　　　　而妳說，妳愛他
　　　　我扮成了他
　　　　渴望

得到妳的愛

附：結構分析表（〈雨夜星河〉結構表詳後【附表11】）

作者在第一、二節引入虹、流星這兩個並不罕見的意象，而且遣字鍊句也不特別精緻，僅僅是作爲陪襯而已（賓）；但最末一節輕輕一翻，卻毫不費力地翻轉出一個鮮活新境（主）。可說是用平淡語道心中事，引得所有有情人爲之同聲唏噓。作者能在平淡中造出新意，篇幅雖小卻有波瀾，筆力不可小覷，只列爲佳作，實在委屈了一點。

（二）〈夾縫〉（馬思源）
　　嘆息與落髮在我右側
　　左側一片空無
　　我不斷肢解自己，像
　　一根枯枝在木塊中旋轉，摩擦
　　遠山日薄，金黃的風悼念焦黑的今日

　　微笑和冷漠在我右側
　　跳躲的眼神急速奔離彼此的光芒
　　左側一片陰暗
　　我不斷在脈動的瞬間
　　摘下面容，質疑神情

　　歌聲與啜泣在我右側
　　浪子拖著比影還短的自憐
　　在異地嚼著愛人的名字

註46　參見拙著《作文教學指導》頁362-364，同註1。

　　左側一片闃靜
　　我不斷憑著聲響拼湊天空一隅

　　感知和謎語在我右側
　　我不斷開門　走向另道門
　　當荒謬猝然再生
　　無門之門成了最後的謎
　　左側一片虛幻

　　嘆息與落髮在我右側
　　左側，左側一雙無形的手
　　默默拉引我　在瘦狹的眉間打開一扇亮窗……
附：結構分析表（〈馬思源〉結構表詳後【附表12】）

　　作者以右、左的配置凸顯出夾縫來，是全詩的重點所在。

　　全詩分五節，前四節以右側的方向、分別從不同的點切入，寫掙扎：在捨與不捨間掙扎、在溫暖與疏離間掙扎、在愛與不愛間掙扎、在清醒與未知間掙扎……；而左側一片空無、陰暗、闃靜、虛幻……，不確定的恐慌湧上，行將滅頂於不確定的恐慌……。然而這些全都是「反」，作用在為最末一節蓄勢。

　　最末一節的第一句回應首節，企圖造成首尾圓合的效果；並且前兩句仍保留「右、左」的形式，以呼應全篇。但這些仍不是重點所在，作者全力重擊的是最後一句：「默默拉引我　在瘦狹的眉間打開一扇亮窗……」，「瘦狹

的眉間」是另一道夾縫，唯這道夾縫中隱約透出一線天光
……，留予人多少希冀。

　　全詩詩思緊緻，微有可議處，便是對右、左的處理稍
嫌僵硬板滯，應可尋求更富藝術性的處理手法；若非如此
，則此詩置入前二名中，當無愧色[註47]。

　　以上是用章法的角度切入，並藉結構分析表，來進行
批改、評析的例子。

伍、結語

　　綜上所述，可知章法所講求的，是內容的邏輯結構，
而這種邏輯結構，乃對應於自然規律來說的；因此作者在
創作之際，一定會受到此種邏輯條理之左右，來安排各種
材料。就算這種左右，對作者而言，往往是日用而不知、
習焉而不察的，卻自自然然地都將邏輯條理反映在作品之
上。所以無論是閱讀或寫作，全離不開呈現邏輯條理的章
法，這使得章法在國文教學上，就佔有著很重要的地位，
不僅可藉以訓練學生邏輯思考的能力，也可將閱讀教學與
寫作教學合而為一。這樣，對提高教學的效果來說，該是
十分有效的。

[註47]　以上二例，見仇小屏〈下在我眼眸裡的雪——八十九學年度成功
　　高中文藝新詩獎評介〉，《下在我眼眸裡的雪——新詩教學》（臺
　　北，萬卷樓圖書公司，2001年2月，初版）頁196-201。

參考文獻

甲、專著

1、蘇軾《東坡樂府箋》，臺北，華正書局，1978 年 9 月，初版。

2、閻若璩《潛丘札記》，《四庫全書》八五九冊，臺北，臺灣商務印書館，1983 年 6 月。

3、陳廷焯《白雨齋詞話》卷一，《詞話叢編》四，臺北，新文豐出版公司，1988 年 2 月，臺一版。

4、王文濡《古文析義合編》上冊，臺北，廣文書局，1965 年 10 月，再版。

5、陳望道《修辭學發凡》，大光出版社，1961 年，2 版。

6、章微穎《中學國文教學法》，臺北，蘭臺書局，1969 年 9 月，再版。

7、黃錦鋐《中學國文教材教法》，臺北，教育文物出版社，1983 年 2 月，初版。

8、霍松林《唐詩大觀》，香港，商務印書館香港分館，1986 年 1 月，一版二刷。

9、王根林《古代文學作品鑑賞》，上海，上海古籍出版社，1988 年 3 月，一版一刷。

10、史雙元《中學古詩文鑑賞辭典》，蘇州，江蘇古籍出版社，1988 年 7 月，一版一刷。

11、吳應天《文章結構學》，北京，中國人民大學出版社，1989 年，一版三刷。

12、劉衍文、劉永翔《文學鑑賞論》（增補本），臺北，洪葉文化公司，1995 年 9 月，初版一刷。

13、趙山林《詩詞曲藝術論》，杭州，浙江教育出版社，1998 年 6 月，一版一刷。

14、鞏本棟《辛棄疾評傳》，南京，南京大學出版社，1998 年 12 月，一版一刷。

15、仇小屏《篇章結構類型論》上、下冊，臺北，萬卷樓圖書公

司，2000 年 2 月，初版。

16、李浩《唐詩的美學闡釋》，合肥，安徽大學出版社，2000 年 4 月，一版一刷。

17、仇小屏《深入課文的一把鑰匙——章法教學》，臺北，萬卷樓圖書公司，2001 年 2 月，初版。

18、仇小屏《下在我眼眸裡的雪——新詩教學》，臺北，萬卷樓圖書公司，2001 年 2 月，初版。

19、彭漪漣《古典詩詞邏輯趣談》，上海，上海人民出版社，2001 年 9 月，一版一刷。

20、陳滿銘《作文教學指導》，臺北，萬卷樓圖書公司，1984 年 10 月，初版。

21、陳滿銘《國文教學論叢》，臺北，萬卷樓圖書公司，1991 年 7 月，初版。

22、陳滿銘《文章結構分析——以中學國文課文為例》，臺北，萬卷樓圖書公司，1996 年 5 月，初版。

23、陳滿銘《國文教學論叢續編》，臺北，萬卷樓圖書公司，1998 年 3 月，初版。

24、陳滿銘《章法學新裁》，臺北，萬卷樓圖書公司，2001 年 1 月，初版。

乙、論文

1、張春榮〈拓植與深化——陳滿銘《章法學新裁》〉，《文訊》2001 年 6 月。

2、鄭韶風〈漢語辭章學四十年述評〉，·《國文天地》，2001 年 7 月，臺北，萬卷樓圖書公司。

3、仇小屏〈論章法的對比與調和之美〉，《第四屆中國修辭學國際學術研討會論文集》，臺北，洪葉文化公司，2002 年 5 月，初版。

4、劉寶珠〈章法學運用在作文教學之操作實例〉，《國文天地》18 卷 1 期，2002 年 6 月。

5、鄭頤壽〈臺灣辭章學研究述評〉，「海峽兩岸閩南文化學術研討會」。

6、陳滿銘〈談課文結構分析的重要──以高中國文課文為例〉,《兩岸暨港新中小學國語文教學國際研討會論文集》,臺灣師大中輔會,1995年6月。

7、陳滿銘〈唐宋詞拾玉（四）──辛棄疾的〈賀新郎〉〉,《國文天地》,12卷1期,1996年6月。

8、陳滿銘〈如何進行課文結構分析──以高中國文教材為例〉,臺灣省高級中學國文科教學研究專輯第五輯,1999年6月。

9、陳滿銘〈論章法與邏輯思維〉,《第四屆中國修辭學國際學術研討會論文集》,臺北,洪葉文化公司,2002年5月,初版。

10、陳滿銘〈論幾種特殊的章法〉,臺灣師大《國文學報》第31期,臺北,國立臺灣師範大學,2002年6月。

11、陳滿銘〈論辭章章法的四大律〉,《國文天地》第17卷4期,臺北,萬卷樓圖書公司。

丙、文章

1、廖輝英〈抽煙的少女〉,《國語日報》第五版,1999年11月5日星期五。

文章結構分析表：

〈左忠毅公軼事〉結構表【附表1】：

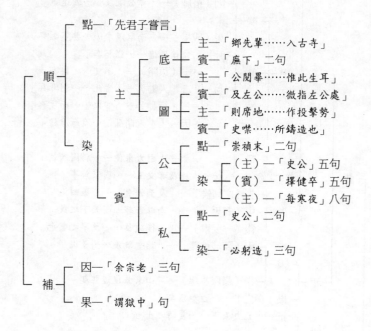

〈過秦論〉結構表【附表2】：

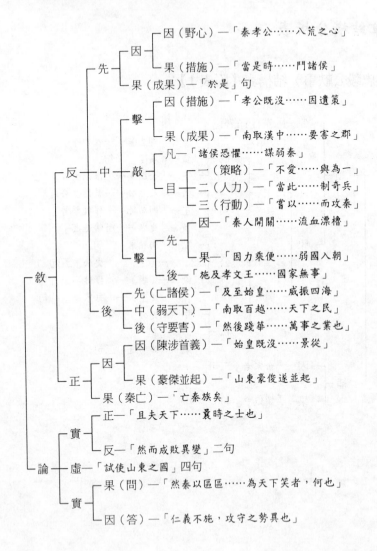

〈聞官軍收河南河北〉結構表【附表 3】：

〈兒時記趣〉結構表【附表 4】：

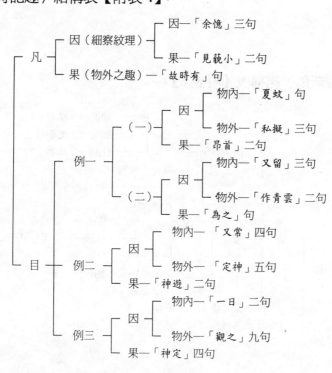

〈輞川閑居贈裴秀才迪〉結構表【附表5】：

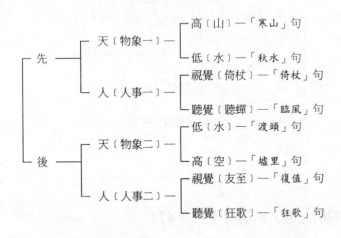

〈賀新郎〉結構表【附表6】：

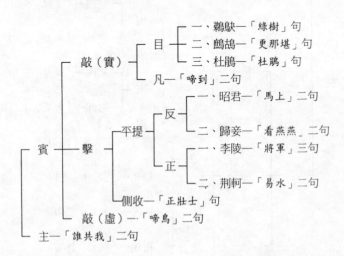

「地球村的聯想」結構表【附表7】：

```
┌ 敘 ┌ 地球村是什麼（第一段）
│    ├ 理想的地球村（第二段）
│    ├ 達成地球村的方法（第三段）
└ 論 └ 終極理想：世界和平（第四段）（汪家侃）
```

（二）

```
┌ 凡：人為什麼目的而活（第一段）
│    ┌ 昔：古時盛世（第二段）
├ 目 ┤
│    └ 今：鬥爭不斷（第三段）
└ 凡：現代人應在地球村中和平相處（第四段）（陳振模）
```

（三）

```
┌ 凡：地球猶如一個小小的村落（第一段）
│    ┌ 敘：舉例說明現今地球上的情形（第二段）
├ 目 ┤
│    └ 論：應如何維持地球上的安全與秩序（第三段）
└ 凡：大家應互助合作，共同生存（第四段）（張俊彥）
```

〈抽煙的少女〉結構表【附表8】：

```
（1）以正反法勸說 ┌ 正（不抽煙的好處）
                 └ 反（抽煙的壞處）

（2）以賓主法安排親友      ┌ 一（父親）－抽煙有害健康
     加入勸說行列     ┌ 賓 ┤
                      │    └ 二（母親）－勿讓別人吸二手煙
                      └ 主（在學的抽煙少女）

（3）以因果法作結論 ┌ 因－大家的努力勸說
                   └ 果－在學的抽煙少女，就不抽煙了
```

〈請勿抽煙〉結構表【附表9】：

1.賓主法
- 賓
  - 一（父）— 抽煙有害健康
  - 二（母）— 勿讓別人吸二手煙
  - 三（友）— 抽煙是不好的事
- 主（女學生）—— 戒煙很難，不是說改就改

2.因果法
- 因— 大家努力的勸說
- 果— 在學少女決定開始戒煙

3.正反法
- 正— 不抽煙的好處
- 反— 抽煙的壞處

〈迷途的羔羊〉結構表【附表10】：

1.以正反法勸說
- 正—不抽煙的好處
- 反— 抽煙的壞處

2.以賓主法勸說
- 賓　學校教官
- 主　在學的抽煙少女

3.以因果法勸說
- 因 — 經由教官的輔導
- 果 — 少女不抽煙了

〈妳說〉（雨夜星河）結構表【附表11】：

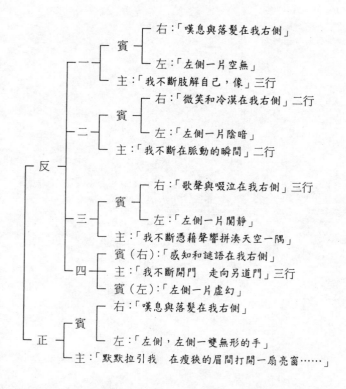

〈夾縫〉（馬思源）結構表【附表12】：

國文教學的幾點問題

李德超
中國文化大學中文系副教授

摘要：

本文專就大專院校之國文科教學來作討論。大專院校的國文科教學，應視爲高級中學國文教學的延伸，重點不僅限於充實學生的國學基礎；而且教學目標，亦應向多元發展；並應於高中至大學間逐漸推行，務使學生得到潛移默化的效果。著者也就歷年教學經驗，提出問題討論。又認爲國文教學亦應發揮出時代的價值，務使古爲今用，萬古常新。這樣的國文教學，才使效益與意義，得到彰顯。

關鍵詞：國文教學、語文教育

壹、前言

各級學校課程編制，皆設有國文一科，茲篇討論重點，則專就大專院校之國文科教學而言。竊以爲大專院校之國文科教學，應視爲高級中學國文教學之延伸，惟重點不僅限於充實學生之國學基礎，其教學目標，應向多元發展，包括：（一）注釋應更深入，以引導學生探究資料來源，講求實證，進而養成實事求是之基本概念。（二）前人解說若有疑點，或課文內容本身之矛盾與不合理處，應勇於提出質疑。（三）開拓學生之國際視野，以現代方法，研讀中國古籍，庶幾體用兼賅，古今合一。以上方向，應於高中至大學間逐漸推行，務使各生潛移默化，漸而眼界開張，不泥古、不非今，信其可信，疑所當疑，於是墳典

經藏，足爲時用，而國文科教學之意義，亦可彰顯。若僅限於依本宣科，不求甚解，或陷溺於課文與前人注釋之不合理處，強爲置辯，反易使讀者久而生厭，徒增食古不化之譏。爰就歷年教學經驗，試提出如下問題，以就正於方家前輩。

貳、教科書之編輯旨趣與內容編排問題

凡編撰新書，必先有其精神所在，目標所在，總不宜漫無目的，湊合成編，教科書尤應預定教學目標，然後選定課文，分配份量。猶憶高中時期，所用教科書，係高明教授主編，正中書局出版，其序文中，即先揭著三年六冊之教學單元，然後環繞各冊單元，選取經史集中，符合主題之篇章爲教材，則既能顧全教學目標，亦能兼顧各類文體，各期人物，各代流派之認識。至於大一國文課程，或應以文學史之角度著眼，全學年約三十六周、一百零八節課，除卻考試及例假，所以授課節次不多，宜從各著名選集，如《昭明文選》、《經史百家雜鈔》、《古文辭類纂》、《全上古三代秦漢三國六朝文》等書，篩選若干篇幅，尚要兼顧學術流變，各時代之代表人物，代表作品等，作妥善安排。所選文章，尤宜採善本校勘。作者生平、題解、注釋等項，亦宜精審。應分別約聘專門教師，各就專長，詳加釐定。亦不必過度考慮學生之興趣問題。由於學生興趣本屬多元，未必一致，而文學發展或文體類別，實係定型，對學生介紹固有之文學遺產，何能將就其不同興趣，此詳彼略，有所偏差。惟是所選文章，亦應考慮其內容之思想價值，歷史意義與社會功能，若其內容之淺近枯燥，或瑣屑嘮叨，如歸有光之〈項脊軒志〉、徐宏祖之〈湘江遇盜日記〉之流，作爲閒常閱讀尚可，爲列諸教科書

之中，究不知有何意義。倘有編輯團隊，各自推選課文若
干篇，分頭注釋，湊合成書，則其中心精神，更無可取，
縱是各篇注釋解題，都爲精審，亦不過數人之講義編集，
究無若何意義。抑以近人之好新好怪，好博好奇，乃不免
內容浮濫，刪不該刪，而選不該選，編次駁雜，不足爲訓
。教科書既編寫不佳，講授者遂爲之囿限，教學效果不彰
，亦由此矣。

參、課文之題解注釋等編寫問題

　　中等以上學校國文課本之題解與注釋，應著重引導學
生深入理解課文之主旨內容，介紹其典故出處，橫向引導
學生多方接觸古籍，而非表面明白內容，不求甚解，徒知
其然，而不知其所以然。尤其要令學生明白講授該課之精
神所在，惟不宜過度誇張其價值，譬如沈括《夢溪筆談》
，的確不少古代之發明創造，由於沈括之記錄而得到保存
，如畢昇之活字印刷術，與宋初築壩工程之巧合龍門施工
技術。惟若謂沈括對解州鹽澤之成鹽與否，與其周圍河水
之化學變化作推理；或指出鏡面凹凸之功用如何如何；或
其對指南針磁偏角之解釋，遂指沈括爲有科學創見，又指
《夢溪筆談》爲內容豐富之科學著作云云，實未免對「科
學」一詞，有所誤解，而亦對沈括之成就，有所誤導。[註1]

又如杜甫〈詠懷古跡〉五首之四：
　　蜀主窺吳幸三峽，崩年亦在永安宮。翠華想像空山
　　裏，玉殿虛無野寺中。古廟杉松巢水鶴，歲時伏臘

[註1]　沈括《夢溪筆談》，明覆刊宋乾道二年（1166）本。

走村翁。武侯祠屋常鄰近，一體君臣祭祀同。[註2]

其起句稱劉備爲蜀主，爲按《三國志》例也。陳壽係晉時人，晉繼魏，僞魏即僞晉，故以魏爲正統，遂立〈蜀主傳〉。惟若以劉備稱主而不稱帝，則非天子之尊，亦遂不能言其死爲崩，然詩之第二句，以其終年稱崩年，實即認定劉備有天子地位之實，其詩前後二句似相矛盾，實乃春秋筆法。

按《春秋》載晉靈公不君，欲殺趙盾，趙盾奔亡於外，趙穿遂弒靈公，趙盾復還，迎立成公。太史董狐書曰：「趙盾弒其君」，以其貴爲正卿，亡不越境，反不討賊故也。惟《公羊傳》例，趙盾「弒君」之後，其事跡應是史不復書，但《春秋》於趙盾弒君之後，又載其與衛孫緬侵陳，則是前此之弒君，實係杜漸防微、非有其實。是以後句彌補前句，老杜〈詠懷古跡〉之句法，可以《春秋》比類推之。俞樾之《古書疑義舉例》，似可增列一欄。

復次如岑參〈寄左省杜拾遺〉詩：

聯步趨丹陛，分曹限紫微。曉隨天仗入，暮惹御香歸。白髮悲花落，青雲羨鳥飛。聖朝無闕事，自覺諫書稀。[註3]

此詩之第二句，一般注釋，謂皇帝殿前稱爲紫微，所以百僚早朝同聯步向丹陛之前，分班列次，共同議政。惟是說雖通，仍嫌未夠深入。按岑參於唐肅宗至德二年（757年）至乾元元年（758年）與杜甫同事於朝，參爲右補闕，屬中書省，居右署；杜甫爲左拾遺，屬門下省，居左署，

[註2] 楊倫《杜詩鏡銓》頁 933 至 934，臺北，藝文印書館，1998 年 12 月初版。

[註3] 《岑嘉州集》明覆刊宋書棚本。

故題云左省。又案唐開元元年（713年）改中書省爲紫微省，中書令曰紫微令。[註4]岑參位屬中書省，故列次於殿前，限站紫微省位置，以是詩句遂謂之「分曹限紫微」。此一解釋，應較前說泛言皇帝殿前稱爲紫微爲更精確。

又如〈木蘭詩〉起始數句：「唧唧復唧唧，木蘭當戶織，不聞機杼聲，唯聞女歎息。」[註5]有以「唧唧」爲織布機聲，其實不然也。蓋織布機聲，應爲「札札」。如白居易〈繚綾〉詩：「札札千聲不盈尺。」[註6]〈古詩〉：「札札弄機杼，終日不成章，泣涕零如雨。」[註7]而「唧唧」應爲歎息聲，如白居易〈琵琶行〉：「我聞琵琶已歎息，又聞此語重唧唧」[註8]是也。況〈木蘭詩〉第三、四兩句，其實已有說明，實不必橫加曲解。

凡注釋宜力求正確，以上所舉數端，聊作三隅之反，其他可以討論之處尚多，不煩贅說矣。

註4 唐玄宗事（「紫微」）見《新唐書》頁47，百納本二十四史，臺北，臺灣商務印書館，1988年1月，臺六版。「左省」應指門下省，在唐代應是一種代稱；杜甫有〈春宿左省〉詩，羅隱〈夜〉也有：「『左省』詩頻詠」句；翻《舊唐書‧卷四十三‧職官志》第十六葉後面，於「門下省」「侍中二員」下註：「……神龍復為『侍中』；開元年改為『黃門監』，五年復為『侍中』，天寶二年改為『左相』；至德三年復改為『侍』……」（臺灣中華書局聚珍倣宋版）可知天寶二年至至德三年間，門下省的長官「侍中」稱爲「左相」；門下省可能因而代稱「左省」；這亦與詩意吻合。

註5 見《先秦兩漢魏晉六朝詩》，北京，中華書局，年1980。

註6 見《白香山詩集》，台北，台灣中華書局，四部備要本，1966年3月。

註7 同註5，又見《宋本六臣註文選》，臺北，廣文書局，1964年9月。

註8 同註6。

肆、課文之講解問題

　　竊以為講授課文，不必一味泥古，其有學術價值、教育意義、社會意義者，固宜詳加說明，但其中如有不合理處，或不合於時代價值者，又何嘗不可以詳加說明，即便見諸經籍者亦如是。如《禮記‧學記》篇：「良冶之子，必學為裘；良弓之子，必學為箕。」[註9]此後世「克紹箕裘」一語之所從出。惟謂「良弓之子，必學為箕」，尚可以勉強解釋，蓋弓與箕，皆彎竹以成，可以類比；然謂「良冶之子，必學為裘」，似乎強詞奪理，予未聞鑄鐵工人，先學為皮裘者也。又如「善問者如攻堅木，先其易者，後其節目。」[註10] 亦未必全然，余幼時見鬻薪劈柴者可知矣。

　　又如王粲〈登樓賦〉，傳誦千古，固當有其價值，惟其中有「原野闊其無人兮，征夫行而未息」[註11] 句，既有征夫而未息，又何能說之闊其無人，豈不前後矛盾？

　　尤有進者，蘇軾固為一代文豪，尤其領導詞風，變婉約為雄奇，改革一時風尚，其在文學史上之價值，固不待言。惟其應禮部試〈刑賞忠厚之至論〉一文，居然憑空捏造典故，雖歐陽修曾加贊許，余以為有欺師犯上之嫌，實在不足為訓。[註12]

[註9]　《禮記‧學記》見《十三經注疏》頁 655，臺北，藝文印書館，1989 年 1 月，第十一版。

[註10]　同註9。

[註11]　《王侍中集》見《漢魏六朝百三家集》，明崇禎間（1628－1644）太倉張氏原刊本。

[註12]　見《宋史‧蘇軾傳》頁 4181，百納本二十四史，臺北，臺灣商務印書館，1988 年 1 月，臺六版。

又蘇公所撰〈方山子傳〉，尤多不合理處。譬如方山子世有勳閥，而家在洛陽，園宅壯麗，與公侯等。又河北有田，歲得帛千匹。惟皆棄而不取，獨居於窮山中，至於環堵蕭然。設若方山子個性果真如是，則別人無可置喙。惟未必獲得家人全數認同，更何況說「妻子奴婢，皆有自得之意」[註13]？且方山子以懼內著名，倘其妻子不能忍受，則方山子何能為所欲為？又何能證明其惡妻竟能順意如此？余甚疑之。

又蘇公所撰〈韓文公廟碑〉云：

> 始潮人未之學，公命進士趙德為之師，自是潮之人，皆篤於文行，延及齊民，至於今號稱易治，信乎孔子所言：君子學道則愛人，小人學道則易使也。[註14]

據此，似乎潮州人原本無人讀書，自趙德而後，則一般百姓，皆能篤於文行，實已誇張過當，況趙德本亦潮州人，故「潮人未之學」句，又何以解釋？

再如前述《夢溪筆談》一書，[註15] 若謂其記載當時科技知誠之書則可，惟謂其書為科學著作，而沈氏為古代傑出之科學家之一，則不可也。譬如所載解州鹽澤，謂其滷色正赤，俗稱為「蚩尤血」，中有甘泉，得其水然後可以聚，而其北有堯梢水，亦稱巫咸河，巫咸水入，則鹽不復結，原其理，則因巫咸水濁水所以淤澱滷脈，鹽遂不成，非有他故云云。沈氏未求解釋甘泉與巫咸河之不同成份，僅指為濁水淤澱滷脈，對問題不了了之，寧能謂之科學？

[註13] 《蘇軾文集》，北京，中華書局，1990年。
[註14] 同註13。
[註15] 同註1。

又其載陵州鹽井，陰氣襲人，入者輒死，而井深五百餘尺，賴井榦垂緪而下，方能至水，井榦摧敗，欲新之，需以木盤貯水，鑿底為小竅，灑水如雨點，然後陰氣隨雨而下，稍可施工云云。其所說井中陰氣，不過為井中沼氣，古人不知探究事由，隨便以陰氣名之，又何能謂之科學？

至謂古人鑄鑑，常令人面與鑑面大小相若，凡鑑窪則照人面大，凸則照人面小，此工之巧智，後人不能造云。所謂後人不能造，明是厚古非今，鏡之凹凸以照人面大小，本極尋常之理，是少見而多怪耳。

又其謂方家以磁石磨針鋒，則能指南，然常微偏東，磁石之指南，猶柏之指西，莫可原其理。其實磁針之指南，並有偏角，皆可以解釋者，豈是莫可原理？

凡此，皆足見《夢溪筆談》所載，不過當時所知之科技，固足以為後世研究中國科技史者所取材，但決不宜過度誇張其「科學」價值，尤其所謂「後人不能為，此師曠之所知音」之類口吻，絕對違反進化論之原則者也。

伍、結語

中國既有五千年歷史文化，近代作品，僅佔極小比例，所以當然偏重古典，而古典文學，無論經史百集，乃至詩文詞賦，亦各擅勝場，皆固有之遺產，不能以其時代之久遠，而視為舊防無用。所謂「古書不厭百回讀，熟讀深思子自知。」惟是讀古人書，又不能以三家村老學究之泥古心態，盲目崇拜，是古非今，所以一方面，以實事求是

之態度，精確解釋古籍之詞句意義，認識文意內涵，發揮其時代之價值，務使古爲今用，則萬古而常新，而國文科之教學效益，亦以彰顯也。

參考文獻

1、《舊唐書》，倣宋聚珍版，臺北，臺灣中華書局，1971 年，臺二版。

2、《新唐書》，百納本二十四史，臺北，臺灣商務印書館，1988 年 1 月，臺六版。

3、《宋史》，百納本二十四史，臺北，臺灣商務印書館，1988 年 1 月，臺六版。

4、逯欽立《先秦兩漢魏晉六朝詩》，北京，中華書局，1980 年。

5、《宋本六臣註文選》，臺北，廣文書局，1964 年 9 月。

6、《禮記》，阮元《十三經注疏》本，臺北，藝文印書館，1989 年 1 月，第十一版。

7、《王侍中集》，《漢魏六朝百三家集》本，明崇禎間（1628—1644）太倉張氏原刊本。

8、楊倫《杜詩鏡銓》，臺北，藝文印書館，1998 年 12 月，初版。

9、《岑嘉州集》明覆刊宋書棚本。

10、《白香山詩集》，台北，台灣中華書局，四部備要本，1966 年 3 月。

11、《蘇軾文集》，北京，中華書局，1990 年。

12、沈括《夢溪筆談》，明覆刊宋乾道二年（1166）本。

中國語文認知教育探索

廖志強
親民工商專科學校國文組副教授

摘要：

　　臺灣現行的相關教育法規裡，有明訂了不同教育階段的所謂的「教育目標」。但是這些所謂「教育目標」跟過去國際學者所提出的「教育目標」（如：布魯姆（ Bloom ）等人所提出的「三大教育目標」）有著明顯的不一樣。現行的「教育目標」比較是具體要求能夠令使透過教育，達到一些預期的學術表現；這樣的規條，應該是較近「教學目的」的素求，而較遠離「教育目標」的具體實質。本文依次略介布魯姆等人所提出的「三大教育目標」；然後就臺灣國文教學的現況，並附香港為例，說明在華語世界裡有關中國語文的教學情況；最終著者以臺灣現在各大學院校與中國語文相關發展的學系，作一簡介，並概括說出：

　　中國語文已脈脈朝著世界方向來發展的。期待對『中國語文』
　　能力層級會有更進一步的發展，也熱切希望臺灣國文教學能有
　　更美好的進展。

關鍵詞： 認知教育、中國語文

壹、前言

　　臺灣現行的相關教育法規裡，有明訂了不同教育階段的所謂的「教育目標」。細看下去，好像「國小」、「國中」、「高中」、「高職」……等等，都有不同層次程度的要求；但是這些所謂「教育目標」跟過去國際學者所提出的「教育目標」（如：布魯姆（ Bloom ）等人所提出的

「三大教育目標」）有著明顯的不一樣。[註1]現行的「教育目標」比較是具體要求能夠令使透過教育，達到一些預期的學術表現；這樣的規條，應該是較近「教學目的」的素求，而較遠離「教育目標」的具體實質。[註2]

　　以下依次略介布魯姆等人所提出的「三大教育目標」；然後再就臺灣國文教學的現況，並附香港爲例，說明在華語世界裡有關中國語文的教學情況，作一論述。

貳、有關布魯姆倡導的教育目標

　　從最近十多年的臺灣教育學者所著的論著裡，已看到開始注視著美國教育學者布魯姆（Bloom）所倡導的教育目標理論。早在 1956 年布魯姆即從認知領域方面，來倡導教育目標的理論；到了 1964 年布魯姆爲首的教育研究學者們，又提出從情意領域，來探討教育目標的理論；又到了 1970 年葛朗冷（Gronlund）及隋勒（Saylor）亦提出從技能領域，來探討教育目標的理論。自 1985 年起，由臺灣教育學者黃光雄教授等人譯出布魯姆所倡導的教育目標的著作《教育目標的分類方法》（由高雄復文書局出版）後[註3]，臺灣教育學者最先把這種理論應用在「教學評量」上[註4]；到了晚近幾年，才見有國文教育學者將這些

[註1] 國小、國中、高中、高識等的「教育目標」詳見教育部相關教育條例。布魯姆等人的「教育目標」詳見黃光雄等人譯《教育目標的分類方法》，高雄，復文書局，1985 年。

[註2] 本論文所說的「教育目標」英譯爲「educational objectives」，而「教育目的」英譯則是「educational goals」。

[註3] 同註 1。

[註4] 如臺灣師範大學主編的《教學評量研究》便最是代表，臺北，臺灣

理論應用在「教學設計」上。[註5] 在黃光雄《教學原理》
（1988 年 8 月）發揮相關教育目標理論的同時，亦有高
廣孚出版專著《教學原理》（1988 年 9 月）。[註6] 高廣
孚的《教學原理》闡論教育目標的特質較爲詳明，以下述
介即參準高廣孚的《教學原理》：[註7] 一、「認知領域」
：由布魯姆所倡導，認爲依能力層級由低到高分序爲：「
知識、理解、應用、分析、綜合、評鑑」。二、「情意領
域」：亦以布魯姆爲首所倡導的理論，認爲感悟先後作序
，層次爲：「接受、反應、評價、組織、定型」。三、「
技能領域」：以葛朗冷及隋勒所倡導的理論爲突出，認爲
依學習先後作序，層次爲：「領悟、心向、模仿、操作、
熟練、創造」。

參、略論華語世界的國文教學情況
（以臺灣及香港爲例）

師範大學，1992 年 11 月。
[註5] 如黃春貴《中學國文教學實務精講》，臺北，萬卷樓圖書公司，
1999 年 9 月。
[註6] 黃光雄《教學原理》，臺北，師大書苑出版社，1999 年 4 月初版
13 刷（初版 1 刷於 1988 年 7 月）。高廣孚《教學原理》，臺北，
五南圖書公司，1999 年 10 月初版 10 刷（初版 1 刷於 1988 年 9 月
）。
[註7] 到目前爲止，國內教育學者對「教育目標」裡，「認知領域」的理
論，皆多推重布魯姆的理論；但是「情意領域」及「技能領域」則
較分歧，特別是「技能領域」所主張的理論，更是分歧。推測原因
，應是隨著國內教育學專著出版時間先後的不同，撰寫者所認識推
重的國際教育學者的理論，亦隨著變化。晚近則以高廣孚《教學原
理》所引用闡述的理論，最爲實用。今即採用高氏專著所述介的理
論。

　　王熙元《關懷國文》裡，收錄了〈國語文教學的層次與國文教育的未來發展〉（文中載錄發表日期是 1992 年 8 月）一文，有列「國語文教學的層次」一節，說：

> 完整的國語文教學，可分為三個不同的層次：一、
> 知識的層次 ── 語文知識能力的培養……二、藝術
> 的層次 ── 文藝欣賞興趣的培養……三、精神的層
> 次 ── 民族文化精神的陶冶……[註8]

其實，類似的說法，新近出版的著作，還有業師黃錦鋐教授《國文教學法》（早年曾著有《實用中學國文教學法》）、王更生《國文教學面面觀》（早年亦曾著有《國文教學新論》）。[註9] 這些著作的特徵，是對國文的專業內容掌握到深處，配合教學實況，直接就國文深層文化特色加以闡述。但是當只是針對著「中國語文能力」的具體層級時，即近乎蜻蜓點水式的交代，實即仍未有具體指出怎樣按層遞級式的區辨「中國語文能力」的特質所在。

　　在教育部編撰的《中小學人文及社會學科教育專題研究‧第三輯》裡，有謝雲飛〈大一國文之教材教法改革研究〉一文；開始即說出歷來的大一國文的特色：

> 教學方法面，則沿國中、高中時期的一貫方法 ──
> 由任課老師作演講式的「概覽全文」、「分段解釋
> 」、「文言語譯」、「課文深究」、「綜理全文」
> 、「摘要練習」、「考試」等若干教學過程。考試
> 時則以「背誦」、「詞句解釋」、「剖析主旨」、

[註8]　王熙元《關懷國文》，基隆，法嚴出版社，2001 年 7 月。

[註9]　黃錦鋐《國文教學法》，臺北，三民書局，2000 年 8 月二版（初版於 1997 年 7 月）；他的《實用中學國文教學法》，臺北，教育文物出版社，1978 年 1 月。王更生《國文教學面面觀》，臺北，五南圖書公司，2001 年 5 月；他的《國文教學新論》，臺北，明文書局，1982 年 4 月。

「形義相近字之辨別」、「問答大意」、「闡述要點」等項目為命題之範圍。此外，再作文若干篇。數十年沿用此法……[註10]

從這裡亦可大略得到一些舊時代的國文教學的特色地方，以這類的教學思維，亦理應未能作到具體地指出怎樣按層遞級式的區辨「中國語文能力」的特質所在的。

　　教育部編撰的《中小學人文及社會學科教育目標研究報告》，其中〈高級中學國文學科〉的「一、引言」裡，認為高中的教育目標應與國民中、小學及高職等階段的教育目標，是要有所不同的；並先確立兩點觀念：「……第一……教導學生體認傳統文化之內涵……其次，高中階段之法定標在為高級人才之培養做準備」。接著又說：

　　　　以下即依此兩項觀念，配合「精神陶冶」、「知識
　　　　探求」、「能力培養」三種目標（按：一般將教育
　　　　目標分為「情意」、「認知」、「技能」三種，本
　　　　組委員曾忠華教授提議更改為「精神陶冶」、「知
　　　　識探求」、「能力培養」[註11] 似更恰當，獲本組委
　　　　員一致贊成通過。）之要求，對現行高中國文學科
　　　　教育目標做檢討，並提出修正、補充之建議。

在「三、建議與改進意見」裡，對「知識探求」一項又有所說明：

　　　　4、「知識探求」之目標：現行目標中於此頗欠明
　　　　確。前文檢討中曾提及文學及學術思想流變之認知

[註10]　見教育部編《中小學人文及社會學科教育專題研究・第三輯》，台北，教育部，1993 年 8 月。

[註11]　謹案：這裡的「精神陶冶」只建議加入儒家思想，「知識探求」亦只是建議「文學及學術思想流變之認知應予加入」，而「能力培養」則亦只是強調要求補列「語言表達能力」；即仍可見對「情意」、「認知」、「技能」三大教育目標的內涵意義，未有盡情發揮，的中重點。

　　　　　應予加入，其說明已見前，不贅。^{註11}

從這裡可見臺灣國文教育學者已大略知道「認知、情意及
技能」等三大教育目標領域，但亦可見仍應未有落實：從
具體性特色指出怎樣按層遞級式的區辨「中國語文能力」
的特質所在。不過對國文教學的「知識探求」方面，是有
了較爲大略的要求了。

　　另外，在教育部編撰的《中小學人文及社會學科教育
目標研究總報告》裡，有下列三則資料是應該加以注意的
：

　　一、〈國民小學國語學科教育目標研究報告提要〉在
最後歸結建議說：

　　　　本研究之教育目標在內涵上，亦具有下列特性：一
　　　　、重視熱愛語文之情操培養……二、重視說話技巧
　　　　及聽話能力之培養……三、重視工具參考書使用…
　　　　…四、重視寫字教學之美觀要求……。

　　二、〈國民中學國文學科教育目標研究報告提要〉在
最後歸結建議說：

　　　　本研究之國民中學國文科教育目標，共有六條，較
　　　　現行目標多一條，此即新增之第貳條。（原所建議
　　　　的第二貳是：「指導學生由國文學習中，培養積極
　　　　創造之思考能力及民胞物與之開闊胸襟。」

　　三、〈高級中學國文學科教育目標研究報告提要〉對
當時「現行教育目標」的六條規則，加以併合、重排，實
質未有刪去；但有增列三條，其中所增列的一條是：

　　　　指導學生由國文學習中，提高其語言論辯、表達意
　　　　見之能力。^{註12}

---

^{註11}　見教育部編《中小學人文及社會學科教育目標研究報告》，台
　　　北，教育部，1987 年 10 月。

^{註12}　見教育部編《中小學人文及社會學科教育目標研究總報告》，台
　　　北，教育部，1987 年 10 月。

　　由臺灣師範大學主編的《教學評量研究》，錄有曾忠華的〈國文科教學評量〉一文，裡面有「貳、國文科教學評量的依據」一節，認為從「一、須依據部頒中學國文教學目標……二、須依據教材「內容」與「形式」……三、應依據布魯姆（Bloom）教育目標」等項，「始可正確評量出教學的效果」。又認為：

> 為避免分類過細，也有將布魯姆所分的「知識」、「理解」、「應用」、「分析」、「綜合」、「評鑑」，簡化為「記憶」、「理解」、「應用」、「批判性思考」等四項。「批判性思考」，即包含「分析」、「綜合」、「評鑑」的能力在內。[註13]

在這裡已可見到從具體性特色指出怎樣按層遞級式的區辨「中國語文能力」的特質所在。但是這卻只運用在「教學評量」上，亦即僅只佔國文教學其中的一環罷了。從後的時間裡，亦明顯體會到在臺灣的一些學校裡，亦僅就「教學評量」一項上，偶而有所反映應用；至於落實在國文教學時，則仍未普遍地見有較全面性來加以發揮運用的情況。這些情況，到王萬清出版專著《國語科教學理論與實際》時，仍可略見端倪。[註14]

　　張學波《中學國文教學理論研究》（成書後的〈自序〉作於 1992 年 11 月 4 日）在「第八章、國文教學評量命題理論之研究」的「第三節、命題步驟及試題分析之探討」裡，說到：

> 試題的類型，一般人都是以美國布倫氏（Bloom）（按：即是「布魯姆」）所倡導認知領域的分類層次為依據。大致言之，布倫氏認知領域分為：知識

[註13] 詳參同註 4。
[註14] 王萬清《國語科教學理論與實際》，臺北，師大書苑出版社，1997 年 3 月。

、理解、應用、分析、綜合與評鑑等六個層次。不
過,最近台灣的學者在採用布倫氏認知領域分類來
命題的,卻往往把其中戶分析、綜合與評鑑三者合
併為批判性思考,以求簡化。[註15]

後來王萬清《國語科教學理論與實際》的「第十七章、教
師自編國語科認知教學目標的評量」一章裡,他述介布魯
姆的認知領域時,雖然是平列論述「知識、理解、應用、
分析、綜合、評鑑」六項含義,但在「表 17-1、國語科教
師自編教學評量試題雙向細目表」時,他又把「分析、綜
合、評鑑」合併作「批判思考」一大類。[註16]

　　黃春貴《中學國文教學實務精講》的「第六篇、教案
設計」舉國立編譯館《國中國文》第一冊第八課〈兒時記
趣〉為例,作了一個「國文科教學活動設計」。其中的「
教育目標」的「行為目標」,載列了:

一、認知方面:1、認識本文作者生平。2、明瞭本
文體裁及其寫作技巧。 3、明瞭本文文意及各段要
旨。二、能力方面:4、培養自學能力。5、培養誦
讀能力。6、提高寫作能力。7、訓練發表能力。三
、情意方面:8、能體會即事抒情的文章內涵。9、
能提高敏銳的觀察力和想像力。[註17]

　　從以上的一些資料,可得出大略的情況,即是:大約
在民 80 年左右(1990 年前後),臺灣的國文教育學者開
始較多注意到「認知、情意及技能」三大教育目標領域,
並應在稍後幾年裡,方才有較多注意到從具體的角度,來
看待怎樣按層遞級式的區辨國文能力的特質。

[註15] 張學波《中學國文教學理論研究》,台北,明文書局,1998 年 10
月再版。
[註16] 同註 14。
[註17] 參同註 5。

在教育部編撰的《中小學人文及社會學科教育專題研究‧第一輯》裡，曾收錄有周何〈提高中學國文程度之研究〉一文；其中的〈四、提高中學程度之方案〉裡，提到臺灣：

> 現行的聯考制度和命題方式，其最大優點即在公平。但聯考制度的缺陷更多，也久為人所詬病，目前教育部正研擬以在學成績的申請入學取代聯考的方案……考試的目的在測定學生的學習能力，及已獲得的學識程度之高下。就此目的而言，測驗式的命題方式，無論如何變化，終不可能圓滿地達成使命。因為測驗式的題目只能測定記憶能力，而不可能測量其思考的過程，永遠是零碎的枝節問題，摸不到整體觀念的認識，更無從觸及其生命及靈魂的感覺。由於命題方式往往領導教學，長期浸潤在應付測驗題的教學方式下，所培養孕育的青年學子，自然大都是些見樹不見林，不識大體，缺乏思維方式，沒有自我意識價值，沒有歷史文化擔當的小人物。

這裡提到的事情，在現實的臺灣社會裡，都是一直拖拖拉拉地延續至今。他隨後又論及香港的情況，說：

> 香港的中學會考和大學入學考試國文試題中，問答題和申論題所占的比例相當大。以殖民地的教育政策，尚且能注意到對學生正確地要求其認知、思考、分析、判斷，及表達能力培養，這一點的確值得我們從事國文教育者為之深思和反省。[註18]

在過去數十年裡，除了臺灣、中國大陸是採用中國語

[註18] 見教育部編《中小學人文及社會學科教育專題研究‧第一輯》台北，教育部，1988 年 11 月。

文為母語教學之外，香港、澳門、新加坡應算是較多採用中國語文來教學的地區；其中尤以香港更為較多注意到中國語文的教學特質。茲就本人過去近二十年在香港實際的中、小學暨學院中文系、大一國文等課程的教學經歷，簡述如下：註19自 1961 年以來，香港更在中、小學課程強制推行語文、文學分家的做法；並於 1971 年以來，在教育及公開考試的配合下，逐階段大幅增強中國語文的應用特性。香港過去幾十年裡，先後由香港大學、香港中文大學（ 1967 年以後）、教育署、考試局等學校機構主導香港高中畢業公開會考、大學入學公開會考等各種考試，不但對學校教育起直接影響；即就語文程度辨識、考核等相關事情來說，亦早已深入社會各階層裡；不只所謂「一試定終身」，即就每個人的階段性語文能力，亦深深刻上烙印。亦因香港在「中國語文」的課程領域上，已具備近四十年的教育發展，當中得失成敗優劣處，幾觸目易見。至於

註19　有關香港中國語文教育情況，下列書籍可資參考：①香港教育署編著《中國語文課程教學綱要》，香港，教育署（書內不列出版日期，香港教育署平均每十年更新內容）。②香港教育署編著《中國文學課程教學綱要》，香港，教育署（書內不列出版日期，香港教育署平均每十年更新內容）。③香港教育署編著《小學寫作教學》，香港，教育署，（書內不列出版日期，但有標明 1986 年 4 月的編者〈前言〉）。④香港考試局編《香港中學會考試題》1980 至 2001，香港，考試局（香港中學會考每年均有舉行，其中「卷一」所設題目主要為測試語文表達能力，「卷二」裡的「閱讀理解」所設題目主要為測試語文讀、寫的理解、表達能力。）。⑤李學銘主編《現代應用文的教學與研究》，香港，香港理工大學中文及雙語學系，1998 年 3 月（這書副題標《現代應用文國際研討會論文集》）。⑥李學銘主編《大專寫作教學研究集刊》，香港，香港理工大學中文及雙語學系，1998 年 6 月。⑦李學銘主編《中文及雙語教學論叢》，香港，香港理工大學中文及雙語學系，1999 年 10 月。⑧李學銘主編《語文測試的理論和實踐》，香港，商務印書館，2001年。⑨鄧仕樑編《香港語文教學反思》，香港，中文大學出版社，2001 年（這書副題標〈《中國語文通訊》選輯〉）。

。亦因香港在「中國語文」的課程領域上，已具備近四十年的教育發展，當中得失成敗優劣處，幾觸目易見。至於師範教育裡的語文教育方面，在 1980 年以前，雖或有參用以布魯姆為首的教育目標理論，但終究創業為艱；一直到 1985 年以後，香港的師範教育裡的語文教育才更多應用這些教育目標的教學理論。總的來說，把以布魯姆為首的三大教育目標理論，在香港的推展是明顯比臺灣快上近十年以上的光景的。

肆、結論

　　布魯姆等人所提出的「三大教育目標」，自提出至今幾近半世紀；但仍有學者加以運用、發揮。雖然江山代有才人出，相近以至不同的理論，還是陸續有學者多所發明、提出；這「三大教育目標」的層級指標性，仍是有相當程度的參考價值的。

　　當今臺灣的語文教育，已由昔日臺灣師範大學獨領風騷的情境，轉為多方面、多元化發展。[註20] 師範大學、師範學院以外，先是大學院校中國語文系的出現，晚近的應用中文系相繼成立，與及最新近的華語文教學系的亮相；這都是說明了臺灣今天教育是屬於多元發展的態勢的。至於「華語文教學」成立的相若時間，臺北大學早已定了發展的方向：「成立中文資訊中心」與校外單位合作成立「

論叢》，香港，香港理工大學中文及雙語學系，1999 年 10 月。⑧李學銘主編《語文測試的理論和實踐》，香港，商務印書館，2001 年。⑨鄧仕樑編《香港語文教學反思》，香港，中文大學出版社，2001 年（這書副題標〈《中國語文通訊》選輯〉）。

[註20] 現在設有中國語文系的學校有：國立東華大學中國語文系，國立

『華語測驗中心』，積將於近年內建立國內第一套『中文托福制度』。」（以上詳見臺北大學中國語文系網頁）[註21] 這些亦都可見出中國語文已脈脈朝著世界方向來發展。

　　期待對「中國語文」能力層級會有更進一步的發展，也熱切希望臺灣國文教學能有更美好的進展。

初稿為民 91 年 6 月 5 日親民工商專科學校學術專題演講稿
修訂於民 91 年 7 月初旬

暨南國際大學中國語文系，國立臺北大學中國語文系，玄奘人文社會學院中國語文系、所；設有應用中文系、所的學校有：銘傳大學應用中文系、所，育達商業學院中國語文系；設有華語文教學系、所的學校有：國立臺灣師範大學華語文教學研究所，文藻外語學院華語文教學系；以上資訊詳參教育部網頁，遊覽日期為 2002 年 6 月 3 日。（國立臺北大學、育達商業學院及文藻外語學院三校資訊，皆直接遊覽該校網頁；教育部網頁則未載。）
[註21]　文中「積將」一詞應就是「即將」。以上有關臺北大學的資訊和引語，詳見臺北大學中國語文系網頁，遊覽日期為 2002 年 6 月 3 日。

參考文獻：（略依年份先後為序）

1、王更生《國文教學新論》，臺北，明文書局，1982 年 4 月。
2、黃錦鋐《實用中學國文教學法》，臺北，教育文物出版社，1978 年 1 月。
3、黃光雄等人譯布魯姆等人《教育目標的分類方法》，高雄，復文書局，1985 年。
4、香港教育署編著《小學寫作教學》，香港，教育署，（書內不列出版日期，但有標明 1986 年 4 月的編者〈前言〉）。
5、教育部編《中小學人文及社會學科教育目標研究報告》，台北，教育部，1987 年 10 月。
6、教育部編《中小學人文及社會學科教育目標研究總報告》，台北，教育部，1987 年 10 月。
7、黃光雄《教學原理》，臺北，師大書苑出版社，1999 年 4 月初版 13 刷（初版 1 刷於 1988 年 7 月）。
8、高廣孚《教學原理》，臺北，五南圖書公司，1999 年 10 月初版 10 刷（初版 1 刷於 1988 年 9 月）。
9、教育部編《中小學人文及社會學科教育專題研究・第一輯》台北，教育部，1988 年 11 月。
10、臺灣師範大學主編《教學評量研究》，臺北，臺灣師範大學，1992 年 11 月。
11、教育部編《中小學人文及社會學科教育專題研究・第三輯》，台北，教育部，1993 年 8 月。
12、王萬清《國語科教學理論與實際》，臺北，師大書苑出版社，1997 年 3 月。
13、李學銘主編《現代應用文的教學與研究》，香港，香港理工大學中文及雙語學系，1998 年 3 月（這書副題標《現代應用文國際研討會論文集》）。
14、李學銘主編《大專寫作教學研究集刊》，香港，香港理工大學中文及雙語學系，1998 年 6 月。
15、張學波《中學國文教學理論研究》，台北，明文書局，1998 年 10 月再版。
16、李學銘主編《中文及雙語教學論叢》，香港，香港理工大學中文及雙語學系，1999 年 10 月。

17、黃春貴《中學國文教學實務精講》，臺北，萬卷樓圖書公司，1999 年 9 月。

18、黃錦鋐《國文教學法》，臺北，三民書局，2000 年 8 月二版（初版於 1997 年 7 月）。

19、王更生《國文教學面面觀》，臺北，五南圖書公司，2001年 5 月。

20、王熙元《關懷國文》，基隆，法嚴出版社，2001 年 7 月。

21、李學銘主編《語文測試的理論和實踐》，香港，商務印書館，2001 年。

22、鄧仕樑編《香港語文教學反思》，香港，中文大學出版社，2001 年（這書副題標〈《中國語文通訊》選輯〉）。

23、香港教育署編著《中國語文課程教學綱要》，香港，教育署（書內不列出版日期，香港教育署平均每十年更新內容）。

24、香港教育署編著《中國文學課程教學綱要》，香港，教育署（書內不列出版日期，香港教育署平均每十年更新內容）。

25、香港考試局編《香港中學會考試題》1980 至 2001，香港，考試局（香港中學會考每年均有舉行）。

略談考據方法及其在學術研究之運用

何廣棪

華梵大學東方人文思想研究所教授

摘要：

　　本文據《漢語大辭典》及來新夏《古籍整理散論》諸書，以略論「訓詁」、「校勘」、「資料之搜輯整理」及「本證」、「旁證」、「理證」等考據方法；並以一己研治陳振孫《直齋書錄解題》所撰札記示例，分析說明考據方法在學術研究之運用。

關鍵詞：考據方法、學術研究

壹、引子

　　考據之學，源遠而流長。吾國古今學者治學，尤重考據。以下姑舉一古一今之例，聊作引子。

　　子夏，姓卜名商，子夏其字也。以文學稱，乃孔子門下以學術見長之賢者，故《論語》稱：「文學，子游、子夏。」倘翻檢我國文獻之記載，用考據方法以治學者，似莫早乎子夏。

　　傳爲秦相呂不韋撰之《呂氏春秋》卷第二十二〈慎行論〉第二〈察傳〉中有以下一段記載：

> 子夏之晉，過衛。有讀史記者曰：「晉師三豕涉河。」子夏曰：「是己亥也。夫『己』與『三』相近，『豕』與『亥』相似。」至於晉而問之，則曰：「晉師己亥涉河也。」

辭多類非而是，多類是而非，是非之經，不可不分，
此聖人之所慎也。然則，何以慎？緣物之情及人之
情以為所聞，則得之矣。高誘注：「物之所不得然者，
推之以人情，則蔓不得一足，穿地作井不得一人，
明矣。故曰：以為所聞得之矣。」

據是，則子夏乃以考據之校勘方法考訂出「三豕」實「己亥」
之訛。蓋文獻中多「類非而是」、「類是而非」之誤，故孟子
云：「盡信書，不如無書。」是孟子亦疑《書》有誤而貴考
據也。至《呂氏春秋》謂「緣物之情及人之情以為所聞，則
得之矣」，斯實考據辨物之理證法。上舉子夏之事，乃古人
以考據治學之例也。

　　胡適，字適之，當代學術泰斗，其治學亦重考證。胡先
生常語人曰：「有幾分證據，說幾分話。」又云：「大膽假設，
小心求證。」故其所著《中國古代哲學史》、《禪學古史考》
等書，其命名雖為哲學史、禪學史，實皆考據學之著作也。
適之先生晚年治《水經注》，成績斐然，亦緣考據而得之者。
以下一則小故事，乃胡適考據生涯之一段小插曲。茲略述如
次：

　　民國十七年，適之任上海公學校長兼文理學院院長，年
方三十七歲。其時生活節奏緊湊，酬酢亦多。一日，有客造
訪，告以上海鬧市中有名「四而餐館」者，廚師技藝精良，
美食可口。繼而問及「四而」二字典出何處？適之竟不能答。
客別去後，乃遍翻辭典、類書，欲究其竟，而未得結果。有
考據癖之適之先生，為尋根究柢以明瞭真相，祇好直奔「四
而餐館」以就教於主人。餐館主人為一老者，承胡追問，乃
告之曰：

「四而餐館」，余所取之名，其用典非僻也。君未嘗
讀《三字經》乎？《經》中有云：「一而十，十而百，
百而千，千而萬。」此即「四而」之出處也。余愛

　　　　其具「一本萬利」之吉兆，故用以命吾館焉。其間
　　　　固無甚深奧典源也。
胡聞之，恍然大悟，而面色赧然。然此故事，乃適之為人為
學重考據之明證。此亦今人治學重考據之例也。

貳、考據、考據學、考據方法

　　　何謂考據？其界說若何？此為吾人治斯學者，開宗明義
所應瞭解之事。漢語大詞典出版社印行之《漢語大詞典》「考
據」條云：
　　　　研究歷史、語言等的一種方法。通過考核事實和歸
　　　　納例證，提供可信材料，從而作出結論。考據方法
　　　　主要是訓詁、校勘和資料的搜輯整理。
據是，則考據乃一研究方法，其法或用訓詁，或用校勘，或
搜輯整理資料，以考核史實與歸納例證，並根據所提供可信
之材料，以作出結論。因所據之材料信而有據，故得出之結
論遂精鑿而不可移易。

　　　至於何謂考據學？《漢語大詞典》「考據學」條云：
　　　　運用考據方法，對古籍語義和歷代名物典章制度進
　　　　行研究、考核、辨證，以期確鑿有據的一種學問。
是則考據學乃運用考據方法以研治古籍之一種學問。此一學
問乃針對我國古籍之語義及其間所述之名物、典章、制度等
進行考核與辨證，以期得出確鑿有據之研究成果。故吾人今
日研治中國文史哲藝諸學術，如欲達致考核精確，言可採
信，則必須掌握考據學以治上述諸學。

　　　至於考據之方法，《漢語大詞典》列出「訓詁」、「校勘」
與「資料的搜輯整理」三項。訓詁者，乃對古書字句作解釋，

亦有說明其字句之出處與典源者。而校勘，乃對同一書籍用不同版本或相關資料予以比較核對，以考訂其文字異同與正誤、真偽之法。資料搜輯整理，則包括輯佚及爬羅整理文獻及文物資料。惟從事學術研究而運用之考據方法應不止此。

今人來新夏教授撰有《古籍整理散論》一書[註1]，其第七篇乃〈論考據〉。來教授謂考證之基本方法有三，即本證、旁證與理證。茲略事概括其文，闡釋如下：

本證，亦稱內證，即利用書籍資料時，發現其間之矛盾，乃據本書以尋求證據，考定問題。其著手之法有四：
一、從本書中所載事實、典制以考定，
二、從本書中徵引之資料以考定，
三、從本書之文體與字句以考定，
四、從本書之學術思想以考定。

旁證，亦稱他證或外證。即利用本書以外之相關資料以考定。而旁證所用之資料有二，即一、書證，二、物證。

一、書證：即利用本書以外之其他文獻資料以考證，惟對其他文獻之蒐求必須慎加采擇，以期多見多聞，並達致主要資料之「全」，而不單純追求冷僻，或資料之「新」。從事書證又可采用下列兩種方法：其一、爲對勘互訂：即用相關聯之文獻資料互證。其二、爲窮搜博采：蓋考定一事必須廣泛舉例以證明，而絕不滿足於孤證，必待獲得充分證據，然後下結論。惟采用此法時，切忌逞奇炫博，而自陷於煩瑣。

二、物證：所謂「物」，乃指文獻以外之實物、遺蹟，如古代遺址、金石器物、法書繪畫、碑版誌銘等。惟物證之條件必須可靠，必先明辨真贋，避免以誤證誤，甚或以誤證

[註1] 《古籍整理散論》，北京，書目文獻出版社，1994 年 6 月北京第一版。

是。

　　理證者，乃因缺乏文獻或文物證據，不得已而根據個人
學識以推判學術是非之方法。此方法水平高而危險大，稍一
失慎，所下結論即落入魯莽武斷。故從事學術研究，事非得
已，仍以少用此法爲宜。

叄、考據方法在學術研究中運用及示例

　　余近十餘年來均致力於陳振孫及其《直齋書錄
解題》之研究，先後撰就《陳振孫之生平及其著述
研究》[註2]、《陳振孫之經學及其〈直齋書錄解題〉
經錄考證》[註3]、《陳振孫之史學及其〈直齋書錄解
題〉史錄考證》[註4]、《陳振孫之子學及其〈直齋書
錄解題〉子錄考證》[註5]、《陳振孫之文學及其〈直
齋書錄解題〉集錄考證》[註6]五書，凡四百萬言。
近又於課餘之暇，就前此鑽研《解題》而仍有餘義
可資闡發者，寫成札記數十篇。余治斯學所運用之
方法，多屬考據。

[註2]　《陳振孫之生平及其著述研究》，台北，文史哲出版社，民國八十二
　　　年十月初版。
[註3]　《陳振孫之經學及其〈直齋書錄解題〉經錄考證》，國科會八十四年
　　　度專題計畫，NSC84-2411-H211-001。台北，里仁書局，民國八十六
　　　年三月十五日初版。
[註4]　《陳振孫之史學及其〈直齋書錄解題〉史錄考證》，國科會八十五年
　　　度專題計畫，NSC85-2475-H211-002。
[註5]　《陳振孫之子學及其〈直齋書錄解題〉子錄考證》，國科會八十六年
　　　度專題計畫，NSC86-2417-H211-001。
[註6]　《陳振孫之文學及其〈直齋書錄解題〉集錄考證》，國科會八十七年
　　　度專題計畫，NSC87-2411-H211-002。

以下僅取最近撰就並已發表之札記示例，藉以說明考據方法於學術研究中之運用。

第一例：訓詁方法之運用

陳振孫《直齋書錄解題》（以下簡稱《解題》）卷三《小學類》「《爾雅新義》二十卷」條，中有「劉貢父所謂『不徹薑食』、『三牛三鹿』戲笑之語」一句，治《解題》者多未悉其出處。劉貢父即劉攽，北宋人，邃於史學，曾助司馬光編修《資治通鑑》。《解題》此句實出自宋人邵博《河南邵氏聞見後錄》卷三十，余據以撰〈劉貢父「不徹薑食」、「三牛三鹿」二語考〉一文，以明其典源，貢父此二語，乃用以暗諷王安石新法及其字學者。拙文見載民國九十年五月十五日出版之《大陸雜誌》第一百零二卷、第五期。

又《解題》卷四《正史類》「《新唐書》二百二十五卷」條，陳振孫於此條中批評《新唐書》所撰列傳「用字多奇澀，殆類虯戶銑谿體」。有關「虯戶銑谿體」一語之含義，治《解題》者多未易洞悉。其實此語出宋人計有功《唐詩紀事》卷九「徐彥伯」條，該條載：

> 彥伯為文，多變易求新，以鳳閣為鵷閣，龍門為虯戶，金谷為銑谿，玉山為瓊岳，竹馬為篠驂，月兔為魄兔，進士效之，謂之澀體。

是則「虯戶銑谿體」者，乃指澀體也。余乃撰〈談「虯戶銑谿體」〉一文以考之，拙文見載民國九十年十二月十五日出版之《大陸雜誌》第一百零三卷、第六期。

第二例：校勘方法之運用

《解題》卷三《春秋類》載：

> 《春秋二十國年表》一卷，不知何人作。周而下，

次以魯、蔡、曹、衛、滕、晉、鄭、齊、秦、楚、
宋、杞、陳、吳、邾、莒、薛、小邾。

然振孫此條所列者僅十九國之名，而闕其一。是故《四庫全
書》本《解題》館臣案語曰：「《解題》自周而下所列止十八
國，蓋有脫字。」所惜館臣未作深究，以求出所脫之字。余
乃校以清納蘭成德《通志堂經解》本《春秋二十國年表》，
於「薛」下有「許」字。則《解題》所脫者爲「許」字也。
余撰有〈讀陳振孫《直齋書錄解題・春秋類》札記二則〉，
其第一則乃考及此事。拙文見載民國九十年九月十六日出版
之《書目季刊》第三十五卷、第二期。

第三例：資料搜輯整理方法之運用

張九成字無垢，楊時弟子，程頤再傳弟子。《解題》卷
三《語孟類》著錄 有朱熹所撰《語孟集義》三十四卷，並
記朱子批評九成「外自託於程氏，而竊其近似之言，以文異
端之說」，是九成乃援釋入儒者。《解題》最後且提及「無垢
與僧宗杲遊，故云爾」。其意即謂朱子之批評九成，乃有根
據者。九成與宗杲遊，《宋史》卷三百七十四、《列傳》第一
百三十三〈張九成〉僅載：

先是，徑山僧宗杲善談禪理，從游者眾，九成時往
來其間。（秦）檜恐其議己，令司諫詹大方論其與宗
杲謗訕朝政，謫居南安軍。……九成研思經學，多
有訓解，然早與學佛者游，故其議論多偏。

所記未盡詳悉。而宗杲，《宋史》無傳。余乃據宋人羅濬《寶
慶四明志》、宋潛說友《咸淳臨安志》、清厲鶚《宋詩紀事》
及近人喻謙《新續高僧傳》諸書，爬羅整治，以成〈張九成
與釋宗杲交游考〉，拙文見載民國九十年十二月十六日出版
之《書目季刊》第三十五卷、第三期中。

第四例：本證法之運用

有關宋人呂南公之里籍，《解題》卷四《正史類》「《三國志》六十五卷」條稱之為「南豐呂南公」，而《宋史》四百四十四、《列傳》第二百三《文苑》六〈呂南公〉則稱「建昌南城人」。南公有《灌園集》三十卷，《解題》卷十七《別集類》著錄之。《灌園集》書首有宋人符行中〈序〉，〈序〉中或言南公為南豐人，或言南城人，疑莫能明。佘檢《灌園集》卷十七有呂南公自撰《呂氏家系》，讀之始悉南公之先為金陵人。宋太祖開寶八年（975 年），宋師陷金陵，其先人避地南豐，乃為南豐人。其後，大父卒，大母挈其父更嫁南城傅可忠，父「養于傅氏」，乃為南城人。是故，南公之里籍，以祖籍計可稱金陵人。入宋後，以寄籍計，其初可稱南豐人，後則可稱南城人。振孫稱「南豐呂南公」者，溯其寄籍之先也；《宋史》本傳稱「建昌南城人」者，言其後居南城也。至符〈序〉或言南豐，或言南城，據南公《呂氏家系》所記，則其疑殆可冰釋矣。余運用本證法考之南公《灌園集》以撰〈呂南公里籍考〉，該文後收入 2001 年 11 月出版之《新亞學報》第二十一卷拙作〈讀陳振孫《直齋書錄解題》札記〉中。

第五例：旁證法中書證方法之運用

《解題》卷二〈詩類〉著錄《詩譜》三卷，謂其書漢鄭康成撰，北宋歐陽修補亡。並引修〈序〉曰：「慶曆四年至絳州得之，有注而不見名氏。」是歐陽修不知注《詩譜》者為誰氏也，而振孫《解題》亦未嘗深究。《四庫全書》本《解題》館臣案語曰：

> 《宋兩朝國史志》：歐陽修於絳州得注本，卷首殘闕，因補成進之，而不知注者乃太叔求也。

考《宋兩朝國史志》，乃北宋仁宗、英宗兩朝之國史志。其實較早前唐陸德明《經典釋文》卷一〈序錄〉「注解傳述人」條已載曰：「鄭玄《詩譜》二卷，徐整暢，大叔裘隱。」今人孫猛《郡齋讀書志校證》卷第二〈詩類〉「《詩譜》一卷」條云：

> 《經典釋文·序錄》有鄭玄《詩譜》二卷，云：「徐整暢，大叔裘隱」。「暢」謂暢明鄭旨，「隱」謂詮發隱義。參見盧文弨《經典釋文考證》。

余因是以書證法窮搜博采，取陸氏《經典釋文》、《四庫全書》館臣案語及孫猛《郡齋讀書志校證》諸家之說，經對勘互訂後，撰成〈鄭玄《詩譜》舊注乃徐整、太叔裘合撰〉一文，以證《詩譜》舊注乃整、裘合撰。該文後收入中國經學研究會民國九十年十二月八日舉辦「第二屆中國經學學術研討會」上余所宣讀〈讀陳振孫《直齋書錄解題·詩類》札記〉論文中。

第六例：旁證法中物證方法之運用

有關陳振孫之生卒年，今人陳樂素教授、喬衍琯教授均考論及之，余前撰《陳振孫之生平及其著述研究》亦嘗論及，大抵皆據劉克莊《後村大全集》所載〈故通奉大夫寶章閣待制致仕陳振孫贈光祿大夫〉一文以作推論，然三人所得結論均未盡允當。振孫之卒年在宋理宗景定三年壬戌（1262 年），研究者多無異辭。1995 年北京《翰海秋季拍賣會特刊》刊出北宋人張先所繪《十詠圖》，圖末有振孫長跋，其跋署年為：

> 庚戌七月五日直齋老叟書，時年七十有二。後六年，從明叔借摹，併錄余所跋於卷尾而歸之。丙辰中秋後三日也。

署年左下方鈐「陳氏山房之印」六字，作篆書陽文方印。庚戌（1250 年）乃理宗淳祐十年，是年振孫自言七十二歲。

後六年,即理宗寶祐四年丙辰(1256 年),是年振孫七十八歲。據此上推,則振孫應生於宋孝宗淳熙六年己亥(1179 年),其卒年在理宗景定三年壬戌(1262 年),則春秋八十有四。上述乃余用物證方法以考振孫生卒年,並撰成〈陳振孫生卒年新考〉,其文刊於 2000 年 8 月出版《新亞學報》第二十卷上。由是有關振孫生卒年之考論,殆成定讞。

第七例:理證法之運用

凡考據,遇文獻證據及文物證據均缺乏時,不得已始用此法。如前論校勘方法運用時,嘗引《解題》卷三〈春秋類〉「《春秋二十國年表》一卷」條,於此書中,振孫謂其書「不知何人作」。清朱彝尊《經義考》卷一百七十八〈春秋〉十一著錄此書,並引《國史志》爲說,然亦謂「不知撰人」。余乃考之南宋王應麟《玉海》卷十五《地理‧地理書》,知應麟據《中興館閣書目》,謂此書乃「紹興中,環中撰」。然「環中」究爲誰?應麟亦乏考,而文獻、文物兩均缺乏,不獲已乃用理證法以考之。余推測「環中」者,即「環中居士」胡垫,《中興館閣書目》或《玉海》著錄時脫其姓氏,其句本應作「胡環中撰」。清黃宗羲《宋元學案》卷三《高平學案》有「孫氏門人‧教授胡環中先生垫」條,謂垫字德林,自號環中居士,孫介夫弟子,宋徽宗政和八年(1118 年)進士,累官婺州教授。睦寇至,城陷不降,舉家死之。余考金人之寇睦,在宋高宗紹興時,故垫之殉國,亦必在紹興年間。此與《中興館閣書目》稱環中於紹興中撰書事相合。又考其師孫介夫名立節,經學深醇,著《春秋傳》,《宋元學案》卷三《高平學案》即載其學術。垫既爲其門人,所著《春秋二十國年表》,即傳承介夫《春秋》經學者也。垫既深曉《春秋》大義,故金兵至,「城陷不降,舉家死之」,其從容就義,踐履堅決之表現如此。余上述所考「環中」即胡垫,應可成

立，其所用方法乃理證法也。

肆、小結

綜上所述，則考據之學，固源遠而流長，古今學者進行學術研究，均須運用及之。至考據之法，細分有訓詁、校勘、資料搜輯整理及本證、旁證、理證之屬，余於文中，已詳加說明，並歷舉近年來研治《直齋書錄解題》所撰札記為例一一配合闡釋之。據是，則考據方法與學術研究，二者之關係應至為密切；而學術研究之成果能否得以呈現，實有賴於吾人對考據方法運用之正確與熟練程度，有關其中關鍵，讀本文上舉諸例應可覘之。

民國九十一年六月十日
撰於華梵大學東方人文思想研究所。

參考文獻

甲、專題研究計畫成果

1、何廣棪《陳振孫之史學及其〈直齋書錄解題〉史錄考證》，國科會 1996 年度專題計畫，NSC85-2475-H211-002。
2、何廣棪《陳振孫之子學及其〈直齋書錄解題〉子錄考證》，國科會 1997 年度專題計畫，NSC86-2417-H211-001。
3、何廣棪《陳振孫之文學及其〈直齋書錄解題〉集錄考證》，國科會 1998 年度專題計畫，NSC87-2411-H211-002。

乙、專著

4、陳振孫《直齋書錄解題》，光緒九年八月江蘇書局刊版。

5、胡適《中國古代哲學史》，坊間本。

6、胡適《禪學古史考》，坊間本。

7、何廣棪《陳振孫之生平及其著述研究》，台北，文史哲出版社，1993 年 10 月，初版。

8、來新夏《古籍整理散論》，北京，書目文獻出版社，1994 年 6 月北京第一版。

9、《翰海秋季拍賣會特刊》北京，1995 年。

10、何廣棪《陳振孫之經學及其〈直齋書錄解題〉經錄考證》，台北，里仁書局，199□ 年 3 月 15 日，初版。此書初屬國科會 1995 年度專題計畫，NSC84-2411-H211-001。

11、《漢語大詞典》，上海，漢語大詞典出版社，1994 年 8 月第 2 次印刷。

丙、論文

12、何廣棪〈陳振孫生卒年新考〉，香港，新亞研究所，《新亞學報》第二十卷上，2000 年 8 月。

13、何廣棪〈劉貢父「不徹薑食」、「三牛三鹿」二語考〉，《大陸雜誌》第一百零二卷，第五期，2001 年 5 月 15 日。

14、何廣棪〈讀陳振孫《直齋書錄解題‧春秋類》札記二則〉，臺北，《書目季刊》第三十五卷，第二期，2001 年 9 月 16 日。

15、何廣棪〈呂南公里籍考〉，〈讀陳振孫《直齋書錄解題》札記〉，香港，新亞研究所，《新亞學報》第二十一卷，2001 年 11 月。

16、何廣棪〈鄭玄《詩譜》舊注乃徐整、太叔裘合撰〉，〈讀陳振孫《直齋書錄解題‧詩類》札記〉，中國經學研究會，「第二屆中國經學學術研討會」，2001 年 12 月 8 日。

17、何廣棪〈談「虯戶銑谿體」〉，臺北，《大陸雜誌》第一百零三卷，第六期，2001 年 12 月 15 日。

18、何廣棪〈張九成與釋宗杲交游考〉，臺北，《書目季刊》第三十五卷，第三期，2001 年 12 月 16 日。

跋

廖志強副教授
親民工商專科學校國文組

　　本校多年來朝著升格學院的路上發展，本國文組編屬教務處轄下的共同科裡；近年為配合學校升格學院發展，共同科不但研擬獨立成一級教學單位，亦已研擬籌組改編成通識教育中心。亦因這樣，共同科也和各教學科一樣，逐年不斷提出為數不少的教師研究計劃案、學術演講會及國際性暨校內外學術研討會。即於民國九十一年七月三日，本國文組便籌辦了以「國文教學」為主題的國內各大專院校教學互動的學術研討會。

　　在策劃初期，由於是屬本國文組的首次籌辦，亦是共同科第一年度決議推辦的一系列學術活動之一。所以本國文組會議內，仍有很多的議題相繼地提出商議；包括：會議主題範圍、論文發表人的涵蓋面、會議進程時間暨論文發表篇數、評論回應暨審查機制、會議日程、工作分配、經費申請……等等。有關是次研討會得以在逼迫的時間內籌組完成，正是組內同儕衷誠合作的具體見證。茲將是次研討會的會務委員會分工簡概，列成「附表一」（詳後）。

　　雖然這次研討會是本國文組的初試啼聲；得幸邀請到多間大學國文教學專家教授們蒞校指導，並發表多篇與國文教學相關論文；本校老師亦相繼撰備多篇論文——由語文教育到文學理論，詩文賞析到小說分析，大略都是教學回饋或研究心得。這亦祈使是次學術研討會能發揮校際教學互動，藉著研習校外教授們的論文著作，同時亦能透過聆聽校外教授

們精采的評論回應，在在都使得本校老師充實了多方教益。
由於當天論文發表數量豐多，時間緊湊；所以大會時間安排
由上午八時至下午五時許，宣讀論文暨評論回應。雖然校外
來稿的陳滿銘教授當天因事未及與會，但為了促進校際教學
研討互動，在考量校外教授來校宣讀論文時間先後，本校老
師多篇論文概備列最後時間發表。

　　基於是次編審委員會校外召集人邱燮友教授主張公開、
負責的作業原則，所以未及在大會上發表的論文，經編審委
員會商議後，概照大會論文審查方式，進行校外教授審查事
宜。本國文組原先在會前商議：於是次學術研討會後，將論
文結集出版。由於經費緊拮，能支付印刷費有限；幸得邀約
與會的邱燮友教授首肯幫忙推介，並蒙因事未能與會的陳滿
銘教授同意協調萬卷樓圖書公司特惠支援出版，裨得本組同
貪宿願能圓。由於正式出版成書，所以亦需籌組專家審查、
封面包裝、排版設計……等等事宜。即此出版日期一延再延
，本論文集最終能予面世，亦是各位參與審查的校外教授們
的多所支持。謹此將是次論文集編審委員會成員芳名，以「附
表二」列述文末，並示學術公開、負責的作法。

　　是次學術論文的編審制度暨作業過程，除了參照國際性
公開學術研討會模式進行之外，並且敦請資深國文教學專家
邱燮友教授擔任是次編審委員會校外召集人，負責領導暨主
持編審作業。在論文的審查人選方面，採取同領域、隨機性
、不互審的原則。由研討會的宣讀論文，到編輯「學術論文
集」的出版，所有學術作業裁奪，皆遵召集人邱教授的指示
執行。會後並經過編審教授的審查後，才正式出版成書。本
論文集付梓在即，對於各位校外教授的多方支持，謹申謝悃
，並述大概以為〈跋〉。

附表一：會務分工		
分工項目	負責老師	備註
總召集人	王欣慧	
出版組	林健群、林秀亭、高瑞惠、林舜英	研討會當天林秀亭老師支授接待工作
接待組	孫丕聖、陳晉卿	陳晉卿老師支援出版暨協調交通事宜
報到組	羅美溱	
議事組	王淑芬	研討會當天正在婚假中
佈置組	王龍風、林春菊、陳鴻銘	研討會當天林春菊老師支援國貿科研討會工作
其他	廖志強、蔡娉婷、汪淑珍、呂宜哲、馮翠珍、簡麗玲、賴美惠（賴老師即將歸編入企管科）	廖志強老師負責聯絡校外教授暨協調論文結集出版事宜 蔡娉婷老師負責帳項處理暨支授接待工作 汪淑珍老師負責申請經費、協辦結案暨協調大會工作 呂宜哲、馮翠珍老師研討會當天仍要授課 簡麗玲老師支援國貿科研討會工作

附表二：論文集編審委員會成員	
召集人	邱燮友【國立臺灣師範大學國文系教授】
編審委員	陳滿銘【國立臺灣師範大學國文系教授】
編審委員	金榮華【中國文化大學中文系教授】
審查委員	張仁青【國立中山大學中文系教授】
審查委員	龔顯宗【國立中山大學中文系教授】
審查委員	譚潤生【國立彰化大學國文系教授】
審查委員	田博元【嘉南藥理科技大學社科院教授】
審查委員	何廣棪【華梵大學東方人文思想研究所教授】
審查委員	李德超【中國文化大學中文系副教授】
審查委員	區靜飛【中國文化大學中文系副教授】
編審委員暨責任編輯	廖志強【親民工商專科學校國文組副教授】

責任編輯
廖志強謹識於民國九十一年的秋夜

國家圖書館出版品預行編目資料

國文教學學術研討會論文集.2002／親民工商
專科學校國文組主編. —初版. --臺北市：
萬卷樓, 民 91
面； 公分
ISBN 957-739-418-3(平裝)

1 中國文學－論文,講詞. 2.國文－教學法－論文,
講詞等

820.7 91021537

國文教學學術研討會論文集 2002

編 者： 親民工商專科學校國文組
責 任 編 輯： 廖志強
發 行 人： 楊愛民
出 版 者： 萬卷樓圖書股份有限公司
臺北市羅斯福路二段 41 號 6 樓之 3
電話(02)23216565‧23952992
FAX(02)23944113
劃撥帳號 15624015
出 版 登 記 證： 新聞局局版臺業字第 5655 號
網 址： http://www.wanjuan.com.tw
E - m a i l： wanjuan@tpts5.seed.net.tw
經 銷 代 理： 紅螞蟻圖書有限公司
臺北市內湖區舊宗路二段 121 巷 28 號 4F
電話(02)27953656(代表號) 傳真 (02)27954100
E - m a i l： red0511@ms51.hinet.net
承 印 廠 商： 晟齊實業有限公司
定 價： 320 元
出 版 日 期： 民國 92 年 1 月初版